超時空イージス戦隊③

異次元戦艦出現す！

橋本　純

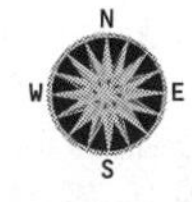

コスミック文庫

本書は二〇〇五年一二月・二〇〇六年一月に小社より刊行された『波動大戦』シリーズを再編集し、改訂・改題したものです。

なお本書はフィクションであり、登場する人物、団体、国家等は、現実の個人、団体、国家等とは一切関係のないことをここに明記します。

目　　　次

第一部　荒ぶる戦場に進み往け

序　秘匿作戦始動す

　サイパンにアメリカ機動部隊が急襲する直前、陸海軍の航空隊、迎撃を受け持つ以外の輸送隊と攻撃機、爆撃機が、大急ぎで硫黄島及び本土に退避した。

　その中にはテニアン攻略で活躍した陸軍戊(ぼ)式輸送機、つまり鹵獲(ろかく)して改造されたＢ29輸送機はもちろんのこと、この他にテニアンで鹵獲した純粋な爆撃機型のＢ29が合計一六機も含まれていた。

　木更津に退避していたこのＢ29Ａを改称した海軍戊式攻撃機29型の編隊に対し移動命令が出たのは、サイパンに対しての攻撃がひと段落した一〇月六日のことであった。陸軍が空挺作戦に使用した改造型の戊式輸送機と違い、ほぼ無改造の戊式攻撃機29型の運用はすべて海軍が受け持っていた。

　以前の陸海軍の関係ならこれはややこしい話になったろうが、国際救援隊が政府を掌握して以降、陸海軍は常に一体となって作戦行動をするように組織改造がなされていた。そのため、どちらの機体の整備も陸海軍問わず専用の整備兵が行うようになっていた。

このおかげで急な移動命令でも陸海軍双方のＢ29の整備は万全に行われており問題なく飛行できる状態にあった。

サイパン襲撃に端を発し、サイパンとテニアンのＢ29部隊は忙しく逃げ回る形での移動を続けてきたが、どうやら彼等にも新しい任務が課せられるようであった。

すべてはアメリカの急な動きによる泥縄と言ったら語弊があるが、その攻撃に対する大急ぎでの反撃作戦が国際救援隊司令部によって策定されたのだった。

攻撃初日に二度にわたってテニアンを攻撃した後、米海軍のスプルーアンス艦隊は日本の反撃が薄いのを察知し翌一〇月四日もサイパンに空襲を行い、攻撃隊に大きな打撃を受けたキンケイド艦隊のハワイへの退避を援護した。

この攻撃では日本側の迎撃はうまく機能せず、スプルーアンス艦隊の被害は軽微で済んだ。これは日本側が敵攻撃隊をレーダーで捉えた段階で出撃可能機が二〇機ほどしか用意できなかったせいである。

スプルーアンスの作戦勝ちと言えたこの襲撃は、日本側が前日の出撃による整備が間に合わない段階を狙った未明の攻撃だったのだ。

この攻撃でテニアンの飛行場に続き、サイパンのアスリート飛行場もかなりの施設が被害を受けた。

スプルーアンスはその後、攻撃隊を繰り出さなかったが、テニアンの沖一〇〇キロ付近を丸一日遊弋し日本軍をけん制してから南西の海上に去った。

つまりこの六日に至りようやくサイパンは危機を脱したと言える。

硫黄島に退避した一式陸攻や単発の天山などの攻撃機隊は結局まだこの地を動けていないが、この状況は日本に退避した戊式攻撃機29型の編隊と改造輸送機隊の戊式輸送機の編隊も同じであった。

彼らＢ29鹵獲機の部隊は、退避先の木更津基地でずっと戦況を見守り、息を潜めていた。

すると、そこに予期せず届いたのがこの国際救援隊司令部からの移動命令書であった。

「千歳？　なんでそんな場所に？」

命令を受け取った海軍特別編成第三航空隊、略称特編三空の司令結城(ゆうき)昌宗(まさむね)大佐は首をひねった。

だが命令である以上移動するしかない。

特編三空は、未改造のB29A、すなわち海軍戊式攻撃機29型を使用する航空攻撃を目的に新編成された部隊である。現在は陸軍の戊式輸送機で飛行訓練を終えた海軍の操縦士と航法士、そしてノルデン式爆撃照準器を使いこなせるようになった爆撃手を中心に操縦クルーのみで編成されていたが、辞令には現地で機銃手を待たせてあると付記されていた。

これは北海道で出撃準備を行えという話であろうということは見透かせたが、何か命令には彼らを急かせる要素も見て取れた。

「整備のための随員を同時に輸送しろとは、攻撃が間近のようだな」

結城は直ちに、サイパンで鹵獲したものと併せて二一機で編成されている部隊に移動をするための準備に入らせていた。

だが、この北海道への移動を命じられた飛行部隊は彼らだけではなかった。

その部隊は本土から遠く離れた場所にいた。

「このまま父島からの出撃だとばかり思っていたが、これはやはり目標変更なのかな」

移動命令を受け取ったのは、二式特殊攻撃飛行艇と三式空中給油飛行艇、通称三式タンカーを擁する第一一四特務航空隊であった。海軍における攻撃機は雷撃と爆撃を担当する機種であり、この二式特殊飛行艇は通常の二式大艇よりその搭載量が大きく増えている。そして空中給油機はこの二式特殊攻撃飛行艇への空中給油を行う飛行艇であった。

　三か月前から国際救援隊司令部は、意図的に航空隊や戦車部隊などの新規部隊名をアトランダムに変えてしまった。第一一四飛行隊という名称も適当に充てられた番号であり、従来の航空隊への番号割り振りに則（のっと）るとこの番号では航空隊の素性は全く推測できなくなっていた。

　一定の決まり事で部隊名を作れば識別は容易だが、それはそのまま敵にも部隊の種別や所属地などが漏（も）れる危険をはらむ。だから、およそ名前からその素性がわからぬようめちゃくちゃなネーミングがなされるようになった次第だ。

　ちなみに、部隊の名前や番号を入れるとすっと素性がわかる便利なアプリが既に前線の情報担当士官の持つ端末にはインストールされていた。

「なんか聞いたことのない航空基地ですね」

命令書を見た飛行隊長の矢代修一（やしろしゅういち）少佐が司令の長谷川修（はせがわおさむ）大佐に言った。

「先月やっと施設が完成したばかりの水上機専用基地だよ。そのまま陸上のハンガーに上がれる斜路も完備しているはずだ」

「苫小牧基地、まあ千歳基地からもそう遠くないようですし、至便なんでしょうね」

矢代が言うと長谷川が頷いた。

「現在苫小牧は、中京地区から戦闘機生産拠点が随時移転してきており、一大工業都市になって賑わっているそうだ」

「なるほど疎開工業地区ですか。でも、サイパンを既に奪還してるのに工場の疎開は続けるのですね」

矢代が首を傾げると、周囲を見回し人影がないのを確認してから長谷川が耳打ちをしてきた。

「これは極秘の話で決して広めてはならんのだが、国際救援隊司令部が来年名古屋地区に巨大地震が来ると予言しており、政府はこの地震から工業設備を守るために大急ぎで移転を進めているのだ」

話を聞いた矢代が目を真ん丸にした。

「よ、予言ですか……」

長谷川が真面目な顔で頷いた。

「知っているだろう、彼ら先進的技術を持った軍隊を擁した救援隊の人々は、実は宇宙からやって来たという噂。私はあれを信じている。だから地震は必ず起こると思う」

あまりにきっぱりと言い切るから、矢代もこれには頷くしかなかった。

「とにかく大急ぎで北海道に移動だ」

こうして巨大な翼を持つ二つの航空隊が緊急の移動を命じられたのだが、これを監督する国際救援隊司令部でも急ぎで何かの話し合いがまとめられようとしていた。

「絶対にこれ春日部教授が聞いたら落第点だと罵る話ですよね」

そう言ってあきれ顔をするのは高野英二三等海曹であった。

「うん、前の話し合いで馬鹿呼ばわりされてたものな、俺たち」

作家野木祐一の担当編集者の讃岐が肩をすくめながら言った。

「しかし、きっちり差分は作った」

腕組みしながら野木が言った。

「ええ、作戦としては意表をついてますから、準備をする分にはいいんじゃなくて」

有川晃子がそう言ってやや眉間に皺を寄せた。あまり気にいってないという素振りだが、そんなこと気にした様子もなく野木が言った。

「では木下一佐、現地ではよろしくお願いします」

小笠原から戻ったばかりの海自の木下一佐は、大量の書類を抱え頷いた。

「久しぶりの海の上でしたが、結局また飛行機で飛び回るんですか。まったく尻が落ち着きませんよ」

「そうですね、申し訳ないです。大島一佐もすでに沖縄に向かってもらいましたし、自衛隊幹部の皆さんには本当に飛び回ってもらって感謝しかありません」

野木が丁寧に頭を下げた。作家という人種は謝ることには長けている、一方口(くち)喧嘩(げんか)にも長けている。これは相手を選んで態度を豹変(ひょうへん)させるのが職業柄得意ということを表しているのだが、本人はそんなことを無意識でやっているから全然気にしていない。

野木のねぎらいを聞いた上で木下が言った。

「まあ、この作戦が本当に動いたら、間違いなくアメリカはすべての戦線で動きを止めるしかなくなりますから、レクチャーはしっかりやってきます」

この木下の言葉に一同は口を揃え「よろしくお願いします」と唱えた。

こうしてこれまでの作戦とはかなり色合いの違った秘匿作戦の準備が始まった。

そしてこの作戦に付けられた名前は、これまでの『明日にために』シリーズとは違う『抉(えぐ)り込むように打つべし』という謎の仮暗号がつけられていたのであった。

第一章　戦艦武蔵、ヘレン環礁強襲戦

1

一九四三年も一〇月一〇日に日付が進んでいた。

この日、国際救援隊司令部の岩崎恭子から出された指示に基づく作戦が実行に移されていた。

作戦はすでに施行され実施部隊はその成り行きを見守っていた。

作戦に携わる部隊、それは日本からドイツに向け売却の決定した戦艦武蔵を回航する国際救援隊と日本海軍合同部隊であった。

イージス護衛艦『まや』のＣＩＣに赤橙が灯り戦闘中の緊迫感が満ちていた。

「武蔵からの第一斉射、まもなく目標に着弾マイナス一五秒」

レーダー手が砲弾の軌道を見つめマイクに告げる。

「着弾の散布まで読めるか」

CIC長が聞くと、フェーズドアレイレーダーの示す輝点を見つめたレーダー手が答えた。

「第二目標付近至近弾ですね。最も近いもので五〇メートル以内のショートでしょう」

だが次の瞬間、別のレーダー手が叫んだ。

「第二目標からの発砲を確認！」

「なに！」

CIC長が目を向いてそちらに視線を向けた。

「砲弾が飛来します、現在弾道を計算中」

CIC長はヘッドホンのマイクに怒鳴った。

「艦長、敵が発砲！」

艦橋に響くこの声に操艦スタッフに動揺が走った。

「馬鹿な、敵との距離は四万メートルを超えているんだぞ、相手が四〇センチ砲を備えた戦艦だとしても届く距離ではないはずだ！」

艦長の宮田一佐が目を真ん丸にして叫ぶ。

この主砲発射から一〇分程前、未明の真っ暗な海を進んでいた武蔵ドイツ回航部隊は、万全の警戒の下で米軍の一大補給拠点へレン環礁に迫っていた。

日本から岩崎「副担任」が指示した攻撃地点。それこそが、このヘレン環礁の補給施設だったのである。

ハワイとフィリピンを繋ぐ一大拠点であるここには、現在複数の大型浮きドッグが運び込まれ、フィリピンのルソン上陸を巡る戦いで傷ついた複数の艦艇が修理を行っている。

さらに、先のサイパン奇襲を行った二つのアメリカおよびイギリスの空母部隊、このうちスプルーアンス率いる艦隊は間違いなくここに補給を受けるために向かっているはずだ。彼らがフィリピン近海から抜けてしまうと、フレッチャーの護衛空母部隊しか近海に存在しなくなり、いくらなんでも日本海軍に対し劣勢になってしまうからだ。

一方、航空隊を激しく損耗した米英連合の機動部隊は、航空機部隊の補充が受けられる唯一の基地、ハワイを目指しているはずだ。

ここまでを読んだうえで岩崎は武蔵護衛部隊がスプルーアンス艦隊より先にヘレン環礁に着けると計算し、この攻撃を命じたのだった。

この指示を思いついたのは、アメリカはまだ武蔵売却の事実を摑んでいないという確証があり、この攻撃が絶対に奇襲になるという自信があったからだ。

敵の哨戒圏に入ったと判断した艦隊は、臨戦態勢を敷き一気に速度を上げた。

既にイージス艦「まや」のレーダーは敵の姿を捉えていた。

「この三カ所が浮きドックと思われますが、他に大型艦が二隻います」

この報告を受け、武蔵ではほぼ最大射程での攻撃を行うことが検討された。

レーダーに映っている敵がフィリピン海海戦で傷ついたであろう戦艦という仮定がなされ、これを基準に砲撃のタイミングを図ることになったのだ。

動かないであろう浮きドックへの攻撃を後に回し、戦艦らしき大型艦二隻に目標を定め第一と第二斉射を敢行する決定が直ちになされた。

命令一下レーダーによる照準作業に入ったが、その一方で周囲を警戒する護衛艦艇は敵の細かな動きに注視した。

「航空機の動きが見えない。こちらはとっくにレーダーの探知圏内に入っているのに、不気味だな」

「恐らく夜明けまで離陸不能なのではないでしょうか、環礁内に飛行場はありますが、どんな機種がいるのかは不明ですし何とも言えませんが」

「まや」の作戦幕僚である茂木一尉が事前に収集されていた情報のメモを見ながら言った。

「まあ艦載機の出せる空母がいるとも思えない、作戦投入に可能なそれは全部出回っているはずだ。大型艦を敵戦艦だと仮定しその射程外ぎりぎりでの攻撃を選択しよう。少しでも接近すれば砲撃の精度は上がる」

この「まや」艦長の言葉で主砲発射のタイミングは決した。

距離四万三〇〇〇メートルで第一斉射、続いて前進しつつ第二、第三斉射。敵の出方次第で第五斉射まで行い遁走するという指示が武蔵に向け出された。

この攻撃の主導権は、国際救援隊側が握っており海軍は完全にこの指示に従う形になっているのだ。

武蔵の艦橋では、艦長の古村啓蔵大佐が今回の回航責任者である鈴木義尾中将と共に砲撃に向けての準備を見守っていた。

「敵が動く前に射程外から叩き逃走すれば、こちらが敵に捕まる恐れはない。懸念すべきは航空攻撃だが、これには国際救援隊のイージス艦を筆頭にした護衛艦が対処してくれるはずだ。安心してぶっ放していいだろう」

鈴木中将の言うとおりアメリカ海軍の戦艦主砲より、武蔵の四六センチ砲は長射程でありアウトレンジが可能。というはずだったのだが……。

とにかく攻撃地点まで進撃したところで直ちに準備は開始された。

「面舵九〇、両舷半速」

主舵が切られ、武蔵は舳先を攻撃目標に向け右に大きく曲がりその左舷を環礁に向け、同時に速度を落とした。

「主砲全門二七〇度左砲戦、距離最大で第一斉射用意」

武蔵の第一から第三までの三門の四六センチ砲合計九門が、目標に向けその砲身を振り上げた。

左舷に向け直角に回ったその砲身が、レーダーで捕捉した目標を完全の捉えた瞬間、砲術長が全門に発射を命じた。

「全門一斉に発射、各員衝撃注意」

激しい咆哮がいまだ明けぬ空に轟き、真っ赤な炎が巨弾を打ち出した砲身の先から塊となって噴き出し、砲弾が虚空遥かに飛び出した後に濛々たる爆煙が九個の砲口から立ち上った。

その発射に伴う反動は凄まじく、基準排水量六万四〇〇〇トンの巨艦の甲板を大きく傾けた。実にその角度は一五度を超え、復元まで数度の反復を必要とする程の揺れであった。このため第二斉射以降は、目標への発射タイミングを見極める難しい作業が要求される。しかし武蔵の主砲発射算定盤はこれをきっちり計る能力を有していた。この算定盤はこの時代における最新のテクノロジーが投入された初期のアナログコンピューターなのである。

しかし、令和のテクノロジーに敵う訳もなく、護衛艦の各主砲に備わった弾道コンピューターの方がより精密な射撃に特化した高性能管制機で国際救援隊は一時これを日本海軍の戦艦に組み込めないか模索した。

だが武蔵はドイツに売却する船であり、これにオーバーテクノロジーを盛り込むことには高野三曹を筆頭にしたブレーン達がこぞって反対し見送られることになった。

姉妹艦の大和には実験的に従来の算定盤と並列し設置してみたが、サイパン島砲撃戦での着弾散布界評価では、大和と武蔵のそれに大差がないという意外な結果になった。

つまり大和級戦艦の有する射撃ユニットは正確さにおいて間違いなく昭和一八年における最も信頼に足る計算機なのだという証明になった。

まあそういう訳でレーダーとの連動射撃を普通にこなせるようにだけ訓練された

武蔵の砲術員たちは、四三キロも向こうの目標に実に精密なる砲撃を行った。これは三連装砲塔の各砲身が微妙にその上げ角度を違えていることでも見極められた。

こうして九発の砲弾は、干渉を避けるため〇コンマ何秒かのタイムラグをもって主砲塔から放たれた。

はるか上空に駆けあがり最大到達点から目標目掛け落下していく砲弾は、この時代において最も威力ある戦艦の主砲弾なのである。計算上は、すべてのアメリカ戦艦の最も分厚い垂直装甲（バーベット）を貫ける威力を有している、

目標までおよそ六〇秒の飛行弾道は、イージス艦「まや」のフェーズドアレイレーダーによって完全に捕捉され、九個の砲弾一発毎にしっかりその行き先を見極められていた。

だが、この武蔵からの第一斉射が間もなく着弾という時点で、まったく予想もしていなかった敵艦からの反撃が観測されたのである。

「この弾道は、近弾必至です！」

レーダー手からの悲痛な叫びに艦橋要員全員が戦慄した。

まったくの想定外の事態が起きたのだ、当然の反応だろう。

直ちに「まや」から艦隊のすべての艦に向け警戒指示が飛んだ。

「敵が発砲、艦隊位置まで飛弾する全艦警戒態勢に入れ！」

自衛隊と海軍の幕僚たちがすぐに状況把握に向け頭を回転させた。

この距離で砲撃戦を行えるアメリカの戦艦はこれまで一切確認されていない。しかし現に砲弾はこちらに飛来してくる。頭をひねった全員がこれが示す答えをほとんど同時に絞り出し叫んだ。

『モンタナだ！』

伊号二〇潜が偶然に遭遇した、次元転移で現れたと思われる謎の戦艦。

この戦艦が持つ主砲だけが、現在の国際救援隊と日本海軍にとって未知の能力を持つ唯一の存在と思われたたし、このヘレン環礁にいてもおかしくない存在なのであった。

未知の戦艦モンタナは、間違いなくかなり前からこちらの存在を把握し、その主砲射程に自分たちが入るのを待ち構えていたに違いない。

「してやられた……」

「まや」の艦長宮田は、拳を握りＣＩＣから聞こえてくる敵弾の動きを耳で追うのであった。

2

正体不明の艦隊をレーダーが検知したのは一五分ほど前だった。

停泊中も警戒を解かずに艦は半舷直で準戦闘態勢を維持していた。

ここが自分たちとは違う戦争をしていることは理解した。しかし、同胞だと言う者たちを、たとえ同じ星条旗の下で戦っていると言っても信じて良いものか、艦長以下一三〇〇名の乗員すべてが悩んだまま今日まで過ごしてきた。

アメリカ合衆国海軍所属、戦艦モンタナは作戦行動の最中に謎の爆発に巻き込まれ一九四三年一〇月の見知らぬ世界に飛ばされてしまった。

そもそも彼らは、三隻の大和級戦艦を中心とした打撃艦隊がシンガポールからインド洋に進出するのを防ぐために一九四六年四月にオーストラリアのブリスベンを発ちアイオワ級三隻を従えセレベス海に入ったところで問題の謎の爆発というか波動に巻き込まれてしまった。

艦長のジェームス・イーガン大佐にとってこの信じ難い状況は、神が与えたもうた試練としか思えなかった。

とにかくすべてが理解しがたい話なのだった。

一週間前に艦に乗り込んできたのは、確かに自分たちの知っているニミッツ大将の顔をしていた。しかし、彼の話す戦況やそもそもの日付は全く自分たちの知らないそれであった。

自分たちの世界の日本はとてつもなく強大で、ドイツがやっと降伏した後も太平洋の西半分と、さらにインド洋のすべてまでをも自分たちの領土にしようと台頭していた。

それまでの戦闘で両国とも空母のほとんどを使い潰し、ニューギニア西部からセレベス島に至る広い多島海での幾度かの戦闘では、それまでなんとか生き延びてきた二隻の大型空母が戦術的失敗から、日本の戦艦部隊に砲撃され壊滅するという事態を招き、アメリカ機動部隊はついにその息の根を止められてしまった。

このように窮地に立ったアメリカ海軍であったが、宿敵大和級戦艦への対抗として建造したアメリカ唯一の希望とも言えるモンタナ級戦艦の一番艦モンタナが一九四六年二月ようやく完成した。

モンタナは錬成航海を兼ねてオーストラリアまで進出、どうにかここまで無傷で戦闘を切り抜けてきた戦艦アイオワ、ミズーリ、ニュージャージーの三隻と共に跳梁（ちょうりょう）する日本戦艦部隊への決戦に挑もうと初陣の航海に出た、それがセレベスを抜け秘かにシンガポールへ迫ろうという作戦航海だった。

艦隊がセレベス海の中央に差し掛かった深夜、モンタナのレーダーが異常を示した。

艦の直近に謎の巨大な物体がいるとレーダー手は叫ぶのだが、当直員の目では全くそれが確認できなかった。

それから三〇秒後、突然モンタナの進行方向直前に大きな真四角の黒い物体が現れた。一辺が二〇〇メートルはあろうかという信じ難い巨大な物体が、いや一枚の板が出現し立ちはだかった。

モンタナだけでなくおよそ一キロ後方を進んでいた戦艦ミズーリからもこの巨大な物体は観測できた。深夜ではあったがその物体の表面がほのかに光っていたため遠方からでもはっきりとその巨大な姿を見ることができたのだ。

急転舵でモンタナがその物体を回避しようとした瞬間だった。いきなり物体の表面、平板なガラスのような表面が凄まじい勢いで炸裂（さくれつ）したとモンタナの乗員の目からは見えた。

爆発的な波動が一瞬でモンタナを包み込み、船体が捻じれたかのような錯覚を覚えた後、モンタナは乗員もろとも謎の波動によってその元いた世界から姿を消してしまった。

モンタナ側の視点で言えば、周囲にいた他の戦艦や随伴していた小型艦が一瞬にして姿を消したと見えた。

だが逆に彼らのいた世界線の一九四六年四月のセレベス海では、巨大戦艦モンタナだけが消失したということになった。

そしてモンタナの乗員たちは知らなかったが、爆発的波動を放った謎の板状物体の表面の波動がおさまった時、消えてしまったモンタナの姿が静止画像として大きく映し出され残っていた。

その世界線の人間たちは知らないし、モンタナが飛んで行った世界の一九四三年つまり昭和一八年においても元々の住人は知り得ないのだが、令和世界から飛んできた人間がもしこの物体とそこに移し残されたモンタナを見たら直感的にこう言ったはずだ。

あれは恐ろしく巨大なタブレットに浮かび上がった写メじゃないか！　と……。

とにかく謎の物体上に映像だけ残し、日本が負けている世界の一九四三年にやって来たモンタナに、この世界のアメリカ海軍は当然のように接触してきた。

そしてイーガン艦長に戦争協力を頼んできた。

モンタナのスタッフたちは何度も何度もミーティングとディスカッションを行い、自分たちの今後を協議した。

その結果、消極的ながらこの世界のアメリカに協力はする。しかし、戦闘に参加するかどうかの判断と決定権はイーガン大佐に一任して欲しいという形で両者の関係は結実した。

とにかく現在の戦況などを把握するのと、この世界全体の状況を完全に把握するためのレストポイントとして米軍はモンタナにヘレン環礁の泊地を提供した。

こうしてこの環礁に移動したモンタナであったが、イーガンはまだこの世界のアメリカ合衆国に対し多くの懐疑を持っており、艦は常に臨戦態勢に置き、乗員の上陸も許可のないまま今日までの時間を過ごしてきていた。

そしてこの日の深夜、常に稼働させていた水平線レーダーに謎の艦隊の姿が映し出されたのであった。

この一九四三年世界のアメリカ軍もレーダー施設を環礁内の小島に設けていたが、これは空中警戒をするためのものでアンテナ自体も大して高さのない鉄塔の上に置かれていたので遥か水平線上の艦艇を捉えることはできなかった。

この結果、謎の艦隊に対し直ちに臨戦態勢を取れたのは、一九四六年からやって来たモンタナ一隻だけであった。

イーガンは当初戸惑ったが、艦隊がまっすぐにこちらを指向しているのを見て、一九四三年世界の米軍司令部に対して謎の艦隊の存在を教えることにした。

環礁内の泊地にいた全艦艇が非常警戒に入ったが、イーガンはある危惧からこの警戒は既に遅きに逸していると感じた。

「敵は大和級だ」

直観である。そもそも彼は一九四六年の世界で大和級戦艦を叩くために出撃してきた。たとえ世界が変わろうと、自分の敵を見分ける嗅覚にだけは自信があった。

「主砲発射準備、砲戦になる」

イーガンがこう命じた直後だった。敵の発砲をレーダーが確認した。

「敵は一時方向、第一及び第二主砲照準完了次第砲塔各自の判断で直ちに斉射せよ」

戦艦の主砲は艦橋で集中制御される以外に、各砲塔が独自に発射を行えるように作られている。これは指揮所が壊滅しても戦闘能力を失わないためだ。

今あえてイーガンが独自の発射を命じた背景には、敵が正対方向つまりほぼ正面にいるため、四基の主砲全部で応戦ができないということと、艦を早急に敵と平行に艦を動かし、四〇キロ以上彼方の敵と同航戦の態勢に入ろうとしているためだ。

「第一主砲塔、敵を捕捉、砲撃します」

「第二主砲塔、同じく敵を照準完了、斉射します」

六門の四〇センチ砲はほぼ同時に発射の炎を噴き出した。

敵までの距離四万二八〇〇、これがモンタナのレーダー射撃照準器の弾き出した相互距離だ。

これは一九四三年世界の四〇センチ砲搭載艦、こちらの世界での最新鋭となるアイオワ級の搭載する砲では砲弾が届かない距離だった。

アイオワ級の搭載するマーク7型一六インチ（四〇センチ）砲の最大射程は三万八六〇〇メートルに過ぎない。だが、この一九四六年世界から次元を超えて転移してきたモンタナが搭載しているのは、マーク7よりさらに長砲身となる五四口径の一六インチ砲マーク8だったのだ。

そのマーク8の最大射程は大和級のそれにほぼ匹敵する四万四二〇〇メートル。

つまり現在敵は完全にその射程内に入っていたのである。

六発の砲弾が発射されて七秒後、敵の大和級つまり国際救援隊政府がドイツに売った武蔵から発射された砲弾が次々に泊地に落下してきた。

九発のうち八発はかなり離れた地点の着弾しとてつもなく大きな水柱を持ち上げた。

しかし一発がモンタナの前方向およそ三〇メートル地点の海面に着弾した。

この距離でもその衝撃で大きく艦が揺れたし、着弾と同時に吹き飛んだ破片が艦首一帯を襲い細かい傷が無数に船体を穿った。

しかし、この数秒後思いもしない事態がモンタナを襲った。

敵弾が着水した時の数倍はあろうかという衝撃が巨艦を襲ったのだ。

その激しい揺れに艦橋スタッフのほとんどが立っているのが困難となった。

イーガンも艦長席の手すりに摑まってようやく転落を防いだ程だ。

「何事だ！」

艦長より先に航海長のマッキンタイア中佐が叫んだ。

「艦首左側壁に衝撃！　何かが衝突、いや激突しました」

伝声管から聞こえてきた悲痛な叫び声はまだ続いた。

「側壁に破孔、浸水です！」

イーガンが手すりを摑んで中腰に立ち上がった。

「どういうことだ？」

水中挺進弾。アメリカ軍では摑んでいなかった日本海軍の主砲弾の特殊効果。その特性が生んだ戦果だった。

大和級の主砲から発射される徹甲弾は、九一式徹甲弾という飛距離を延伸させる効果のある風帽という先の尖ったパーツが先端についている。これが敵に直撃せずに着水すると直ちに砲弾本体と分離、主砲弾自体は水中でこの脱落効果で方向を変え前方に向け水中を推進し数十メートルは直進するのだ。

当然水圧で距離が開くほど推進速度は落ちていき威力は減じる。しかし、そもそもが四六センチという巨砲から撃ち出された鉄の塊。その重さが放つ衝撃力は大きい。モンタナはこの鉄のハンマーによるノックをもろに水面下の艦首で受けてしまったのである。

運悪くというか、砲弾は艦の構造材のない装甲隔壁だけの部分に命中した。

さすがに水中を三〇メートルも進めば本来の威力は発揮できない。それでも衝撃は装甲板を思い切り歪め、ついにそこに亀裂を生じさせた。四〇センチ砲の直撃に耐えるはずの主装甲があっさり割れてしまった。四六センチ砲の威力はこれほどに大きなものであったのだ。

「敵弾は水中を進んできた。そうとしか考えられん」

破孔が生じたとはいえ被害は軽微。イーガンは引き続き艦を敵と平行に持って行くよう操舵を命じ、後部の二基の主砲にも敵への攻撃を命じた。

「勝負はこれからだ」

対大和級ハンターとして生まれたモンタナ。自分はその能力を最大限に発揮できる。その自信からイーガンはぎゅっと唇を結び、まだ真っ暗な海面遥か向こうにいるはずの宿敵を睨んだ。

それが自分の住んでいた世界の大和級でなくても、同じ能力を持った好敵手であることには違いない。

次元を違えた存在であることを越えて、戦士としての意地がイーガンを敵である大和級、戦艦武蔵への計り知れぬ闘志となって滲(にじ)み出ていた。

イーガンの言うとおり彼らの勝負は始まったばかりなのであった。

戦艦モンタナから放たれた第一斉射の六発は、間もなく敵の頭上を襲う。

彼我はまさにその内懐にあり、武蔵とモンタナは言ってみれば四〇キロ以上を隔てた場所で一騎打ちを演じようとしているのであった。

3

夜明け前だというのに、東京の国際救援隊司令部にブレーンたちがほぼ全員詰めていた。欠席者は春日部教授だけである。

「この状態で例の作戦を始動するって本気なの？」

かなり深刻そうな表情で有川マネージャーが言った。

「ああ、敵が一瞬でも退いた今がチャンスなのだよ」

文士先生の野木がそう言うと、どんと地図を叩いた。

「一撃、この一回の作戦でアメリカの心肝（しんかん）を寒（さむ）からしめる。そのために準備した抉り込むように打つべし、いや正式作戦に昇格したこの左フック作戦なのだから、油断している今がその好機に間違いない」

有川が難しい顔をした。いや、考え込んでいるのは彼女だけでなく岩崎と讃岐もであった。

まず讃岐が手を上げて野木に聞いた。

「先生、もしですよ、敵の迎撃態勢が予想を上回っていたら、部隊は壊滅の可能性もあるんすよ。この作戦には護衛は一切つかないっすから、それでも今なんすか」

讃岐の問いに野木はあっさり心配無用と答えた。

「問題は敵の裏をかくこと、最悪は左フックに参加する部隊は敵地の到達前に引き返しても構わない。そのために早期警戒機も同行させるんだ」

岩崎が訝しそうに野木に聞いた。

「それって、目標に接近もせずに作戦を中止するって意味で良いのかしら？」

野木が小さく首を横に振りながら答えた。

「そうじゃない、この作戦に連動させるもう一つの奇襲、ショートジャブ作戦、こっちが成果を上げていれば目標への攻撃に固執しなくていいという話だ」

野木以外の民間人プラスワンは小首を傾げた。

「あ、あの、もう一つの奇襲作戦って何ですか？　ショートジャブって？」

高野三曹が遠慮がちに聞いてきた。すると、野木が「あっ」と言って額を押さえた。

「まだ全員には説明してなかった。すまんすまん」

そう言うと野木は慌てて司令部の控室に飛んで行き、一束の書類を抱えて戻って来た。

「これは昨晩田部井一尉と作り上げた計画書で、既に部隊には通達し準備を開始していたものだ。ほれ、左フックの一一四部隊の移動に歩調を合わせたわけだ」

書類を受け取った有川がその一番上の文字を読み上げた。

「仮称『奇をてらうべし作戦』、いったいどんなネーミングセンスなんですか」

かなり呆れた感じで有川は作家野木祐一に視線を向けた。

「ああ、それは実施部隊に内容をわかりやすくするための仮称だから気にするな。実施前にちゃんとショートジャブ作戦に変更した」

一同が急いで作戦計画案に目を通す。こういう時職業柄速読が効くのが編集者の讃岐であった。

「なるほど、敵のサイパン攻撃を察知して退避させたB29を最大限に活用するわけですね」

野木が頷いた。

「その通りだ。目標への経路は同じ。となればいろいろ敵も考え込んでくれるはず」

ここで名取（幸之助）老人がすっと挙手して質問を投げてきた。

「この距離の攻撃を複数同時にこなすとするとじゃ、帰還不能の機体が不時着を選択しおったらバレてはいかん機密の機器が敵の手に渡る危険があるのではないかのう」

ご老公の言うとおりである。作戦に投入する機体には、少なからぬハイテク技術が詰め込まれている。

しかし野木は胸を叩いてこう言った。

「だからこそ攻撃出発点を変更してこっちにさせたんです。最初の攻撃出発点だと途中に不時着できちゃう場所がいっぱいあって、パイロットがそっちを選択しかねない。しかし、こっちの目標経路なら躊躇（ためら）うことなく不時着水を選択しますよね、その場合機体は沈みますが乗員は簡単に救助できる。そのために三式タンカーを後方で待機させたままにするのですから」

ご老公は、ふむと言って腕組みし目を閉じ無言になった。まあ納得したということであろう。

「とにかくこの線でもう部隊の準備は終わってる、問題がなければ今夕には作戦を始動するよ」

野木がそう言って左手で持ち上げた書類の表紙をパンと叩いた直後だった。

通信室からの直通電話が鳴り有川がこれを受けた。

「はい……えっ？」

電話の内容を聞いた有川の表情がみるみる険しくなっていった。それに気付いた讃岐が聞いた。

「何かあったんすか？」

有川が受話器を握ったまま答えた。

「岩崎さんの指示したとおり武蔵回航部隊はヘレン環礁に向かって、敵と交戦状態に入ったそうよ」

野木が首を傾げた。

「ちょっと待て、攻撃ではなく交戦？」

有川が頷いた。

「ええ、どうやらヘレン環礁にモンタナ級がいたらしくて、距離四万で砲戦状態に入ったそうよ」

讃岐と野木と高野が同時にガタンと椅子を鳴らして立ち上がった。

「モンタナがいたですって！」

高野が目を真ん丸にして叫ぶと、すぐに野木が顔をしかめて拳でテーブルを打った。

「盲点だった。確かに最も寄港している可能性の高い場所がヘレンだった」

「で、でも、距離四万で砲戦って、向こうの弾が届いてるんすか？」

讃岐の問いに有川は頷いた。

「現在左同航戦、つまり等距離で連続砲撃中。それが距離四万という話よ」

岩崎が無言で腕を組み天井を仰いだ。そして誰にも聞こえない声で呟いた。

「あの子はいったいどんな凄いものを異次元世界に運んでいったのよ……」

岩崎の呟いたあの子とは、伊東の謎の施設で躰を半分にちぎられ絶命した春日部教授の教え子坂口のことであった。

春日部教授の推理では、彼の上半身だけが行った世界に対し大きなオーバーテクノロジーを坂口は持っていた。だから結果的にめぐりめぐってモンタナがこの世界に現れたという話であった。

そのモンタナが、自分たちの世界線つまり令和世界の過去において計画されたそれより明らかに優れた性能を現在ひけらかしている。

その背後には、坂口が運んで行ってしまった「何か」が世界を大きく揺さぶるだけのポテンシャルを持っていたことを証明している。

「た、大変じゃないか」

野木が頬を引きつらせながら言ったが、上を向いていた岩崎が視線を戻して皆を見つめながら言った。

「ここは自衛隊のサポートを信じましょう。なんとしても、売り物に傷を付けさせるなとは最初に言ってありますから」

とはいえ現実に武蔵は交戦状態だという。果たして無傷でこの戦闘を切り抜けられるのか、一同は胃の縮む思いで続報を待つしかなかった。

すると、通信室から連絡が入った。

「回航艦隊の戦闘状況、指示がオープン回線になってます、傍受可能ですが流しますか？」

すぐに野木が返答した。

「当たり前だ！　すぐに繋げ！」

こうして遥か南方の夜明け前の海上で繰り広げられている戦闘の様子は遠く東京でも把握されることになった。

そのまさに戦闘中の武蔵の艦橋では、無線室との密な連絡を保つためスピーカーで回線の声がそのまま流れるようになっていた。

「さっきの斉射でモンタナにまた近弾が出ています。水中弾が当たったかはわかりませんが、少しずつ速度が落ちているのは確かです」

　この声は「まや」ＣＩＣからの直通無線であった。

「敵への接近を図っている護衛部隊の状況はどうなってる」

　鈴木中将の問いかけに一キロ離れた位置を並走している「まや」からノータイムでレスポンスが来る。

「あと一分ほどで攻撃を開始すると那智と羽黒両艦から連絡がありました。陸奥はまだ射程に入っておりませんので、攻撃参加には五分以上かかる見込みです」

　これを聞いて古村艦長が大きく息を吐いた。

「今のところ敵の攻撃は本艦に集中している。呆れるほど執拗に本艦だけを狙っている意図はわからんが、おかげで周囲の艦が助かっている。このまま至近弾も与えない操艦を続けるしかないようだ」

　そこに砲術長が声をかけてきた。

「主砲このまま発射見合わせを続けて良いのですか？」

「構わん」

　古村は即答した。

　現在武蔵の主舵は航海長が握っているが、古村はその航海長に細かく転舵の指示を出し、その動きのおかげでモンタナからの砲弾は現在まですべて遠弾となっていた。

最初意図的に敵との距離を離す動きを見せたが、敵の砲撃が四万三〇〇〇でも食い下がっていることに危惧を感じ、現在はむしろ並走中の敵との距離を少しずつ詰めるように舵が切られ、その中で細かく左右へ動き敵弾を見事にかわしてきていた。

古村の意図としては、この細かい転舵にあわせての主砲照準は難儀であり望ましくない。現在敵への攻撃を目指し移動中の味方の各艦の攻撃の成果如何（いかん）で決戦のための主砲攻撃を行うのが得策であると考えているのであった。

しかしここで、武蔵にとっては大きな助け舟が現れた。

「イージス艦『まや』より各主砲に直接照準の指示を出したいと言ってきています。それに際し操舵も指示に従って欲しいとのことです。超精密照準を実施するという話です」

通信室からの話に古村は目を丸くした。

「そんなことが可能なのか？」

「できる、そう言い切ってます」

通信室からの報告に数秒思案して古村はスタッフに告げた。

「『まや』からの通信を各砲塔に直結し、艦橋からの主砲管制を一時的に解除する。同時に操艦スタッフも『まや』の指示で操舵と速度を見切れ」

大急ぎで通信をスピーカーに流すための操作が行われ、武蔵のコントロールはイージス艦『まや』に預けられることになった。

この判断を下したのは『まや』艦長の宮田であった。

「いいな、コンピューターでの弾道予測と敵の予想針路、そして武蔵の転舵をきっちり計算して砲撃のタイミングを的確に指示しろ。現在最大距離砲戦で炸薬量は変化がない、計算の楽な今がチャンスだ」

現在第四斉射が終わったところだが、ここまで『まや』CICでは武蔵の主砲弾道をきっちり計測し気象による影響なども組み込んだ砲塔ごとの集弾率を完全把握していた。

「武蔵の砲塔に指示送ります。まず第一主砲塔の方位角……」

CICの四人のオペレーターが、それぞれに指示を送り始めた。武蔵の操艦と第一から第三までの主砲塔へ直で繋がっている通信だ。

これまでの照準から微妙に変わったその指示に、武蔵の砲術科員たちはミリ単位の精度で食いつき答えた。操艦を受け持つ航海科員も真剣な表情で指示に耳を傾け、巨大な戦艦を乗用車を運転するとき並みの繊細さで行った。

指示を送っているＣＩＣスタッフの横でレーダーを睨む隊員がモンタナの動きを見つめて叫んだ。

「予想転舵に乗った！」

コンピューターの予想通りに敵が動いた、一同はこの瞬間を待っていた。

「第三主砲塔全弾発射」

これを皮切りに第二、第一の順に一秒程度の時間差で発射指示が出た。

甲板要員たちの耳には連続した主砲の咆哮の轟きがいつもより長く聞こえた。微妙な時間差のせいですべての発射が終わるまでがひとつながりの発射音に聞こえたのである。

発射が終わった刹那「まや」ＣＩＣから艦橋に操舵指示が飛ぶ。

舵輪が切られたおよそ三〇秒後、レーダー手はモンタナの発砲を確認した。この未来予測による回避を命じたのだ。

逆に日本側は、この発射を見越して武蔵に攻撃を命じたのだ。

モンタナは主砲発射の瞬間は転舵ができない、既に武蔵の主砲はその相手の現在位置と速度から導き出される未来位置、さらに細かな主砲の癖とでもいうべき集弾のばらつきまで計算し目標を照準して発射した砲弾が空中にある。

この時レーダーの精度の差でアメリカ側は日本の武蔵が発射した砲弾の正確な位置を捕捉できていなかった。目標が小さすぎてスクリーンに反映されないし、そもそも一メートルといった細かい区分での探知ができていないのだ。

このため、自分たちに向け飛来するであろう次の斉射に対し備えるとしたら、発射直後に転舵をするしかないのだが、同航戦それも最大射程に近い距離を隔てて移動中となると敵に寄せる形の転舵を選択したくなるのが人間心理だ。しかも、現状どちらも大きな有効打はなく、唯一初弾が偶然にモンタナの艦首側壁に亀裂を生じた武蔵側の一撃のみが小さいながら被害を与えていた。

こういった焦れる状況では、相手の裏をかくなどという行為より確実にこちらに一撃を叩き込みたいという気持ちが指揮官にはどうしても湧いてくる。

イーガン大佐の心理も同じであった。

「面舵だ、一〇切って次弾装填完了次第戻せ」

この指示を航海長が履行しようとした時だった。当直員が叫んだ。

「敵弾飛来！」

ようやく白み始めた空、西側にいる武蔵からの発砲弾はまだ暗い空を駆け抜けて来るが、その弾道はかろうじて視認できた。

「予想着弾位置は！」

イーガンが怒鳴ったが、その答えは悲痛な声色に染まった。

「まっすぐ向かってきています。近弾は必至！」

この状況ではどちらに舵を切ろうとも結果に大差がない。ほぼ運に賭けるような動きにしかならない。イーガンは考えた末に怒鳴った。

「面舵そのまま！　両舷増速」

針路はそのままに速度だけを上げかわす。これはもっとも賢明な判断に違いない。従来の戦法であれば。

だが二つの悪いインシデントがモンタナにはまとわりついていた。一つは、初撃で受けた傷。既に浸水を防ぐ作業は着手されているが、この破孔はモンタナの増速の足を引っ張っている。試していないが最大速度も確実に下がっているはずだ。流入する海水が抵抗を生み減速をさせてしまっているのだ。

もう一つは、彼らの動きを予測するＡＩがイージス艦「まや」に備わっていたことだ。

「敵針路変えず若干の増速、予想着弾散布界中央に移動は確実」

ＣＩＣから届いた声に宮田は拳を握った。

「第一弾目標まで五、四、三、着弾ーっ、今！」

それはモンタナにとっては悪夢の降臨だった。

四六センチの巨弾が断続的にモンタナの周囲に降り注ぐ、しかもその集団密度は驚くほど狭い。

「左舷至近弾！」

「右舷極至近弾被害甚大！」

報告を受けたイーガンの顔が真っ青になった。

「夾叉弾だと！」

敵弾が自分の両舷に落下する。これは、敵の照準がずばり自分に合致し捉えられていることを意味する。そして、この一連の砲撃はまだ続いている。ここから導き出される危険、それを予感しイーガンだけでなくモンタナのスタッフが緊張に身を硬くしたのだ。

その悪い予感は的中した。

凄まじい衝撃が巨艦を揺るがした。

「後部甲板第三砲塔に敵弾直撃！」

艦橋からは死角になって見えなかったが、四六センチ砲弾は主砲塔の天井装甲をぶち破り装填室内で炸裂。内部からの爆圧で砲塔は完全に崩壊し、主砲の砲身三本はぐっと角度を下げ俯角を持ったまま動かなくなった。

砲塔からは濛々と黒煙が上がり内部では火災が発生していた。

「弾薬庫への誘爆を防げ、後部弾薬庫に注水しろ」

モンタナの後部甲板と副砲撃指揮所である後部射撃管制室から忙しく指示が飛び、同時に艦橋からも被害確認を求める声が飛んだ。だが、その直後だった。

油断したわけではない。

通常一斉射の砲弾で例え照準がぴったりだったとしても四〇キロを隔てた目標に複数着弾は確率的に起きないと、いやこの時代、まあ話が複雑にはなるがこの次元を超えてきたモンタナのいた一九四六年の世界線における常識でもそんなことは偶然以外には起きないと思われていたのだ。

しかし令和のテクノロジーはそれを覆した。

武蔵第一主砲塔からの三発の砲弾のうち一発が、モンタナの船殻左舷中央部に擦過着弾し、舷側外側で爆発し大きな破孔をそこに穿った。

この衝撃は凄まじく、装甲を破って着弾した先のそれよりも大きく船体を揺すった。

これはほぼ艦の中央線に命中した先の着弾と違い、船体の外側に砲弾本体が擦るように着弾し破裂したため大きな横揺れをモンタナに齎(もたら)したのである。

艦橋にいたスタッフは例外なく床に投げ出され、甲板にいた砲術科員のうち最も舷側に近い対空機銃座にいた者が数人反動で海に転落した。
命中爆発した箇所の直上にも二個の対空砲座のスポンソンがあったが、これは爆発の破片と風圧で壊滅。砲の操作要員は全員戦死した。

さらに破片の雨は周囲にも広く飛散し四〇名を超える重軽傷者が左舷の中央部一帯で出ていた。

深刻な被害という意味では内部の操作員が壊滅した主砲塔の直撃の方が大きかったのだが、艦の操縦を妨げたという意味でこの舷側爆発の引き起こした大きな揺動(ようどう)は極めて危機的状況をモンタナに与えた。

「舵を、舵を保持しろ!」

床に倒れ込んだイーガンが叫ぶが、無人となった操舵席では主舵が思いも寄らぬ角度に切られ、そのまま艦はその方向にゆっくりと艦首を向けていった。これは並走している武蔵に対し二五度以上の角度で遠ざかる向きであり、このまま急いで補正しなければ艦首側の生きている二門の主砲塔はその射界から武蔵を外してしまうことになりかねない。

慌てて立ち上がろうとするスタッフたちは、思いも寄らぬ一撃が再度艦の周囲を覆うのに直面することになった。

完全に伏兵となった戦艦陸奥の四〇センチ砲弾の炸裂であった。

武蔵との砲撃に集中していたモンタナのレーダーは、最大速度で距離を詰めていた陸奥の存在を完全に見落としていた。

これには原因があった。

陸奥は二隻の重巡と完全に歩調を合わせて驀進(ばくしん)していたのだ。

モンタナのレーダーの精度では艦の細かい大きさは測れない。単純に大型艦三隻が接近しつつあるとしか見えていなかったのだ。

海戦の常道として、戦艦に随伴している巡洋艦は海戦終盤に敵との接近を図り砲撃戦を挑むというのが教科書に載った戦法だ。

これを意識し、巡洋艦には主砲ではなく副砲でも対応可能という意識がスタッフたちにあったのは間違いない。イーガンもこの三隻への対応は敵側の主砲、二〇センチクラスの砲の射程を迎えるまで対応しなくとも問題なしと判断していた。

だが、その中央を進んでいたのは主砲の威力でモンタナのそれに匹敵する四〇センチ砲を搭載した戦艦陸奥だったのだ。

モンタナの至近に落下した四〇センチ砲弾の水柱は、モンタナのスタッフを蒼白にするに十分な威力を見せつけた。

「戦艦は二隻、迂闊だった」

どうにか立ち上がり窓の外を睨んだイーガンが、喉の奥から絞り出すように言った。ようやく立ち上がった他のスタッフも針路を元に復するべく持ち場に取りつきながら、立ち上がった四本の水柱に目を向けた。長門級の前部砲塔二基四門の四〇センチ砲からの砲撃の弾着だ。

そもそも次元転移する前のモンタナは、跳梁する日本の戦艦部隊に決戦を挑むためセレベス海を進んでいた。

彼らはアメリカをとことん押さえ込んでいた大和級戦艦、大和、武蔵、信濃の三隻との決戦に出向く途上だったが、この世界に迷い込み接触してきた彼等とは違うアメリカ海軍によってレクチャーされたのは、日本はアメリカによって敗戦目前まで押し込まれているという話と、この世界には大和級戦艦は二隻しか確認されていないという話であった。これが誤認の最初の刷り込みとなった。

モンタナのレーダーが敵艦隊を捉え、独断で決戦に向け動き出した時、飛来した敵砲弾は九発。その後の斉射でも一定の装弾時間をおいて九発ずつの斉射が続いた。他の砲弾は一発も飛来しない。

イーガンはこれによって敵は大和級が一隻のみと確認した。

そして日本が敗戦に近い状況にあるという、モンタナに乗り込んできたこの世界の提督ニミッツによる刷り込みで、他に戦艦は同行していないゲリラ的な襲撃だと判断したのだ。

敵の数を見誤ったのは初歩的なミスだ。

水柱の高さで、砲撃をしてきたのは四〇センチ砲だと認識できる。レーダー室からの報告でも、敵のもう一隻の戦艦の位置が三万八〇〇〇メートルの位置にあることもこれを裏付けていた。

「ここは負けを認め退避しなければなるまい」

イーガンの決断は早かった。

直ちに敵との距離を開くための命令を下した。

砲戦は維持し、目標を大和級から接近する四〇センチ砲搭載艦、長門級戦艦を含む戦隊に変更指示を出す。

レーダー手からの指示で各主砲は急いで照準変更を行い始めた。

だがこの時すでに勝負は決していたのだ。

接近していた敵艦三隻が転舵したのだがモンタナではこの確認が遅れた。

その転舵の意味するものも、敵の動きが確認された後に誤認された。

「砲戦距離に入ったので長門級は後部砲塔を生かすために転舵した模様」

砲術長のこの見解をイーガンは鵜呑みにした。

冷静に考えれば戦艦が後部の砲塔にも発砲機会を与えようとするのは正解だが、同行する巡洋艦が転舵した理由は解明されていない。

これが日本海軍が武蔵回航艦隊に託した最後の切り札とも言うべき戦術。重巡洋艦からのアクティブホーミング酸素魚雷発射なのであった。

自衛隊技術と国際救援隊ブレーンの提供情報によって日本海軍はアクティブホーミングの量産を始めた。

先のフィリピン海戦でスプルーアンスの機動部隊を襲った海軍陸攻隊が放った仮称三式航空魚雷もこのホーミング魚雷の一つだ。

航空攻撃の命中率は決して高いものではなかったが、これは航空魚雷という特性に大きく関係する。

時速三〇〇キロ近い速度で高度一八〇メートルを最大高度限界として投下できる強度を三式航空魚雷は有しているが、どうしても衝撃は大きくケースの厚い六一センチ酸素魚雷でも激しい振動でまず熱走に失敗する可能性がある。加えてアクティブホーミングの肝となる音波発信機とこれを受信する機械、その両方に故障が発生するのをいまだ払拭しきれていない。このため正式採用にまだ手間取っていたのだが、それでも戦果が上がるほどに「生きた」ホーミングの命中精度は高かった。

このホーミング魚雷は、当然本来の六一センチ酸素魚雷にも採用されており、こちらは三式高魚雷の非匿名で水雷部隊及び連装魚雷発射機を備えたすべての艦艇に優先配備されて行った。

舷側から海面に落下する衝撃力はたかが知れている。しかも、魚雷発射管からの発射では圧力機によって最初から熱走状態で魚雷は打ち出される。

この魚雷発射機、米軍の重巡洋艦ではほぼ装備していない。だが日本海軍の重巡洋艦のほとんどがこの魚雷発射機を装備しているのだった。

「全門発射完了」

先に魚雷を放った羽黒に続き那智の水雷長が艦長の渋谷大佐に告げた。

渋谷は頷き腕に巻いたデジタル腕時計を睨んだ。

「さあ、結果を御覧じろだな」

にやっと笑った渋谷の顔には絶対の自信が満ちていた。

4

ヘレン環礁に停泊していた米海軍艦艇で、もっとも大型なものは重巡タスカルーサであった。

米海軍に敵接近を報じた異世界戦艦モンタナが泊地を飛び出して一〇分後にタスカルーサも抜錨(ばつびょう)して後を追ったのだが、超弩級戦艦同士の打ち合いに重巡で加われようはずもなく、距離を取って様子を見つつ日本海軍の艦艇への接近を試みようとしていた。しかし、モンタナが巨弾の直撃で炎上し始めたのを見て、これを救援すべきという判断をし、艦長のハント大佐は針路をモンタナに向けるよう命じた。

これが結果的にタスカルーサに悲劇の連鎖を見舞うこととなった。

まず最初の悲劇はモンタナを襲った。

立て続けに五本の火柱がその舷側に立ち上がった。

魚雷の命中ということはすぐにわかったが、タスカルーサのレーダーに魚雷が撃てると思われる位置に日本艦艇は捉えられていなかった。

無理もない。日本海軍の持つ酸素魚雷の射程は米海軍の内燃式機関の通常魚雷より一〇キロ以上も長いのだ。

タスカルーサのレーダーに捉えられていたのは、武蔵に続いてモンタナに砲撃を加えたと思しき戦艦、長門級と思われるそれと随伴していた大型艦、重巡洋艦と思しき二隻のみ。

ここからの魚雷攻撃というのは、少なくともハント艦長の頭にはなかった。これは、米海軍の重巡洋艦には水雷装備が設置されていないせいでもあった。

「潜水艦！　潜水艦がいる！　司令部にその注意喚起を」

ハントが叫ぶ。

まさか重巡洋艦から魚雷が放たれるなどとは夢にも思わなかったのだ。

通信士は泊地から続々と錨を上げて出港しようとしている輸送艦や駆逐艦に大慌てで潜水艦に注意の電信を送る。

この時、大きな水柱の収まった戦艦モンタナに末期的ともいえる動きがあった。

「モンタナ大傾斜！」

当直の叫びに、多くの水兵士官がそっちへ視線を向けた。

この時まさか自分たちの足元にも魔の手が伸びているなどとは思いもしなかった。

日本海軍の重巡二隻が放った魚雷のうち射線の関係でそのアクティブホーミングの探知角度から外れた二本が、タスカルーサに迫っていたのだ。

酸素魚雷は無航跡、しかもまだ夜は明けていない。海面下に忍び寄る悪魔はタスカルーサの乗員の目にはまったく触れなかった。

唐突に大きな振動が三秒の間隔を置いて二度タスカルーサの船体を襲った。

魚雷の攻撃であることはすぐにわかった。

しかし結果的に言うと、彼らは自分たちを襲ったのが魚雷であることを知ったところで、すべての戦闘行動を放棄せざる終えなくなった。

排水量一万トンを超える重巡洋艦がたった二発の魚雷で船の背骨とも言えるキールを折られてしまったのだ。

船は一気に沈降をはじめ、甲板にいた者たちは艦長の総員退艦の合図を待たずに海に飛び込んだが、結局生存者のほとんどはこの先に身を投じた者たちだけで、数分後にタスカルーサはその船体を完全に海面から没してしまった。

日本側からしたら棚ぼた的な戦果である。

この状況はレーダーでモニターしていた「まや」でも注視されていた。

「後続してきた巡洋艦を轟沈しました」

この報告は、すぐに魚雷を放った那智と羽黒にも伝えられ、日ごろ重巡の中では肩身が狭い水雷科員たちは喝采を上げ戦果を喜んだ。

「逃げ時だな」

動きを完全に止め沈没していくと思われるモンタナのレーダー画像を見つめCIC長が呟く。

水平線レーダーには泊地からわらわらと出てくる小型艦艇も映っている。この中には駆逐艦や軽巡洋艦も含まれている可能性がある。追撃を受けると面倒だ。

直ちに宮田一佐にこれが注進され、宮田は武蔵に全速での退避を求めた。

この連絡に、古村は直ちに転針を航海長に命じ同時に主砲砲戦の終了を告げた。

この様子を一歩下がって見ていた鈴木中将が呟いた。

「一時はどうなるかと思ったが、なんとか売り物に傷を付けずに済んだな」

こうして海戦は日本側の一方的勝利で幕を閉じ、逃走を開始して一〇分後に敵の動きを見極めたうえで宮田は全艦隊に向け状況終了を告げた。

戦闘中はオープン回線で報告が飛び交ったおかげで、遠く離れた東京の国際救援隊司令部でも状況は具に把握できていた。

「何とか乗り切ったみたいですね」

心からの安堵の表情で有川が言った。

「いやあ、モンタナを沈められたのはラッキーっすよ。あいつがアメリカ海軍の作戦に利用されてたら、心理的圧力は半端なかったと思うんすよ」

讃岐が言うと岩崎が頷いた。

「同感ね。読み違えから起こった戦闘でしたけど、これはもう結果オーライとしか言えないわね。私の責任で売り物を駄目にしなくてよかったわ」

まあ最後が間違いなく岩崎の本音であろう。

「では、この先武蔵が逃げ切り無事にインド洋に入れることを祈ろう」

野木の言葉に一同が頷いた。

そして彼は時計を睨んで言った。

「左フック作戦とショートジャブ作戦を今日の昼に発動させる。これはもうチャンスでしかない。モンタナのプラスアルファの戦果は、アメリカにとっては大きな躓き(つまず)になっているはずだからな」

こうして、冒険以外の何物でもない二つの作戦は始動されたのであった。

第二章　中部太平洋、波めちゃくちゃ高し

1

苫小牧港を背景に巨大な翼が次々と海面から空へと舞い上がっていった。

第一一四航空隊の二式大艇と三式タンカーの編隊だ。

「全機離水完了。予定航路に入ります」

離水した飛行艇は全部で三二機、この内訳は先行しているのが既におなじみになっている蝙蝠(こうもり)部隊の早期警戒機で、この直後に攻撃機隊となる爆撃型の二式大艇が二六機、そしてこれに続いて腹いっぱいに燃料を搭載した三式空中給油飛行艇が五機である。

編隊を率いる攻撃隊司令の長谷川大佐が無線で各機に告げた。長谷川は第二編隊の先頭を飛ぶ機体の中にいた。

「気象状況をこまめに把握し針路を微調整する。時速は一九〇ノットを維持、一時間後に無線を完全封止する。それまでに不具合があれば把握報告しろ」

この速度は決して早くない、むしろゆっくりの部類だ。

しかしこの速度が二式大艇にとっては最も経済的な速度である。最大距離を飛行するにはまさに最適速度なのである。

陸攻などの大型機を差し置いて現在量産が急ピッチで進んでいる二式大艇は、令和から見た過去昭和の機体から見ると、エンジンが変更され四基のエンジンの合計出力は二〇％近く引き上げられ、最高速度に関しては時速で五〇キロも上がっている。

しかし設計上の限界もあり経済速度はエンジン換装前と同じなのだった。まあチューンナップと部品の交換で出力が上がっているとはいえエンジンの基本は金星エンジンのままだから、この回転数を維持するのはトルク的にも無理のない運転、飛行となるのだった。

巨大な翼は南東の空を目指し進んでいく。

「目標までの飛行予定時間は一六時間三〇分です」

隊長機の航法士が伝える。

「よし、まあ警戒機に見張りは任せ操縦は出来得る限り自動操縦を併用し消耗を避けろ」

先導する警戒機の尾部をちらっと見ると自ら一番機を操り操縦桿を握る飛行隊長の矢代は腕時計をちらっと見て呟いた。

「現着は時差を考えなければ。日本時間の午前三時か」

彼は国際救援隊から支給された指揮官用のデジタル腕時計を巧みに操作し、目標の標準時に到着時間を直す。

「なるほどね、向こうは目を覚ましたところって感じかね」

表示された時間を見て矢代はにやっと笑った。

ちょうどこの頃、同じ北海道でも内陸札幌にほど近い千歳航空基地では、巨大な翼を持つ、こちらは陸上機のＢ29攻撃機が出撃準備を終えようとしていた。

戊式輸送機と違い鹵獲した時のままのＢ29Ａではあったが、上面を濃緑色に塗られ日の丸のラウンデルと飛行隊のコードレターを書き入れられた機体は、一見して日本海軍のそれとわかる。

主翼の前縁には敵味方識別用のオレンジ色のラインもしっかりと入っている。

この主にテニアンで鹵獲した機体には、爆弾架に小改造がなされ日本海軍と陸軍の中型及び大型爆弾が問題なく懸下できるようになっていた。

今まさにその爆弾を収納する爆弾倉に大量の爆弾が吊るされる作業の真っ最中なのであった。

「既に左フック作戦部隊は進撃を開始したそうです」

ピストに集まった搭乗員たちの前に立つ攻撃隊を率いる木内中佐に、部隊の飛行長を務める治田少佐が告げた。

木内は国際救援隊から支給された時計、あえて自分で選んだごついGショックのアナログ時計を見た。どうにも計算がまどろっこしいと木内はこれを選択したが、なるほど針を見た方が操縦士は一瞬で時間の計算ができる。正確さが売りのクォーツ使用のアナログ時計は、海軍の支給する手巻き時計などより遥かに信頼できる。

「こちらの発進は一時間二〇分後、だが攻撃目標到達は遥かに早い、タイミングがすべての複合作戦、我々ショートジャブ作戦隊が先攻を取らねば全体の構図が崩れてしまう。整備は万全だな？」

問われた治田は大きな動作で頷いた、

「大丈夫です全機完全に整備が整っています。この基地に国際救援隊の工作要員が先乗りしておりましたから、技術的な面は全く問題ありません」

木内が「よし」と頷き、居並んだ隊員たちに顔を向けた。

「出撃前の最後の訓示だ、心して聞け」

よく通る声で木内が言うと、一〇〇人を超える隊員は号令もないまま直立の姿勢となった。

「この作戦は絶対に失敗を許されないものである。いかなる困難をも乗り越え目標に接近することが我々の使命だ、国際救援隊の指示は、戦果よりも目標への到達を第一の使命であると心せよというものだ」

木内はそこで一旦言葉を切り隊員たちを見回した。

「万一被弾した場合は直ちに脱出せよ。出来得る限り海上に機体が墜落するように操れ。この戊式攻撃機の基本機能はアメリカの技術によるものだが、飛行のための補助機器には国際救援隊の手によって先進技術が盛り込んである。これを絶対に米軍の手に渡してはならない。よく心得るように、では全体の時計合わせをする」

木内は自分のGショックに視線を落とし声を張り上げた。

「午前一一時二八分に照準、一〇秒前、九、八、七、六、五、四、三、用意……てーっ！」

時計を持つ操縦士と航法士が一斉に腕時計の針を合わせ、編隊を維持するための基準時間を共有した。

無線機が使い物にならなかった国際救援隊の登場前、つまりあの伊東市街を襲った時空転移の波によって令和世界の人間がテクノロジーもろともこの昭和世界にやってくる前、航空隊にとって時計の時間をきっちり合わせることは極めて重要な儀式、いや必要不可欠な手順であった。

しかしクリアに音声通話が可能になった現在、時計による確認作業はそれまでの自分の位置測定などで使用せずとも先導のナビゲーターの指示ですぐに確認できるようになったので、これを二次的に確認するための道具に格下げとなった。

それでも、これまでずっと行ってきた作業だけに、これをやらないと気が済まないし、まあ誰かの時計にずれがあったらそこから攻撃計画が狂う原因になりかねないのは現在も一緒なので、結果的には必要な作業ではあった。

時計を合わせ終わり、木内は一同に細かい作戦の手順を話した。内容の確認を攻撃の核となる編隊を預かる各中隊長に述べさせ、徹底を図った。

二〇分近いレクチャーを終えた木内は、副長の真田大尉に命じ作戦航路を記述したチャートを全機の航法士に配った。

「被弾墜落必至となったら燃やせ、その暇がなかったら食え。最高機密だからな」

そう言うと木内は、がははと笑った。本人はジョークのつもりだったようだが、書類を受け取ったナビゲーターたちはかなり本気でその言葉を噛み締めていた。チャートはコンピューターで計算した緻密なもので、これはなるほど米軍に見られたくない代物に間違いなかった。

一時間後、すべてのB29に乗員が入り込み、それぞれの機体は四基のエンジンの暖機運転に入った。

轟々たる響きが千歳の広い滑走路に響く。

編隊を率いる一号機に乗り込んだ木内中佐は、副操縦士席に着くと直ちに全機との会話を司るデジタル無線機の調整ボタンをタップした。

LEDの光が目的の回線番号を示すと、木内は手を放し既にジャックに繋いでいた骨伝導インカムのマイクに話しかけた。

「全機順次状況を報告、エンジンに不調がある場合は直ちに報告しろ」

すぐに二号機から順次準備状況が報告されていく。

万一にも間違いがないか、各機の爆弾搭載量も正確に報告させ記録する。これは実は作戦に向けて極めて重要な要素を秘めた確認なのであった。

B29に限らず長距離爆撃機の飛行距離、航続距離はその最大燃料搭載量に対して飛行時の負荷により距離が増減する、つまり重くなればエンジンは余計に回転を要求され燃料の消費が早くなる。端的に言えば燃費が悪化するのだ。

Ｂ29の最大爆弾搭載量は九トンがカタログデータだ。しかし、この重量に対して燃料の最大搭載量を減らさないと離陸が困難になり、航続距離は四八〇〇キロ前後にまで下がる。しかし、通常の搭載量となる四・五トンであれば六五〇〇キロ近くに伸びる。これは爆弾の量を減らせば航続距離が延伸することを表している。単純な空荷での飛行なら最大八〇〇〇キロを越える距離を飛ぶことができるが、だからと言ってこの戦略爆撃機に少量の爆弾を搭載しても何の意味もない。

日本の陸攻には搭載不可能な重量の爆弾、およそ四トンのマックスペイで攻撃を行う。これが今回の作戦での搭載量と決められていた。

「全機発進準備完了」

時計を睨みながら木内が管制塔に連絡を入れる。

「攻撃隊全機、定時に発進開始せよ。先導機より誘導路から主滑走路に進入せよ」

管制塔の指示に従い、木内の搭乗する一号機から順番にＢ29、海軍戊式攻撃機29型は滑走路の端に移動し予定の時間に滑走を開始した。

重い機体は滑走路のほぼいっぱいを使いようやく宙に浮く。そこでエンジンに発破をかけぐいぐいと上昇していくのだが、その速度はこれまでの日本製の大型攻撃機や爆撃機には真似できない力強さを持っていた。

二一機の戊式攻撃機が離陸するのに一五分しかかからなかった。先行する機体が滑走路の半分も行かないうちに後続機が滑走を始めるという気忙しい離陸ではあったが、ある程度の練度がなければ決して真似できない芸当でもあった。

それも当然で特編三空に配備された搭乗員は全員がベテランの陸攻乗りなのであった。

後部の胴体には千歳で合流した四人の機銃手と一人の無線手が、爆弾倉を挟んだ前部胴体には元から特編三空にいた二人の操縦士と爆撃手、そして機銃手を兼ねる航法士が乗り込み、合計九人のペア、海軍では何人乗員がいようと一機の機体に乗り込む乗員はペアと呼ぶのだが、急造とも言えるこのペアで作戦は始動した。

空に舞った巨翼は、先行している二式大艇攻撃隊のそれと同じ方角に、つまり太平洋のど真ん中に向けて飛行を開始したのであった。

2

伊東の研究所の深部で謎の機械に向き合っていた春日部教授が、突然大きな声で笑いだした。

一人で笑い続ける姿は、もしここに他人がいたら頭が狂気に支配されたのかと驚くところ、いや人によっては教授は既におかしな人認定されているが、この時は少なくとも相応の理由があって笑っているのであった、

「なんと、こんな簡単なことで固化できるとは！」

教授は赤く光る警告センサーの内側にいた。

そう、あの春日部の生徒の坂口が胴体を切断され死んだ地点、異次元ゲートがあった箇所より内側であった。

教授はゆっくりかつて反物質が格納されていたカプセルに接近した。キラキラと光る物体が全面に塗布されていた。

教授はその物体を拳でコンコンと叩いた。

「なんとまあこんな安直に無効化できると気付いていれば、研究は二か月早く進ん

だのに。まあ、これからは急ピッチで解析ができる」

教授が叩いていたのは、ガラスであった。

教授はガラス繊維とさらにその上に塗布され固まった液状ガラスを今度は掌(てのひら)で撫でた。

「質量波ゼロッ、まったく漏出なし。ふむ、理論的に説明できないが結果オーライで良いのだろう。今の状態でコントロールすればおそらく時空に影響を与える訳のわからん波動を好きな方向に出力できる」

教授は腕組みするとこれまでさんざん自分を苦しめてきた謎のカプセルを睨んだ。

「しかし、これは危険すぎる。こいつの使用に関して、あの爆弾女の首相閣下に任せたら絶対に世界は滅亡するだろうな。どうしたものか……」

教授はじっとカプセルを見つめ続けたが、三分ほどして小さく頷いた。

「こりゃ、儂(わし)にしか扱えんな、うむ。しかし、それでも一人じゃどうにもならんな……」

教授は腕組みしたままくるっとカプセルに背を向け、つかつかっとコントロール機器の並ぶ位置まで歩き電話機を摑んだ。

そして国際救援隊司令部の指揮室直通番号を回した。昭和の最新式電話機なので回転ダイヤルがついているのだ。このタイプはまだ一部にしか普及していない。多くの地域では、交換手呼び出しの回転ハンドルを回す電話機を使っている。

すでにアメリカでは自動交換機が普及し始めているが、日本では大都市の一部にしかまだない。このため面白い現象が起きる。都市圏から田舎の個別番号に電話しても結局相手局の交換手が出て個人に繋ぎなおす手間が入るのだ。

まあ口頭で相手の番号や個人名を交換手に言うよりは若干早いわけだが。

逆に都市に田舎から掛けるなら、交換手が番号を回せば個人電話に繋がる。無論都市圏なら個人から個人にダイレクトで繋がるから、まさに地域格差の見本である。

とにかく交換手を介さない直通電話は四回のコールで相手が出た。

「はい国際救援隊司令部指揮室です」

「儂じゃ、春日部だ。すまん君は誰かね」

すぐに相手が「ああ」と呟き返答した。

「高野であります。誰に用でしょう教授」

「ふむ伍長君か、すまんが野木君はおるかね」

教授が言うと高野は、ちょっと待ってくださいと言って受話器を置いた。

「野木先生、春日部教授からお電話です」

何か書類を睨んでいた野木が、ひょいっと手を上げＯＫの合図をした。

バサッと書類を置くと野木は電話機に歩み寄った。

「もうめんどくさいな。コードレス電話が懐かしいね」

野木は受話器を摑んだ。

「もしもし野木です」

すぐに教授のえらく低い声が聞こえてきた。

「すまんね、君は陰謀に加担する気があるかね」

「は？」

野木の目が真ん丸になって硬直した。

「この戦争を根本的に見直して、一発で終わらせるための陰謀だ」

春日部の声を聞いても野木はどう反応していいのかわからず、受話器を耳にあてたまましきりに頭を回転させているのだが、教授の言おうとしている話にはまったく思いが至らない。

「あ、あの、いったいどういう話なんですか？」

どうにか絞り出した言葉に、春日部がヒソヒソ話並みの低い声で話を始めた。

「いいかね、じつはこのますんなりアメリカに勝ったところで話はこじれるというのを説明するので理解してくれ」

「え？　それ教授が最初に言ったことを覆すってことですが？」

野木が訝しそうに言うと教授はあっさりこれを認めた。

「その通りだ。事態が大きく変化した。まあ儂にも責任があるのだがな。しかし、そんなことを崔麗華（さいれいか）に話した日には、ここまでのあれこれに対し怒り心頭に達する恐れがあるのじゃ。だから秘密裏に戦争を一気に終わらせて世界に平穏を与える作戦を考えたい」

野木の頭に何か引っ掛かることがあったようだ。彼は表情を変えて、室内を見回してから教授に言った。

「教授は今伊東の実験室にいるのですよね」

「ああ」

返事を聞くと野木は言った。

「五分後にこちらから掛け直します。少し待っていてください」

「ふむ、よかろう」

教授はそう言って電話を切ると腕組みしたままじっと五分間電話を睨み続けた。

ジリッとベルが一回鳴ると教授は忙しく受話器を取り上げた。

「もし……」

野木がひと言話すと完全に被せるように教授が話し始めた。

「君は知っているのかね、崔麗華がアメリカに対して原爆を使用しようとしていることを」

いきなりの話に野木は絶句した。

野木は教授の話が周囲に聞こえない方が良いと判断し、国際救援隊司令部と棟続きの自分たちの宿舎、つまり同じ首相官邸敷地内にある棟の電話室で伊東に電話を掛け直したのだ。

もしあのまま指揮室にいたら、その怪しい挙動で色々注目を集めてしまっていただろう。

現に今、野木は口を大きくあけて硬直していた。

「あのバカ女、儂の生徒たちに原爆を作らせておる。ちなみに計画は、岩崎とかいう中学教師が指揮しておる」

これを聞いても野木は驚きもせずただ大きく頷いた。

「なるほど、それで謎の行動が多かったんだな副担任」

どうやら野木もある程度は原爆開発について予想していたらしい。だが、この野木の呟きを無視して教授は話を続ける。

「それでは全く意味がないのをあいつは理解しておらん。その行為はそのまま私が言った世界の破滅への別の局面が扉を開けることになる。いいか、私が示唆した世界の破滅を止めるために必要なのは、未来技術と核をアメリカが握るのを認めないことだった。しかし、日本が核を使用したら、その条件を日本が握ったことになる。この状況になっても崖やその取り巻きは、アメリカと同じことを日本はしないと言い切るであろうが、儂が懸念しているのはそこではない」

野木にも何となく話の輪郭が見えてきた。

単純に核を日本が、仲間が開発しているという事実に衝撃を受けたのだが、それ以上に大きな歯車が動くことを教授が懸念していると理解したのだ。

「日本以外の国に鍵がある、そう言いたいのですね」

教授は即答した。

「その通りだ」

野木の頭がフル回転を始めた。いろいろな状況をシミュレートするのは作家の得意分野だ。彼の頭は今の世界情勢を考え、思いつく限りの状況を絞り出した。その中で最も気を付けなくてはいけないのが何か、三本の指に入るまで絞り込んだ。そこで野木はすぐにそれを教授に振ってみた。

「私が考え付く限りでは、危険要素はドイツとソ連そしてイギリスですが」

この中でドイツを除くと戦後すぐに核武装を成し遂げた国、自分たちの過去世界で敗戦国だったドイツはそれらの国が核開発するにあたり研究者が半ば強制的に、いやソ連に関しては完全に強制的に協力させられた。

「いい線だ。さすが儂が目を付けた相手だ。その中で一番危険なのはドイツだが、儂はこの世界のソ連が不気味すぎてな、まあできたら両者を同時になんとかしたいし、崔麗華が作っておる原爆も何とかしたい」

野木の眉がぐっと真ん中に寄り眉間に皺が刻まれる。

「どうやってそれを成し遂げる気ですか？　私に何を協力しろと仰るのですか？」

教授に外交的何らかのプランなりがあるのかと思って野木は聞いたのだが、教授は意外なことを言い出した。

「策はついさっき生まれたのだが、これをどうやって実行するか思いつかんのでな。お前さんに協力してもらいたい。その他にここに私がこもっておる間に戦況がどうなったのか、一度レクチャーを受けたいので来てくれないかね」

非常に落ち着いた声である。何か大きな揺るがない自信に寄り掛かった感じの口ぶりだ。

しかし教授の声には何か違和感があった。

野木の頭が忙しく回転する。

教授は策があると言った。それはいいし戦況のレクチャーはまあ今後やるべきことを考えれば必要だ。しかし、教授が最初に言ったひと言がどうしても引っ掛かった。

さっき生まれた。

これが野木に軽い疑念を生んでいた。

普通なら思いついたと言うだろう。教授の口癖なのか？　いや、これまでこんな奇妙な言い方を教授がしているのを見ていないし、聞いてない。

これは何か自分が考えているのと違う事象を指していないか？

いやこれは、絶対そうに違いない。

教授は何かを考え付いたのではない。何かを、見つけた？

「なんなんですか、教授が見つけたものは？」

反射的に声にしていた。確証からではない、半分恐怖からの質問だった。それほどに教授の持つ自信は異様だったのだ。それが声を喉から絞り出させたのだ。

「ああ、うん、世界を『本当に』安定化させることが可能な物だよ。正確には見つけたのではないな、制御法を見つけたのだ」

すぐに野木は理解した。

これまで春日部教授が何に固執していたのか。それを思い出したら答えは一個しかない。

「その伊東にある謎の機械ですか？」

電話の向こうから太く強い肯定の声が飛んで来た。

「そうだ。だが今は謎の機械ではない。私の手によって制御が可能になった反作用防御機能を有する次元転換波動射出機だ」

即座にその言葉の意味を理解できなかった野木だが、言葉の反芻（はんすう）を行ってようやくそのとんでもなさに気が付いた。

「ちょ、ちょっと待ってください、それって！」

「はは。理解したかね、そうだこれは世界情勢を逆転できる代物だ、ある意味夢の塊だ」

野木は博士の漏らした話の重要性に気付き頭がくらくらするのを感じた。

崔麗華を何とかする？　ドイツやソ連をどうにかする？　いや違う、野木は教授がやろうと考えていることに思い至り、唸り声を漏らし受話器に呟いた。

「それは最悪、教授が世界を破壊することになるんじゃないですか」

だがすぐに否定の言葉が飛んで来た。

「そうはならん。儂が真にやろうとしていることとならな」

いったい何をしようというのか、野木には全く想像できなかった。だが、この段階で彼は気付いた。

ここまで聞いたらもう抜けるのは無理だと。

内心の焦りを感じながらも、もっと話を聞かなければという気持ちも大きく、野木は受話器を耳から離すことができなかった。

3

苫小牧から飛び立った第一一四飛行隊は、太平洋のど真ん中を進んでいた。

気象状態は安定しており、ほぼ予定通りに飛行は続いていた。

周囲は深夜の闇、編隊の翼短灯と尾灯が闇の中に列を作っている。

編隊は三機で一編隊を形成し編隊長機を先頭に傘型に飛行しているが、全梯団の先頭に一機だけ早期警戒機が先行している。

すっかりお馴染みになったこの警戒機は、水上レーダーも備えている。このため危険と思われる艦艇を発見すると無言で進路を変更し、編隊にこれを追従させた。

「かなり順調だな、給油は夜明けと同時に行うが、最悪の場合まだ未明のうちにこなさなければならんな」

長谷川攻撃隊長が満天の星空を見ながら言った。

現在高度は六五〇〇、かなり高空だ。この高度が実は燃料の圧縮比を調整した改造金星エンジンにとって最も燃費よく飛行できる高度なのであった。

この高度だと酸素が薄いため酸素を供給するマスクは必須だ。乗員は皆マスクを着け防寒着をまとっている。

これが成層圏になったら零下一〇度を下回るが、この高度でも気温が零度以下だ。とても南海を進んでいるとは思えない。

編隊の後方を進んでいる三式タンカー、空中給油機にとっては作戦の可否が自分たちに掛かっているのを承知しているから、先行する爆撃隊より飛行には慎重であった。特に腹には大量の燃料を抱えているので、その管理にも余念がない。

「長い飛行ですね。これは本気で厳しい」

三式タンカーの隊長機を操縦する三守中尉が機長の柴本大尉に言った。

「気を抜くなとは言ったが、自動操縦は随時使っていいのだぞ、先導機が進路を変えたら解除すればいい」

これを聞いて三守が肩をすくめた。

「その進路変更がいつ起こるか気を張ってるから、結局一緒なのでずっと操縦桿を握ってるんですよ」

柴本が目を丸くした。

「おいおい、そんなに気を張ってたら本当に身が持たん。予定より早いが、そろそろ私が操縦を代わろう」

三守が副操縦席の柴本に視線を向けた。

「本気ですか？」

もうこの時には、柴本は操縦桿を握っていた。

「お前は少し寝てろ」

そう言って柴本は二人の間にある操縦コンソールのメイン操縦の切り替えスイッチを回した。

これは国際救援隊がつけた装備で連動した操縦桿で違う操作を行わないように通

常は片方の操縦席だけが操作を行い、非常時などには両席で操縦ワイヤーが操れるようにしたダイヤルスイッチだった。

　自分の操縦桿から手ごたえがなくなるのを確認すると、三守は大きく背伸びをした。

「いやあ疲れました」

　柴本が前を見つめたまま三守に言った。

「後ろで休んで来い。何ならついでに給油棒の操作席の点検をしてきてもいいぞ」

「それって暗に行って来いって言ってません？」

　柴本がくいっと両肩を持ち上げながら言った。

「そう思うならそうなんだろ」

　三守が安全ベルトを外しながら呟いた。

「ほら否定しない」

　空中給油機のペアは六名、正副操縦士と航法士兼前部銃手、無線手兼上部銃手、給油ブームの操作員兼側面銃手。尾部銃手という顔ぶれだ。

　立ち上がった三守は下の階に声をかけた。

「吉田、今どの辺を飛んでるんだ？」

前部のキャノピーから前を見つめていた航法士吉田上等飛行兵曹が上を仰ぎながら答えた。

「あと一時間で日付変更線てなところですね」

柴本は軽く首を振りながら後部隔壁に向かいつつ言った。

「そりゃあ疲れるわけだ。離水からずっと操縦桿を握りっぱなしだったからな」

思わず吉田が後ろを振り返って言った。

「あれ中尉、トイレも行ってなかったんですか？」

三守がドアに手をかけながら答えた。

「ああ、全部小便袋に貯めた。言ったろう操縦桿を握りっぱなしと、下の操縦桿もその間に握っていたのだ。今から便所に捨てに行く」

そう言って三守は手にした大きめのゴムでできた袋を持ち上げた。

「うあ、汚い、機内では下ネタ禁止です。袋の中身、便所の床にぶちまけないでくださいよ。この高度だとすぐ凍って足が滑るようになりかねません」

「おいおい、そんなドジしねえよ。いきなり機体が揺れでもしない限り」

まさにその瞬間だった。

三式タンカーがストーンといった感じで沈み込んだ。

「エアポケットだ、気団の谷間だったようだ」

編隊の僚機も軒並み高度を落とし、編隊がややばらけかけていた。無線封止状態だから、先行の機体からの注意は飛んでこないのだ。

「あー、やっちまった」

三守が言った。

これを聞いて操縦桿を握っていた柴本と航法席の吉田が同時に「えっ！」と叫んだ。

二人とも、その声で三守がやらかしたであろうことに思い至ったのだ。

そして三守は期待を裏切らぬ声を上げた。

「すまん、小便こぼした」

柴本と吉田が同時に叫んだ。

「三守、なにしてるんだ！」

「中尉、冗談はよしてください！」

三守が振り返って小便袋を持ったまま両手を合わせた。

「すまん、全部じゃないから安心しろ。今中身を捨ててきたら何かで拭くから許せ」

柴本が大きく首を振りながら言った。

「もう何でもいいから早く行ってこい。急がんと凍る」

この心配が当たった。後部の便所に小便を捨てた後、途中でウェスを見つけた。三守が操縦席の後部にある扉まで戻ってきたら、彼の小便は操縦席の計器盤が放つ光をキラキラと美しく反射する氷に姿を変えていた。

「あ、あ、あー」

三守が床に膝をつきウェスで小便の上を撫でたが、それはツルツル滑るだけでまったく染み込みはしなかった。

「三守、手遅れにしやがったな!」

操縦桿を握ったまま柴本が怒鳴った。

「申し訳ありません!」

泣きそうな顔で三守が機長に答えた。

「罰として貴様、帰り道は一人で操縦せい」

三守はトホホといった感じで肩を落とし頷いた。

「了解しました」

まあそんな騒ぎがあったのは彼らの機体だけであったが、順調に飛び続ける巨大飛行艇とは別にやはり暗夜を飛ぶ大きな翼があった。

千歳から飛び立ったＢ29、戊式攻撃機29型の編隊だ。

特編三空は、二式大艇の編隊とおよそ五〇〇キロ離れた位置をよく似た航跡で飛行していた。

よく観察すると、その進路は一一四空より少し西に機首が向いていた。

大艇部隊同様に編隊は無線を閉ざして無言で飛行していたが、その目はしっかり周囲を見回し警戒を怠ってはいなかった。

特編三空は早期警戒機を帯同していない。

編隊での飛行速度の差で同行ができなかったのだ。

しかも編隊は今、高度およそ一万メートルを進んでいた。

排気タービンを備えたＢ29にとってこの高度は難なく飛べる。しかし、知っての通りこのＢ29Ａ型は、与圧キャビンを持っていない。

そう、アメリカが対日戦への早期投入を睨み、開発の遅れている与圧室の設置を諦めて量産を開始してしまったからだ。

現在この一〇月になってようやくアメリカでは与圧室を備えたＢ29Ｂ型の大量生産が開始されていたが、まだロールアウトした機体は三〇機程度。しかし、これが年末までに三〇〇機まで増えることをアメリカに配置したスパイ網からの連絡で日本は把握していた。

世界中にある現在稼働可能なＢ29のうち実に半分を日本が鹵獲使用しているのだが、アメリカはその情報を片鱗しか知らない。

テニアン島の襲撃にＢ29が使用されたのは連絡で知ってはいたが、その機数や用途に関しての情報は歪んでしまったそれしか得ていないのだった。

サイパンの攻撃では、Ｂ29は壊滅に近い損害を受けたとアメリカは考えていた。だが、テニアンへの襲撃でＢ29は使用された。

この情報からアメリカの情報部は一〇機前後の機体が鹵獲使用されている可能性が高いと判断した。だが実際には輸送型を含め現在五〇機近い機体を日本は運用している。これはテニアン島でも積極的に鹵獲に向けての作戦が取られていたからだ。日本軍は攻撃によって機体を動けなくしたが、それは簡単に修理すれば飛べるだけの損害でしかなかった。

こうして鹵獲したＢ29のうち、輸送機に改造しなかった機体が全部太平洋の空を進んでいた。

濃緑色に塗り替えられた翼は、陽光をその機体表面で反射したりはしない。塗装すると機体重量が増すが、日本軍はこれをまったく厭わなかった、国際救援隊が考える作戦において『通常のB29』は大重量の積載など考えなくていいという判断がなされていたのである。

実際、現在飛行中の編隊が搭載した爆弾量は、通常の最大積載量四五〇〇キロに及ばない三七五〇キロしか積載していないのであった。

夜の闇を無言で進む編隊は大きな雲の塊を下に見ながら進む。

こう言った雲が多ければ、海上にいる船舶から発見される可能性は下がる。

ただし、その音までは消せない。

だが聞こえてくるのは、米兵にはそろそろ耳に馴染んでいるであろうライトR3350エンジンの音だ。まあエンジン音を聞き分けられるものは少ないが、怪しまれる可能性が多少でも低いのは事実だ。

とりあえず彼らにはわからなかったが、小型船の何隻かが飛行経路に下にいたのだが、アメリカ軍に対して警戒を促す無線は打たれていなかった。

攻撃隊長の木内は、Gショックを睨んでB29の操縦席の機内灯をつけた。

バサッと書類と地図を開き彼はしばしこれを睨んだ。

「航法士、目標までの残り時間は？」

操縦席のすぐ前に陣取った爆撃手兼航法士の住倉中尉が木内を振り返り言った。

「攻撃目標までは二時間を切ってます。もうあと三〇分もすれば敵の警戒圏内に入ると思われますが」

木内が、ふむと呟きながら地図を睨む。

「あそこの基地にどんだけ戦闘機がおるか知らんが、このでか物はそうそう簡単には落とせんだろ。実際我々も国際救援隊が現れるまでこいつに手こずった。我々にできなかったことをアメ公が簡単にやれるとは思えん」

すると操縦士の岩田少尉が席を向いて口を挟んだ。

「ですが隊長、これはアメリカ製です。自分たちが作った兵器への対処って考えるんじゃないですか？」

だが木内は不敵に笑って答えた。

「そりゃ成層圏を飛べる戦闘機くらいは作っとるだろう。しかし、こいつの防弾性能は凄い。おそらく自動消火装置などは一式陸攻のそれより確実に作動し効果を発揮する。何より、この椅子を見ろ。背中に防弾板が張り付いておる。こんな余分に重いもの日本の攻撃機には載せておらん」

木内の語る通り航空機の防弾性能は、日米で雲泥の差があった。アメリカは操縦者を守ることを第一にコックピットを設計する。日本では徹底的に機体を軽量化して性能を上げることに執心してきた。

これは、日本の航空機会社が軍の無茶な性能要求に応えるために行ってきた常套手段、日本軍は欧米の航空機より高性能なそれを国産化することにばかり目を向け、搭乗者を守るなどということに意識を向けてこなかったのだ。

まあ航空機の設計を始める段階から思想が違っていたら、こうなってしまうという残念な具現化である。

この唾棄すべき開発のつけを現場のパイロットたちは自分の命で払わされ続けていた。それだけに木内のようにアメリカ製の機体に対し半ば称賛、半ば憧憬の籠った視点を持つのも仕方のないことである。

「まあとりあえず早いが警戒態勢を敷くか」

地図と書類の入ったバインダーを閉じると、木内は機内通話のマイクをオンにした。

「おい堺起きてるか」

「寝るもんですか！」

すぐに勢いのある返事が返って来た。相手は尾部銃座に座る堺二等飛行兵曹であった。

「よおし、偉いぞ。すぐに戦闘警戒開始の合図を後続機に送ってくれ」

木内が言うと堺がすぐに返事を寄越した。

「了解、臨戦態勢でよろしいんですね」

木内が「ああ」と答えると堺はすぐに信号灯を引っ張り出し、編隊長機に従う後続機のキャノピーに向け発光信号を送った。

点滅する信号を確認すると、ただちに順送りで信号が回り、三〇秒後には編隊の全機が臨戦態勢に入った。

B29の上部と下部の銃座はリモコン式だ。

相手を狙うために小さなバブルキャノピーが上部にはあるが、それは銃座と離れた位置にあり、銃座は完全に無人で回転と発砲をする。

この弾丸の飛んでくる位置とそれを操る者が別の箇所にいるというのは銃を操っている人間を倒さないかぎり攻撃は止まらない。たとえ銃撃で銃座を破壊しても銃手は無事な訳である。

このリモコン銃座のシステムを熟知しないと、自分を攻撃する本当の相手を仕留めようという意識はなかなか生まれないはずである。

というわけでB29の搭乗員の生存性という観点は操縦士だけでなく隅々まで行き

届いていると言えた。

　まあ尾部銃座だけは万国共通の鬼門で、銃手の逃げ場がないのは変えられなかったのだが、これは飛行機の構造上仕方ない。それでもB29の尾部銃座の機銃もまたリモコン式になってはいた、銃手の位置が銃本体の真上なので結局一緒くたに的にされてしまうという運命を背負っているのだった。

　その尾部銃座から後続機に向け次々とリレーされた指示は、臨戦態勢でこれは銃手だけでなく爆撃手も照準器をオンにしていつでも操縦を引き継げる準備をするということである。

　米軍のノルデン式照準器は、爆撃針路に入った段階で操縦系統を照準器に接続させて爆撃手がこの巨翼を操る。目標を確実に捉えるための機能だ。

　しかしまだ攻撃地点が視認できない箇所からこの照準器に火を入れるのは別の意味がある。万一攻撃が不可能と判断されたら、即座に積んできた爆弾を投棄しなければならないから爆弾の投下を一動作で管理できる爆撃手にこの管理をゆだねるのだ。

　攻撃が失敗したら爆撃機、攻撃機は身軽になって全速で逃げなければならない。だからボタン一つで爆弾倉を開き爆弾を落下させられるように身構えていなければならないのである。

「さあ、さっさと敵に爆弾を送りつけて日本に帰るぞ」

木内が機内の乗員に発破をかけ、操縦桿を握る手にぐっと力を込めた。幸いに、まだ彼らは誰にも探知されてはいなかった。

4

東京の国際救援隊本部の司令室はかなり静かであった。

室内に詰めた人間はみな一様に黙って、それぞれに時間を過ごしていた。作戦が進んでいる間も、戦闘が始まるまではこんな感じで一同は時間を過ごすようになっていった。

「もうそろそろじゃないっすか?」

壁時計を見上げて讃岐が言った。

「そうね、まだ報告が来ないわね」

有川が読んでいた新聞を畳みながら言った。

すると、それが合図であったかのように壁に新しく設置したスピーカーから声が響いてきた。

「ショートジャブ作戦目標至近に接近、現在敵戦闘機と交戦しつつ爆撃目標に向かっています」

　このスピーカーは伊東市内から運んで来たＢＯＳＥ製。なんでわざわざそんなものを付けたのかと言えば、仕事中に音楽を聴きたいという野木のわがままに端を発していたが、まあ既に設置されていることから彼のごり押しが通ったことは言うまでもない。

　とにかくそのスピーカーは各所からの連絡を伝達するにも重宝されることになった次第である。

「ついに攻撃開始か、まあこっちが成功する確率は前から高いと試算されていた。ここが日本の攻撃圏内にあるなどアメリカは考えてもいないはずだ」

　野木が興奮した様子で言った。

「まあ常識的には考えないわよね」

　有川が冷めた声で言った。この態度の差でわかる通りこの作戦の主導は野木であった。そして有川は終始この作戦に懐疑的な態度を取っていた。

「迎撃機が上がってるのはやはりレーダーで捉えられたということっすね」

讃岐が珍しく緊張した顔で言った。

「ここはB29のしぶとさを信じるしかないな。奴ら成層圏からの爆撃を行うんだ、戦闘機もそれなりに性能低下しているだろうしな」

野木が言うと高野が遠慮がちに口を挟んだ。

「もし敵機がP47だったら、排気タービンを装備してますけど」

しかし野木が態度を揺るがして鼻息荒く答えた。

「それはない、おそらくあの島には意外性のある機体しかいないはずだ」

全員が首を傾げて野木を見た。

「なんですか、その変な自信と意外性のある機体って」

岩崎が目を糸のように細めて聞いた。

「空戦の様子を流してもらおう、そうすればいずれにしろ明らかになる」

野木の提案で、既に敵機との遭遇で無線をオープンに切り替えている戊式攻撃機隊の機上無線を傍受させることにした。

すぐに空電交じりの通信が室内に流れた。

「左九時方向から敵の戦闘機が来ます。同高度です」

流れてきたのは隊長機の後部上方銃座を受け持つ無線士の及川一等飛行兵曹の声

であった。

「くそ、あいつら余裕でこの高度を飛んでやがる、形もＰ38と微妙に違う、あの丸い風防は与圧キャビンに違いない」

木内中佐が歯を食いしばったまま漏らした。

「あいつらＰ38ではないのですか？」

航法士の住倉が言うと木内は即座に否定した。

「いや、暗くて良くわからんが機影はＰ38と翼形も機首も違った。そもそも武装箇所が違う。Ｐ38ならさっきの銃撃で胴体が集中的に弾を喰らっていた。主翼にばらけたということは、武装は翼にある」

この会話を遠く離れた東京で聞いていた救援隊司令部の高野が、大きな声で叫んだ。

「ＸＰ49だ！」

すると間髪入れず野木が言った。

「いやこの世界ではＰ44戦闘機だ。おそらく開発順序が入れ替わったんだろうな」

そう言うと野木は机の上の書類の山を引っ搔き回し、一枚の書類を引っ張り出した。

「これがサイパンでの押収資料だ。見てなかったのか」

野木が資料を大机の上に置くとすぐに高野が、次いで岩崎と讃岐がその資料に近付き覗き込んだ。

英文とそれを翻訳した日本語が併記されているが、高野と讃岐は日本語を岩崎は英文を直ぐに読み始めた。

「これは最初から高高度戦闘機として開発されて与圧キャビンを持った双発双胴の戦闘機ってことですね。しかもエンジンも排気タービン付きだ」

高野が顔を曇らせながら言った。

「こいつめちゃくちゃ厄介じゃないですか、B29のいる高度に上がって来られる戦闘機っすよ」

讃岐が言ったが、岩崎が半ば割り込むように口を開いた。

「なるほどね、これ事実上の失敗機じゃない」

高野と讃岐が「えっ」と言って岩崎を見た。

「B29の堅牢さを考えたら、これさしたる脅威じゃないわ」

「どういうことっすか？」

岩崎が言っていることがさっぱり理解できないといった顔で讃岐は聞いた。

資料を指さしながら岩崎が答えた。

「エンジンがヘタレなのよこいつ。排気タービンつけて一四〇〇馬力ぎりぎりしか出力が稼げてない、それを双発にしても、与圧キャビンのせいだと思うんだけどとんでもなく重いのよ胴体が。これまともに飛ばすだけで精一杯だと思うわ」

この岩崎の発言を肯定するような声がスピーカーから聞こえてきた。

「さっき攻撃してきた機体は後方に置き去りになりましたよ」

隊長機の尾部銃座にいる堺一飛曹の声であった。

「なんだ？　あの戦闘機見掛け倒しか」

木内の声が響くと後続機からの声も響いてきた。

「襲って来た六機のうちすでに三機が編隊後方に取り残されてます。おいすがろうとしてますが、こりゃ遅い、追いつかれそうにないです」

ここで岩崎が資料をもう一度指さした。

「高度三万四〇〇〇フィートでの最高速度四一〇キロ。同高度のB29は五五〇キロを出せるわ」

高野と讃岐が顔を見合わせた。

「なんだこの失敗戦闘機、なんで前線にいるんだ？」

高野が言うと讃岐も同様なことを口走った。

「こんなもの採用して何考えてるんすかアメリカは」

だがここで野木が口を挟んだ。

「これは失敗機に見えるがアメリカはちゃんと計算してこいつを採用しているんだよ。まず、あそこは最前線じゃない」

讃岐が「あっ」と声を漏らした。

野木は続けた。

「そしてよく考えろ、日本軍の保有している機体で高度一万メートルで時速四〇〇キロ以上の速度を出せるものがあるか？　今攻撃に向かっているのはアメリカ製の機体で、日本の純正じゃない。そしてこれまで俺たち令和の人間がかかわらなかった日本の工業技術水準を考えてみろ」

二人は唸り声を上げた。代わりに岩崎が言った。

「野木先生の仰るとおりね。相手が日本軍ならこの性能で十分に通用する、ある意味妥協ではあっても役に立たない訳じゃない。その判断でまず防衛にあたるため、太平洋の中間中継地であるミッドウェイ島に配置した」

野木が頷いた。

「そうだと思う。そうじゃなければ運用しないだろう、恐らく性能向上を狙って試作機を戦場のすぐ後方のミッドウェイに送り込んで運用試験をやってたんじゃないかな。飛行安定性はありそうだから暗夜にあえて出撃して迎撃を行ったんだろうが、相手がまさか自軍のＢ29だとは思わなかったろうね」

「意表を突いた。それがすべてってことね」

岩崎が腕組みをした。

するとそこに完全に門外漢を決め込んでいた有川が歩み寄って来て全員に言った。

「それで、このまま爆撃が成功したとして、左フック部隊はどうするの。間もなく空中給油の時間よ、最終目標まで行かせるの？　ミッドウェイで迎撃機が上がった以上、太平洋全域に警戒警報が出るわよ」

皆が有川を振り返る。それぞれの顔には不安の色が浮かんだのは言うまでもないが、一人だけ例外がいた。

「それこそが、左フック作戦を助けることになるんだよ」

野木がそう言って不敵に笑った。

讃岐が忙しく野木の方に首を向け聞いた。

「ど、どういうことっすか？　どう考えても待ち構えている敵の網の中に飛び込むことになるっすよね」

しかし野木が首を振った。

「大丈夫なんだよ。あの最終目標だけは」

野木を見つめた全員が眉間に皺を寄せ怪訝な表情を浮かべた。

「どうしてよ？」

岩崎がずり落ちそうなメガネを直しながら聞いた。

野木が嫌味すら感じる薄ら笑いを浮かべながら答えた。

「いいかい、アメリカは事前の戦況をしっかり分析して、日本軍の特に海軍の動きを把握している。ヘレン環礁を攻撃したことが返って今回の作戦の支援になったんだよ。機動部隊が現在沖縄近海で動けなくなっているのは事実だ。フィリピンの戦況を睨むためとおそらく現在ヘレン環礁に向かっているスプルーアンスの機動部隊はフィリピンへの警戒に当たるはずだったが、絶対に武蔵の追跡を開始する。まあこれで機動部隊の一個はあの付近から動けなくなったと思って良い。アメリカ海軍の警戒はこのヘレン環礁付近と陸戦が激化したフィリピン戦線、特に日本軍が全面降伏したミンダナオ島から戦力を移動するだろうサマールと主力部隊が戦線の再構築をはじめたルソン島、ここに警戒は集まる。ミッドウェイ島の空襲が大型機によるものであることを敵は把握した。これこそが重要なんだ。我々がB29をわざわざ持ち出して攻撃をした、これを米軍がどう分析し太平洋全域の警戒を組み立てるかな？　特にサイパンで搭載機に手傷を負った方の機動部隊はどう動くと思う？」

少しの間をおいて有川が「ああ……」と喉から声を漏らし、額をぴしゃっと叩いた。

「そういうことね、正直、野木先生を見直したわ私、このタイミングであそこにリーチが伸びるとアメリカは予測しない。そうなると、第二の機動部隊は当然、守りの方向にしか動かないわ。間違っても出てきたりしない」

岩崎が少し懐疑的な視線で二人を見た。

「そううまくいく？　あくまで机上での予想よ。まったく違う対応をする可能性だってあるんじゃない？」

しかし野木は首を振った。

「それもしっかり織り込み済みでの作戦じゃないか。何のために蝙蝠部隊をお守に付けたと思っているんだ」

この説明に高野が大きく頷いた。

「三次元の警戒ができるなら予想外の敵の動きも把握できるし、そもそも左フック隊は作戦休止の判断を隊長に任せています」

「やばければすぐに引き返し可能だったっすね、そもそもショートジャブだけでもこの作戦には一定の効果を発揮するはずです」

讃岐の言葉で一同の顔からマイナスの思考を示す兆候が消えた。

「そうね、この爆撃が成功すれば……」

有川の言葉に被せるようにスピーカーから攻撃隊の無線が響いてきた。

「目標確認ミッドウェイ島の敵航空基地を赤外線装置で視認、対空砲火が迎撃を開始したが、密度は薄い。全機爆撃針路に入ります」

木内機からの報告に一同がスピーカーを振り返った。

「いよいよ日本軍初の成層圏爆撃の瞬間ね」

岩崎が視線を壁に向けたまま言った。

彼女の言うとおり、戊式攻撃機の編隊は依然として高度一万メートルを維持している。そして、攻撃目標を光学照準器によって空の上からしっかり見つめていた。

先導をする木内の機体と万一に備えた第二編隊の編隊長機には本体のノルデン式照準器のサブとして令和技術を盛り込んだ赤外線式の暗視照準器が装備されている。

これならまだ夜が明けていない現状の空であろうが多少の雲があろうがまったく問

題なく遥か下方の人工物、地上にある攻撃目標を見つけ出すのは容易なのであった。現にそのスコープに二本の滑走路を持つ小さな珊瑚礁の島ははっきり映し出されていた。

つまり現在のクリアな視界の中でミッドウェイ島のアメリカ軍基地は完全にその姿を攻撃隊に捉えられているのだ。

ミッドウェイ島、令和の過去の世界では、日本海軍痛恨の敗戦の地名として刻まれている場所だが、この小さな珊瑚礁はアメリカ軍にとっては守るのが難しい戦略物資をすべて外からの輸送に頼らねばならぬ本来は無人の珊瑚礁にできた平坦な小島に過ぎない。

日本がハワイをはじめ中部太平洋方面に進出した場合の防波堤的役割を果たす地点ではあるが、この異世界昭和では戦況的に防衛拠点としてはさしたる重要な役目はなく、物資の中継地点、特にマリアナ方面への航空移送の中継個所としてのみその存在は価値を持つところでしかなかった。

ショートジャブ作戦の攻撃目標をこのミッドウェイに定めたのには野木の遠望があった。それがこれから具現化しようとしている。

「敵の夜間迎撃は先ほどの双胴戦闘機六機のみだったようだ。攻撃隊の損害は軽微、全機で爆撃を敢行する」

戊式攻撃機での爆撃訓練はこれまで二度しか行われていない。その意味では攻撃に不安は残る。

だがこの攻撃に戦術的成果を期待する必要はない。そう野木は攻撃隊に対し言い切って命令を出していた。

攻撃隊長の木内はこれに不満の色を見せたが、特編三空司令の渡辺大佐は部隊が木更津から移動する際にこう言い切った。

「練度未熟な我が隊を作戦に起用するということは、それなりの成果より前線にこの戊式を持ち出すということにこそ意味があるということだ。それを理解した上で万一満身創痍になろうとも攻撃目標上空までは進空しろ。これが我が隊に課せられた任務の真意だ。しっかり心に刻め」

木内はこの言葉に送り出され発進基地である千歳に移動したのだ。

今攻撃目標上空に達した特編三空の戊式攻撃機編隊は、最終爆撃針路上にあり全機が爆弾倉扉を開き目標をその眼下に見ていた。

「小さい島だな。この高度からばら撒いて精密爆撃なんぞできるのかいな」

堺に任せている操縦に身をゆだね、木下はキャノピーの前方下面に見える三角形の島、幽かに明るくなった空の下で白い波を珊瑚礁に受けるミッドウェイの姿を見つめ呟いた。

彼らは知らない。この島を巡る攻防で令和の過去の日本軍は大敗を喫したことを。空母部隊は壊滅し、上陸も果たせず、その上陸を予定していた部隊は日本が敗戦に向かい転がるターニングポイントの一つとなったガダルカナルの戦いに投入される。それが、サイパン攻略に活躍した北海道第二八連隊の連隊長一木清直大佐率いる一木支隊であった。

ガダルカナルの名もこの世界の人間は知らない。おそらくアメリカ軍も関知していないだろう。この世界でそこは全くの戦略地図の外の世界にあった。

B29は全く編隊を崩さず、ミッドウェイに迫る。夜間に飛び上がったP44の他にこの島には既に旧式化したP40が数機駐留していたが、パイロットの技量なども鑑み出撃は見合されていた。そもそも、この編隊が敵だと認識するのにも時間が掛かり、迎撃隊が上がったのは島まで五〇キロの位置に接近してからだった。

正直このタイミングだと全力で出撃しても爆撃を押し留めるのは不可能だったろう。

彼らは自分たちの作った爆撃機がいかに堅牢かを思い知るだけで、戦果は見込めなかったはずだ。

実際爆撃に入る前に数機が被弾していたが、まったく爆撃には支障を来していなかった。

成層圏に機体はあったが、幸いというかアメリカ軍も見過ごしていたがA型に与圧キャビン装備が間に合わなかったおかげで外装を突き抜け銃弾が室内に達しても飛行に何一つ影響しなかったのだ。

もしこれが与圧キャビン装備だと室外との気圧差で内部の空気が一気に抜け出し、室内は大変なことになる。

こうなると与圧キャビン内の気圧が一定になるまで、つまり外気圧との差がゼロになるまで機内の自由が損なわれる。

この憂いがないことが、特編三空の攻撃に味方した。

バラバラバラっと爆弾が投下される。

これらの爆弾は、滑走路破壊を主目的に従来の海軍二五番、二五〇キログラム爆弾に貫通爆破効果を持たせた国際救援隊ブランドの破砕二五番と呼ばれる新爆弾であった。

名目的に二五番を名乗っているが実際には二七〇キロの重さと従来より三〇セン

チ長い仕様になっており、Ｂ29に積載する際は爆弾架に少し細工が必要となったが、そもそもの最大積載量が大きいおかげで作戦に向けての必要充分な、いや余りある爆弾を運んでくることができた。

　今その爆弾は島の滑走路を縦横に破壊していた。

「当たるものだなあ……」

　直線距離でも上空から一〇キロ、高度一万メートルから双眼鏡で暗い島の上を見ながら、閃光が光る度に見えるその輪郭から戦果判定を行う木内が呟く。

　爆撃はまだまだ行程半ば、しかし既に木内の目算では十分な戦果がそこに挙がっていた。

5

　ブームの先端が二式攻撃飛行艇の上翼式主翼よりさらに高く伸びていた受給用ブームの先端から離れると、三式タンカー一番機、柴本大尉機の給油操作手である渡少尉が機内通話機に叫んだ。

「最終機への給油完了、現在タンク残量一八％です」

給油機の給油用タンクは余裕をもって積載してきたので、余りが出てもそれが正しい数値となる。この残量は万一の場合の帰路の補給用ともなる。

「よし、他の機体の状況は？」

柴本の声で主操縦士の三守と後部銃手の小池、そして航法士の吉田が周囲をきょろきょろ見回し答えた。

「全機完了の模様」

報告を受けると柴本は操縦桿を揺すり、巨大な翼をバンクさせた。

「攻撃隊と暫しの別れだ、手を振ってやれ」

そう言うとぐいっと舵を切り機体を右旋回させた。

長いホースを収納しながら他の給油機も旋回を始める。

これを見て攻撃目標へ向かう爆撃隊は一斉に翼をバンクさせ、手を振り別れる給油隊に挨拶を送った。

空中での給油を無事に終えた第一一四航空隊の主隊、二式攻撃飛行艇と蝙蝠部隊からの空中警戒機は、燃料を三分の二まで回復した。この状態でさらに一六時間の連続飛行が可能となった訳である。

三式タンカーの編隊はゆっくり遠ざかり同時に高度を下げていく。実はこの時部隊は高度を八〇〇〇まで上げていた。この先敵の迎撃があったとして、この高度に上がるまでの時間でさらに前進が続けられる。攻撃目標直前ではさらに高度を九五〇〇まで上げる予定であった。

攻撃隊と離れた三式タンカーは極度に高度を落とす。

これはもう一つの任務に就くためだ。

目についた小型船を攻撃し敵に混乱を与える。まあ確度は低いが攪乱の一つとしては作用するはずである。

三式タンカーには自機の位置測定のために出力の小さめの対艦レーダーを兼ねた水上レーダーが備わっている。これを駆使するわけである。

「索敵に入ったので、後続各機に連絡を入れて下さい」

レーダー手も兼ねる吉田が告げると柴本が頷き三守に命じた。

「上に行って信号弾を上げてこい」

「了解です」

操縦席の横手から信号銃を取りだした三守は、上部銃座のある後方に向かったのだが……。

「うわっ！」

悲鳴をあげて派手に転んだ。

「どうした？　機体は水平飛行に戻ったぞ？」

柴本が訝しそうに聞くと三守がじっとり濡れた尻に触りながら答えた。

「自分のこぼした小便が半分解けて足を取られました」

操縦席だけでなく全機に筒抜けになったこの会話に三式タンカーの内部に爆笑が木霊（こだま）した。

「そりゃ、残念だったな、何でもいいから信号弾を撃ってこい！」

柴本が必至に笑いをこらえながら命令し、数十秒後編隊長機から索敵開始戦闘準備が全機に指示された。

この間に攻撃主隊は微妙に針路を変更していた。

馬鹿正直に攻撃目標に一直線に向かう攻撃隊などあるはずがない。

二式攻撃飛行艇は、少し北東に鼻先を向け直し、攻撃目標の真北の位置を目指す。

「弁当を食っておけ、一時間で敵のレーダー圏内だ。朝飯を食うなら今しかない」

矢代がペアたちに命じた。編隊のほとんどの機では夜食を口にすることもなく、ここまで飛んできている。しかし、腹が減っては戦ができぬとばかりに矢代機だけでなく、ほとんどの攻撃機の中で握り飯が保温器から取り出されていた。

　この保温器は無論、国際救援隊技術からの恩恵で、機内で電子レンジが使えないから快適に食事を温めておけるようこの保温機能を持ったコンテナが採用されたのだ。

　電子レンジが使えないのは、無論その機械から発せられる電磁波が探知されやすいからである。

　一方、巨大な翼の群れを引っ張り続けている早期警戒機の中では、この段階に至っても文字通り飯を食う暇もない。

　周囲への見張りは一瞬の気のゆるみも許されず、攻撃の成否のカギは完全に彼らの双肩(そうけん)に掛かっている。

「左前方の船影は小型。これも漁船と思われます、移動速度が二ノット以下です」

　対水上レーダーのスコープを覗く隊員の報告に、巨大な海図の一部にその探知した船の位置を書き込みつつ航法長の雛形少佐が叫んだ。

「編隊の位置が位置だ。万一の索敵兼務漁船の可能性を考え針路を調整する。機長聞こえたか」

「聞こえました。針路指示願います」

　この機の最上級士官は雛形少佐、機長はその下の大尉。特殊な機体故に起こる逆転現象だ。

雛形の指示で主操縦士の尾身飛行曹長は微妙に飛行艇の進路を変え、尾部銃座の信号灯によって後続機に転舵方向と角度が指示される。

部隊はこうして一時間後に無傷の状態で敵の探知圏内まで侵攻した。ここで攻撃隊長の矢代が信号灯赤二連射を命じた。

これは非常時における無線解禁の合図だ。万一誰かが索敵機の見逃した敵あるいはそれと類推される相手を発見した場合、即座に無線封止を解いて全機に報告しろという合図であった。

ここはもう敵の網の中なのだ。この先は全機が臨戦態勢の進軍である。

早期警戒機にとって最も警戒すべきは敵機。現在既に飛行地点は日の出を過ぎ空がゆっくり明るく変じているところだ。

「よし、いいだろう、一発目をぶちかまそう。索敵を音波による短距離に切り替えるぞ。幻惑弾三号を使う」

雛形がそう言い、目の前の電子管制装置のスイッチを目まぐるしく幾つも切り替えていった。

「以後一五分毎に三号弾を放ち、突入直前に一号弾を発射、遁走に入ったら全出力での探知に切り替える。それまではだんまりを決め込む」

そう言うと雛形は、プラスチックカバーのかかったスイッチ、これも伊東の医療施設にあった壊れた検査機器から転用したスイッチボックスの一番下のボタンを押した。

次の瞬間、胴体中央部に置かれた垂直式の発射筒から一発のロケット弾が、機体上面の発射孔を通して打ち上げられた。

ロケット弾はそのまま五〇〇メートルほど上昇して破裂し、色々な物を周囲にまき散らした。

その多くは糸状に細切りにされいつまでも空中に浮遊するアルミニュウムの切断屑、その他は電子機器に各種の影響を巻き起こす発電素子で、摩擦で電子ノイズをまき散らす。これは落下するに従い中に仕掛けられたプロペラが回転し発電を繰り返すという厄介さを持つ代物だった。これが発射されたロケット弾には数百個内包されていて、その隙間にすべてアルミの糸くずが敷き詰められていたのである。

これが爆散しそれこそ四方に広がる。その範囲は実に直径一キロ。

超高空で爆散したこのロケット弾の影響でアメリカ軍の探知機器は、一一四空編隊をレーダーで捉えることが困難になったはずだ。そして、現在一一四空の直下にいるかもしれないアメリカ軍の監視船も無線が使えない状態にあるはずだ。

既に編隊が探知された後であっても、彼らの正確な現在位置を知る術（すべ）をアメリカ軍は奪われたことになる。

「転針、攻撃目標への直行針路を取る」

雛形の命令で先導の早期警戒機が再度翼を翻（ひるがえ）し、爆撃目標に向けまっすぐ針路を取った。

航空図の上でコンパスとディバイダを両手で器用に使いながら距離を測り、その距離を計算尺ではなく電卓で弾き、あっという間に時間を割り出し、雛形は叫んだ。

「目標の真珠湾上空まで四八分二〇秒、尻の機銃手発光信号で一一四空の連中に報せてやれ」

「了解です。航法長」

すぐにチカチカと光によるモールスで所要時間が後続の攻撃機隊に報せられていく。

全機がもうすぐ敵陣だということで気合を引き締め、どの持ち場の兵士も目一杯神経を尖らせた。

その一方で迎え撃つ米軍も、既に異変には気付いていた。

約一時間前のミッドウェイ島への爆撃機急襲は当然ハワイの太平洋艦隊司令部に齎されている。

ミッドウェイ島の守備は陸軍とその航空隊に一任されているが、ここは海軍の大事な補給拠点である。ホノルルのキング大将は大急ぎで全軍に警戒指示を発令した。

その一方でハワイ近傍の部隊に『敵艦隊の発見に全力をあげろ』という命令を下していた。

当然の措置である。

大海の只中にあるハワイへは船でなければ到達できない『はずだ』。その先入観は誰でも抱く。何しろ、アメリカにはこの位置から現在の日本の領土、占領地域まで飛行できる航空機は存在しない。当然日本にもそんな機体が存在するという情報も米軍は得ていない。

つまり、これが航空機への警戒以前に艦艇の警戒を密にせよという判断に繋がったのだ。

航空攻撃が行われるとしたら空母からのそれしか考えられない、それが現在の米太平洋艦隊司令部の観測なのだが、その敵空母の所在を米軍はほぼ把握しており、この大洋の只中には一隻たりとも敵の空母を忍び寄らせていない自信があるのだった。この状況下で最も警戒していたのが、ここ最近動きが活発で米軍にとって脅威となっていた日本軍の潜水艦の存在であった。

その日本軍の潜水艦には小型の航空機が搭載されている事実をアメリカは把握していた。

ミッドウェイ島を攻撃してきたのが、どうやら強奪された（まあ正確には鹵獲なのだが）自軍のB29であることは事後の報告でわかってきていた。

ミッドウェイ島はなるほどギリギリだがサイパンなどいくつかの敵基地から攻撃できる位置にあった。

米軍にとっての盲点を日本軍は突いてきた。

ここ数か月の戦況で日本軍は悉（ことごと）く米軍の予想を裏切るような形で動いてきた。これが結果的に楽に勝てるはずだった戦争を先の読めない混沌に導いた。

日本ならこのミッドウェイ攻撃にあわせて何らかの別作戦を仕掛けてくる。

その矛先の一つにハワイが入る可能性を太平洋艦隊司令部の参謀たちは既に指摘していた。

日曜日の早朝から行われた日本軍のミッドウェイ攻撃が報告されるや、全参謀はおっとり刀で司令部に駆け付け情報収集を各所に命じた訳である。

　そしてその矢先に起きたのが、レーダー探知ができなくなったのと無線が一部不具合になったという急報であった。

　オアフ島の防空責任者は〝ブラッディ〟・マーク・デクスター大佐。ブラッディは無論仇名で、第一次世界大戦のフランス戦線で戦闘機に乗って出撃したが、被弾して基地近郊に不時着。文字通り血だらけで歩いて帰ってきたことに由来する。

　そのブラッディ・デクスターはレーダーサイトからの報告ですぐにピーンときた。というのも、あのサイパン攻撃の直前にレーダーが無効化し無線もほとんどが雑音で使用不能になったことをテニアンの通信隊がかろうじて傍受し、ハワイの司令部に報告を寄越していたのだ。

「敵機が来る」

　自分も戦闘機を操っていた大佐は、直感的に敵の接近を悟り真珠湾のど真ん中にあるヒッカム陸軍航空隊基地に緊急発進の命令を下した。

　だが敵の位置がまったくわからないために真珠湾周辺を旋回し警戒に当たるよう指示をした。

「急げ、とにかく飛べる機体を用意しろ」

　はっきり言って真珠湾のアメリカ軍の備えは不完全だった。

日本軍の現状を見れば、ここに敵が来る確率は極めて低く、守備に就く各部隊の練度も正直低かった。

特に陸軍飛行隊は、フィリピンの最前線に向かう途中の訓練部隊しか常駐しておらず、そこは一人前になったと判断すれば前線に移動させられる。つまりここにいるのは訓練途上のパイロットがほとんどだったのだ。

それでも、そのひよっ子を鍛えるための教官がいる。今緊急発進していくのも、その教官たちだったが絶対数は多くなかった。

基地防衛の要になっているのは、訓練のための戦闘機。それは旧式化したP40N戦闘機で、戦力として期待できるP47はハワイには配備されていなかった。たまにフィリピンへの増援のために米本土を送り出された新造機が調整のためこの安全なハワイに陸揚げされるが、生憎この日はそんな新鋭機は一機も存在しなかった。

離陸したP40は全部で一二機、かなり少ない。だがブラッディー・デクスターは襲ってくる敵機は小型の潜水艦搭載機で、編隊を組んでいたとしてもごく少数でその空戦能力は極めて低いと踏んでいた。

「雲量が多いな、敵も爆撃するには高度を落とすしかないだろうな」

戦闘機隊を率いるサム・テイラー中佐は、上空を見上げるとキャノピーを開け右手を開いたまま数回縦に振った。

高度を現状維持するという合図だ。

この時、戦闘機隊の高度は二五〇〇メートル付近で雲の多くは高度四〇〇〇辺りを波状にオアフ島に向かい西から東に流れていた。

戦闘機隊は防戦のための準備を終えたと思った頃、日本の攻撃隊は彼らのすぐ近傍に迫っていた。

だがレーダーにも捉えられない彼らは戦闘機隊の遥か頭上を悠々と飛行し、既に爆撃針路に入っていた。

この時、一一四飛行隊を先導してきた蝙蝠部隊の早期警戒機は、レーダーではなく赤外線と音波探知を組み合わせた三次元探索装置で米軍の戦闘機の姿をばっちり捉えていた。

「高度差七〇〇〇はある、奴らは完全にこちらの存在を見失っているし、規模も機種も断定できていない。一気に突撃だ。合図を打て」

雛形少佐の一声で先導の早期警戒機から青いスモークの信号弾が発射された。

奇襲成功の合図であり、全機突撃を意味する。

この高度からだと雲が邪魔で攻撃目標を視認することは難しかった。しかし、各攻撃隊の編隊長機には赤外線式の爆撃照準器が備わっていた。現在の薄い雲であれば問題なくすり抜けて地上の様子が手に取るようにわかる。

「第一編隊はヒッカム基地近傍へ向かうので、このまま誘導。第二編隊は敵の泊地に向かう、位置を信号で指示しろ」

各飛行艇の上を忙しく発光信号が行き交う。

敵の無線を使えなくしたということは、自分たちの無線も使えないということだ。しかし当然日本側はその対策を万全に講じて戦闘に臨んでいる。

発光信号による緻密な誘導で第二編隊は第一編隊と別れ敵の大型軍艦が停泊する泊地へと針路を変えた。

やがて目標上空に達した攻撃隊は、一斉に爆弾を投下する。

先に攻撃を始めたのは泊地への攻撃を担う第二編隊一二機だった。

この攻撃の始まるおよそ二分前、地上の警戒にあたっていた兵士が二式大艇隊の爆音に気付き上位司令部に急報した。

直ちに探索が行われ、聴音機によって方位は確定したが敵機の高度や機数は不明だった。

しかし、その音量からかなりの数の機数が侵入したことは確認された。さらにその音の特性から相手が大型機であることもわかった。

「馬鹿な、大型機が多数だと！　ここまでB29がやって来たとでもいうのか」

デクスターが顔を真っ赤にして叫び、急いで追加の戦闘機の離陸を要請しなんとか既に上空にある迎撃隊に高度を上げるべく連絡を取れと命じた。

通じるか定かでない無線で「高度を上げろ敵機は上だ」そう連呼し続けた結果、まさに爆弾の初弾が雲を突き抜けた時、攻撃隊長は無線から時折聞こえてきた叫びの意味を悟ったのだった。

「上だと！」

テイラー中佐は、目を真ん丸にして上空を仰ぎ大慌てでスロットルを全開にし操縦桿を引いた。この動きを見て他の戦闘機も大慌てで急上昇を開始する。

急上昇をするP40とすれ違うかのように、遥か高空から放たれた爆弾の雨が地上へと落下していった。

戦闘機隊が雲に飛び込んだ時、地上に爆弾の火花が炸裂した。

第二編隊が携行してきたのは二五番の徹甲弾、つまり二五〇キロ徹甲爆弾だ。

かつては急降下爆撃機の花形と呼ばれた九九式艦上爆撃機の搭載した爆弾だが、

現在では彗星艦爆が五〇番つまり五〇〇キロ爆弾を運用するようになったので出番が減った。

二式大艇はこの二五番を主力に六発搭載してきた。合計一・五トン。皮肉なことだが本職の爆撃機のはずの陸軍の百式重爆の搭載量より多い。

国際救援隊もこの百式重爆呑龍は爆撃機としては失格と判定しており、サイパン奪還作戦では旧式の九七式重爆と共にアスリート飛行場への強行着陸部隊の輸送機としてのみ使用した。

実はこの百式重爆、現在その保有機のほとんどが日本国内で大改造の最中であった。この改造が終わったら、新たに編成される部隊に呑龍改として引き渡され随時フィリピンに向かう予定になっていた。

閑話休題。

第二編隊の放った爆弾の雨は俗に言う戦艦横丁、バトルシップ・アレイに停泊していた修理待ちを含む三隻の戦艦と五隻の重巡洋艦の上に降り注いだ。

高度一万メートト近い位置から落とされたにしては、その精度は高くしかも密度が濃かった。これは投下の瞬間を精密に計算するコンピューターを攻撃機が備えているためである。

機械の指示通りに落とされた爆弾は、実に一七発もの命中弾という形で米艦艇の上に惨劇を引き起こした。

日本側は最初から戦果の集計を諦めての攻撃で、投弾を終えた第二編隊はいまだ攻撃を始めていない第一編隊を待たずに旋回し遁走に取り掛かった。

ちょうどこの時、テイラーの率いる戦闘機隊が雲を突き抜け顔を出した。

「敵機はどこだ？」

テイラーは必死で目を凝らしたが、なかなか敵を発見できない。だがその彼の目の端に一瞬キラッと光るものが映った。

急いでそちらに目を向けると、自分の位置からでもはるか上空を飛行する、ずんぐりとした機影の編隊が目に入った。

「じょ、冗談じゃねえ。あんな高度から爆撃してやがったのか！」

彼は必死で目算するが、どう見ても敵は九〇〇〇メートルより上を飛んでいる。

ここでテイラーはごくりと唾を飲んだ。

上昇しても届かないかもしれない。P40の上昇限界は九五〇〇メートルなのだ。

それでも敵が目の前にいる以上追いすがるしかない。

彼は再度スロットルを限界まで開き、見えている敵機の方向に舵を切りP40を上昇させた。

「届け！」

速度は戦闘機であるＰ40の方が圧倒的に早い、しかし高度差があまりに大きい。水平位置では追い着けても、高度差を埋められるかは微妙な感じであった。

必死で第二編隊を追いかけるテイラーの目には、今まさに爆弾投下を開始した第一編隊は見えていなかった。

この第一編隊の前方を進む早期警戒機では、ストップウォッチを握った雛形少佐が機長の近藤大尉に命じていた。

「間もなく一号弾の効果が切れる、その瞬間に無線で状況を一気に打電しろ。こちらはレーダーで敵勢を把握したら、三号弾を打つ」

「了解、島野上飛曹、通信準備」

操縦士の尾身のすぐ後ろに陣取る近藤はそのまた隣にいる通信士の島野にばさっとメモを渡して言った。

島野はヘッドホンを付けると、そのメモを大急ぎで暗号化していく、と言っても平文をキーボードで打ち込むとパソコンが勝手に暗号に変換してくれるのだ。これをさらに圧縮し、一気に味方に向けて送信するという仕掛けである。これまでのおおまかな戦況や上空から見た真珠湾内の敵艦の情報などが通信の内容である。

その通信準備が整ったところで、第一編隊の放った爆弾がヒッカム飛行場に炸裂し始めた。

こちらの爆弾は徹甲弾ではなく、飛行場の破砕を目的とした徹甲榴弾、大きさもすべて一〇番であった。一〇〇キロ爆弾は、それこそわらわらと地上を覆いヒッカム飛行場の滑走路、ハンガー、格納庫、さらに付随する施設を次々と破壊していった。

この中には多数の航空機も含まれており、爆撃が終了する頃には基地機能はその大半が麻痺してしまっていた。

完全に奇襲成功、この瞬間まで敵は対空砲火を打ち上げることすら忘れていたのであった。

雲に遮られ見えない敵。

だが、その敵の姿が徐々にだがレーダーに捉えられ始めた。日本軍の放った妨害装置の効果が薄れたのだ。

うっすらと移り始めた敵機は二群、防空司令部は直ちにこれに向け対空砲火を放つように命じた。

しかしその角度は完全に雲に遮られており、見えない状態での攻撃となった。これが結果的に悲劇を生んだ。

対空砲部隊は、日本側の爆撃隊の高度をまったく見誤っていた。

通常の高高度爆撃は、せいぜい六〇〇〇から八〇〇〇メートルが攻撃高度だ。この先入観で高射砲の高度調整も、この範囲でなされていた。

しかし日本の一一四空の二式攻撃飛行艇は高度九七〇〇メートル付近にあった。爆撃によって爆弾をすべて投下したことで身軽になった機体は、半自動的に高度が上がるのだ。当然、アメリカ軍の高射砲は遥か下方で炸裂した。

そしてその炸裂する高射砲弾の只中に必死で上昇を続けていた迎撃戦闘機P40の編隊は包まれてしまった。

「味方を撃っている。ただちに攻撃を中止しろ！」

テイラー中佐が必至で叫ぶのだが、彼が通信機に吠え始める直前、蝙蝠部隊の早期警戒機が再度電子妨害弾を放っており、通信は雑音によってぶつ切りにしか地上に伝わらなかった。

テイラーの叫んでいる内容に地上が気付くまでに、三分以上の間が開いた。

これが悲劇を生んだ。

雲を突き抜けて、立て続けに三機の戦闘機が黒煙を上げ落下してきた。

そしてそのうちの一機は地上から空を見上げる味方の前で空中分解し、ついに乗員が脱出することが叶わなかった。

残る二機のうちの一機も片翼をもがれ錐もみ状態にあり、そのあまりに早い旋回に乗員は気絶をしてしまったらしく文字通り真っ逆さまに海中に落下してしまった。深度の浅い湾であるから、あの速度で落下したら機体は海中にたまった泥にめり込んでしまうに違いなく、パイロットの生存は絶望的と思われた。

唯一パラシュートで脱出したパイロットもどうやら手傷を負っているようで、空中でぐったりとし失神状態に陥っていた。

こうして味方の攻撃によって迎撃戦闘機はその数を九機に減らされてしまった。しかもそのうちの何機かは、地上からの対空砲火の破片を喰らっており、何らかの異常を機体に発生させていた。

「この糞野郎が！」

味方による同士討ちで、ベテラン搭乗員が失われるのを目の当たりにしたテイラーが顔を鬼のように赤くして叫ぶ。

彼はエンジンが壊れるのではないかというほどその回転数を上げ、高度を稼ぐ。

さすがに味方機が墜落するのを目の当たりにし対空砲火は止まった。しかし戦闘機と敵飛行艇にはまだかなりの高度差があった。

口惜しさが全身を震えさせる。

もし自分にP47が宛がわれていれば、あんな鈍足の飛行艇など一人で全部鴨にしてやれるのに、この旧式のP40では奴らのいる場所に手をかけることもできない。

あと少し、あと少しなんだ。

必死でスロットルを開き続けるテイラーは、僚機が次々に脱落していっても追跡を諦めず、ついに日本の攻撃第一編隊の最後尾に食いつける高度まで達した。

それはP40の実用上昇高度の限界を超えた高みであった。つまり、もはやエンジンは悲鳴をあげまともに機体をコントロールするのもままならぬ状態。それでも何とか時速四〇〇キロ近くを維持し、二式攻撃飛行艇に肉薄し、憎き敵を目掛け機銃を放つタイミングを得た。

テイラーが丸い照準環に馬鹿でかい二式攻撃飛行艇の姿をきっちり捉え、主翼に備わった六丁のブローニング一二・七ミリ機銃の発射トリガーを押そうとした瞬間だった。

目標に捉えていた二式攻撃飛行艇の尾部銃座がチカチカと光を発した。

それは尾部銃座に備わった二〇ミリ機関砲の発射光であった。

一撃の重い二〇ミリ弾は、テイラーが機銃を放つより早くP40戦闘機の主翼に命中し、大きな振動と共に巨大な孔を穿ち、その主桁（しゆげた）をへし折った。

もうどうにもならなかった。銃撃どころではなく、テイラーの戦闘機は真っ逆さまにハワイの空を落下し始めた。

ぐるぐる回る視界の中で、自分が負けたという事実を認めることができずテイラーは意味のない叫び声を上げ続けた。半ば錯乱した彼は結局脱出する機会を自ら逸し、ヒッカム飛行場の滑走路の真ん中に愛機もろとも激突し戦死した。

こうして一方的な爆撃は終わり、日本の飛行艇部隊は再び電子攪乱を続けたままどこかに去っていった。

予想もしなかった大損害を前に、アメリカ軍はこの襲撃に現れた敵機がいかにしてハワイにやって来れたのか、まったく予想もできず、自分たちは幽霊にでも襲われたのではないかと恐怖に慄（おのの）くこととなったのである。

実際、アメリカは最後までこの爆撃がどうやって成されたのか突き止めることはできなかったのであった。

第三章　火のついた導火線

1

野木祐一にとってそれは長い作家人生の中で出会った最も衝撃的な光景と言えた。彼自身ＳＦと呼ばれるジャンルの作品を手掛けたことは幾度もあった。しかしそれはそんな概念を飛び越えた世界であった。

伊東の謎の施設の奥に異次元と繋がる何かがある、それは漏れ聞く話で知っていた。しかし、今目の前に見せられているものはそんな生易しい説明では追い付かない驚異であった。

「教授、これはいったいどうなってるんですか？」

目の前で繰り広げられている光景を理解できず野木は春日部教授に聞いた。

教授は、ずっと制御に腐心していた中身がどこかにぶっ飛んで行ってその反動で伊東とその沖合の自衛隊ごと、この世界に運んできてしまった装置、その抜け殻にかぶさった不格好なガラス細工を叩き高笑いと共に説明した。

「ここに漏れ見えているのは、我々が行き着いたかもしれない可能性世界の幻影だ。この装置の暴走状態を食い止めるのにガラス質が役に立つと判明しあれこれ貼り付けた結果、透過している箇所が何カ所かできていて、そこからまあ幻灯機のような仕組みで色々な世界がにじみ出てきているのだ」

教授の説明ではまだ納得ができなのか、野木が食い下がった。

「滲み出てきたって、このホログラムというか立体映像は異常です。何かをきっちり縮尺し動かし見せている。これがその、我々とは違う世界線の光景だと、そう仰るのですか？」

「まあその話で八〇％くらいは説明ができているかな。実際にはこれは存在しているか確定できない世界像。私はそう結論した」

野木が首を傾げた。

「非実在の景色だというのですか」

春日部が目の前に映し出されているミニチュアの光景の中に自分の手を突っ込み動かしながら首を振った。

「ここに像を結んだ時点で、恐らくこの世界はその存在を固定され、どこかは知らんが実像として存在し始めたと仮定される。それは像を結ぶのに費やされたエントロピーに見合う減算により、新たな世界線をこの多元階層の中で分岐させてしまったのだと思われるからだ。それ故にこの立体化した世界はどこかの世界線から分離し新たな宇宙として存在を開始しているはずだ。ただそれを立証するのは、今の私たちの知っている物理法則の下では無理なのだ。故に私にはこの世界の存在を確実だと言い切れない……」

ガラスによって覆われた以前は反物質を内包していたカプセル、謎の質量照射を始めてからは暴走状態で手が付けられなかったそれは、偶然によってガラスで質量放射を止めることができると観測された。

春日部教授はたった一人でこのガラス塗布を、一歩間違えれば波動がまたそこら中にまき散らされるかもしれない危険をはらんだ状態で強行した。

おっかなびっくりの作業であったから、ガラスの被膜はムラだらけ。それに同じガラス質でも繊維を重ねたものや被膜を塗りたくった物などバラバラで、その結果薄く光るカプセル表面が透けて見える箇所が幾つか生まれた。

その透明な箇所から、まるで立体映像のように、いやいやもう立体映像と言って差し支えない代物が研究室内に浮かび上がったのである。

この像が出始めたのは、春日部教授が東京の野木に助力を請う電話を掛けた後の話であった。

最初薄く現れた像は次第にはっきりとした姿になり、やがてその像の中では時間が生まれ人々の営みが垣間見られるようになった。

博士はこれを観測し、新しく平行宇宙が生まれた姿がこの映像に記録されているか、あるいはリアルタイムで映し出されたのだという仮説を立てた。

しかし残念ながら現在の令和世界の科学的常識をもってしてもそれを肯定することは不可能だった。

現実に精巧なるホログラムで見知らぬ世界の何かが進行しているのが見て取れるのに、これが何者であるかの真実は闇の中なのだった。

「それで教授、私が呼ばれたのはこの謎の立体映像を見るためではなかったはずですが」

野木に言われ春日部がポンと手を叩いた。

「そうじゃった。つい新しい出来事が見つかるとそっちに執心してしまう癖があってな。すまんすまん」

春日部教授は頭を掻きながら装置のコンソールの方に移動した。

野木も教授の傍に移動するが、どうしても目は空間に出現している光景に行ってしまう。そんな野木にお構いなく教授は話を始めた。

「この装置の潜在能力は、最終的には世界全体を別の世界に切り分けて転移させられるほどに膨大な出力を持っておる。こいつを収束させて照射させることを儂は企んでいる」

野木の目が「えっ」という感じで大開きになった。

「ちょ、ちょっと待ってください。それって、あの波動を再現するってことですか？」

波動とは無論自分たちをこの世界に飛ばしてきたそれだ。おそらく武蔵回航艦隊が沈めた戦艦モンタナも同じ波動をどこかで浴びた可能性が高い。

「いや、厳密には種類が変質している。あの波動は純粋に超科学的な、認めたくはないが人類を超越した存在の意思の介在で現出したと儂は見ている。あの時は純粋なエネルギー波であったが、現在この装置内に蓄積しているのは言ってみれば階層宇宙の集合体であり、ここから放たれるのは新しい次元宇宙を人類の力によって制御照射する、言ってみれば超常的存在が持つ力の劣化版だ」

また話がおかしな方向に走り出した。野木はくらくらする頭を両の手で支えゆっくりそれを左右に振ってから教授に言った。

「つまり、あのエネルギーを管理していたのが人間より高位の存在だったたってことですよね。それって神とか宇宙人とかのことでしょう」

教授は素直にこれを肯定した。

「そうだ、今のところあの時の暴走はたぶん偶発事故ではないかと思っている。しかし、どうやらあそこで起きた大きな次元間の歪みを、何らかの方法で収束させバランスを保とうとしている意思の存在を儂は確認した。これはもう我々以上のテクノロジーを熟知した高次元の意識体あるいは純粋な生命体の仕業と考えるのが妥当だ」

「ちょ、ちょっと待ってください」

再び頭を押さえたまま野木が声を上げた。

「今度は何かね？」

教授が両手を腰に当て野木に聞いた。

「教授は今、そいつらの意思を確認したって言いましたよね。それっていったい？」

教授は部屋の中に映し出されたいくつかの立体映像を指さしながら言った。

「この立体的に展開するパノラマ映像こそがその証拠だよ、気付かなかったかね。あの中では我々が知っているような歴史的な出来事が再現されているのだが、そこに必ず何かしらの違いが存在させられている」

教授はあえてさせられていると言った。野木はそこに強い主張を感じた。

「これ、つぶさに観察したんですか?」

「ああ、その通りだ」

そう言うと教授は映像の一つに歩み寄った。

「これは一九三八年のドイツのナチス党大会の世界をずっと映していたが、そこで大きな爆発があり総統ヒスター、あ、いやこの世界線ではヒトラーか、そいつが爆殺されおった。この世界においてナチスの台頭がこの先どうなるか全く見えん。こんな馬鹿げた茶番は通常なら起こるとは思えん。絶対的に世界の在り方を変えようという意識がこの瞬間に具現化した。これは、今我々のいる世界においても同じであろうと思う」

教授は一度言葉を切り、別の世界を映す映像の前に立った。

この世界線は今我々のいる世界と極めて近いと思われる次元だ。ただし、ここでは真珠湾攻撃は成功している。ところが、その後機動部隊は打ち漏らした米空母との勝負に打って出て、米空母二隻を沈める代償に飛龍と加賀という二隻の空母を失っておる。この世界に熟知してきたおかげで日本の空母がすっかり見分けられるようになった。まあ甲板に見分けるためのカタカナが書いてあるのだがな」

「その通りですね。しかし、興味があります。海戦で痛手を負ったとはいえ米空母二隻を減じさせたというのは、この先の戦闘がどうなるのか予想つきません」

だが教授は野木の言葉に首を振った。

「いや、この世界線でもいずれ日本は敗北へ転がっていくのだとは思う。それはまあ負けるべくして負けるという摂理で逃れられんのかもしれん。そんな流れ自体が馬鹿げているのだがな」

この煮え切らない言葉の最後に棘のようなものを感じ、野木は顔をしかめ細めた目で教授を見つめた。

「何か言いたそうだな」

野木が頷き口を開く。

「教授のその奥歯に物の挟まった言い方は、敗北こそ運命であると聞こえますが、それはこの世界線だけの話じゃないでしょう。それを示唆したので曖昧にオブラートで包んだんじゃないですか」

　これを聞くと春日部は、くるっと野木に背を向けた。

「君に来てもらったのは正解だ、国際救援隊司令部の他のメンバーでこの話にこれだけ食い下がり、あまつさえ儂の言いたいことと言いたくないことを聞き分け推理する。作家というのは思いの他、頭の切り替えが早い生き物のようだな」

　野木が肩をすくめた。

「私より頭のいい作家などごまんといます。単に教授の示唆した分野に私の興味が以前から向いていたというだけの話ですよ」

「ふむ、なら一層話は早い。今から、本格的にこの装置がどれだけ危険で、その危険さゆえに有意義に我々の生存を手助けする道具となり得るか、とことんレクチャーする。まあ徹夜は覚悟したまえ」

　野木は再び肩をすくめた。

「こんなおとぎ話みたいな世界を見せつけられたら、もう何をどうしたらいいのかなんて一人じゃ考えられません、存分にご教授願います」

　こうして野木は、春日部教授の陰謀にどっぷり加担することになったのであった。

　一方その頃東京では、ミッドウェイと真珠湾への攻撃成功に関し戦果分析と今後の情勢予測が行われていた。

もうこの頃は、司令部のメンバーの誰かが欠けていてもお構いなしという雰囲気が出来上がっており、春日部教授と野木の席が空いていても会議はどんどん進行していた、

「予想の数倍の成果と言っていいんじゃないっすか」

コピーの束を捲りながら讃岐が言った。

「ええと、政府としてはこれは大戦果であると発表を行いたいと首相が言ってるのですが」

珍しく楢本が欠席で、崔麗華の秘書は柴田だけが出席していた。その柴田が遠慮がちに言った言葉である。

「いいんじゃない」

岩崎がどこか投げやりに言うと、バサッとコピーの束を机に投げた。そして話を続けた。

「この作戦は、そもそもアメリカの意表を突くことに主眼がある訳で、それは十分に戦果として果たせたのよ、でもね、これうまく行き過ぎたわ」

「前にもどこかで聞いたセリフね。うまく行き過ぎたっていう真意は？」

有川が鋭く切り込むように質問を発した。

岩崎は受けて立ちますとばかりに腕組みをすると話を始めた。

「アメリカの中間中継地が立て続けに爆撃を受けた訳でしょ、いいえ、ハワイに関しては意識として完全に後方基地、日本にとっての沖縄と変わらない位置付けよ。それがいきなり爆撃され、大損害を出した。

このアメリカ軍の極秘電を解読した内容が確かなら、真珠湾では戦艦が一隻大破着底しているのよ。こんな絵にかいたような一方的勝利が、今の段階で起きることに何かしら不自然は感じないのかしら」

有川は少し沈黙してから眉を寄せ目を細めながら岩崎に言った。

「なによそれ、まるでこれが仕組まれた勝利だとでも言いたいわけ？」

岩崎が天井を仰ぎゆっくり鼻から息を抜いた。

「そうねえ、でもそれって誰の敷いたレールなのかしらって怖くなったのよ」

有川が、いや話を聞いていた全員が首を傾げた。

岩崎がふっと意味不明の笑みを唇の端に浮かべた。

「やめましょう、ここから先に話を進めると宗教だの哲学だのが主題の話になってしまって戦争からかけ離れてしまう」

これを聞いて有川は岩崎の示唆していた話の内容に思い至った。

そして大きくため息をついた。

「私はまた運命論でも持ち出すのかと思ったわ」

岩崎が唇の笑みを大きくして首を振った。

「別にそれでもいいのよ、ただ辻褄(つじつま)って言葉が頭からこびりついて離れなかったものだから」

それまで黙って二人のやり取りを聞いていた高野が、恐る恐るといった感じで口を挟んだ。

「すみません、違ってたら申し訳ないですが、副担任はこの世界における真珠湾攻撃失敗のマイナスが、この攻撃の成功につながったとお考えなのでは……」

かなり遠慮がちの問いかけであったが、岩崎は鋭い目で高野を見返して言った。

「ズバリ的を射てくるわね。それも引っ掛かっていることの一つ、まあ一番大きな懸念ではあるわね」

ここで讃岐が突然唸り声を上げ始めた。

「これ、修正が始まったんじゃないっすか？」

この讃岐が発した言葉に柴田と名取老人を除く三人の動きが固まった。

「あんまり勝っちゃうとまずい気がするっす。そこに落とし穴があるような気がするんすよ」

おそらく讃岐は根拠なく言ったのだろう。しかし、この言葉にそれぞれのメンバーは色々思うところがあったようだ。

「でも負けられない。それが私たちの立場だから……」

岩崎が絞り出すように言った。

会議室に明らかにこれまでとは異質の空気が満ちようとしていた。

皆が気付き始めていた。あの日、春日部教授が『世界が亡ぶ』と言った言葉の裏に潜んでいたまったく別の意味に。

この背筋を凍らせるような滅びのシナリオに関し、まだ誰も片鱗すら感じ取れてはいなかったのだが、何かそこへ向かって転びだしてきているという実感を、予期せぬ大戦果を前に一同は感じたのだ。

おそらく最もこの感覚を共有しなければならないはずの人間は、この場にいなかった。

岩崎が静かに呟いた。

「あの人はこれに気付かないでしょうし、知ったとしても自分の信じた道を突き進むわね……」

そう言って振り返った扉の向こうの廊下は、まっすぐに首相官邸の執務室へと通じていた。

何か戦争の方向性に暗雲が立ち込めた気分に皆が陥った。

一方的な勝利を手にしたにも関わらず……。

2

アレキサンドリアに伊号二〇潜が到着したのは、B29と二式大艇によるミッドウェイと真珠湾への奇襲攻撃の二日後であった。

スエズ運河の通過待ちでほぼ一日を要し、独軍が機雷を掃海した海路が狭く、海上を進んだにもかかわらず速度を上げることができず入港に手間取ったのだ。

港内にはドイツのZ級駆逐艦が二隻と巡洋艦プリンツ・オイゲンが停泊し、その他の小型のSボート、つまり魚雷艇が一〇隻以上見掛けられた。

Uボートはすべて作戦行動に出ているようで、潜水艦用の埠頭に接岸すると直ちに歓迎の式典が執り行われた。

何やら上にも下にも置かぬ扱いに一同は困惑したが、翌日使節団の主だった面々はユンカースJU52輸送機に乗せられ、まずギリシャのアテネに飛び一日休憩した後、イタリアのミラノに向かい給油を果たすと、僅かな休憩のみでアルプスを飛び越えドイツに入り一気にベルリンへと舞い降りた。

さすがにこの強行軍に一行はへとへととなりドイツ政府が用意した高級ホテルで二日間の休憩を取ることになった。

そしてようやく式典という名のパーティーでドイツ政府の重要人物たちと面会することになった。式典は夜ということで、一同は最大限のおめかしをして迎えを待った。

ベルリンは、この日静かな夜を迎えていた。つまり連合軍の爆撃の気配は皆無なのであった。

一行の軍人トップとなる後藤大佐は、日本大使館からの情報として連合軍はベルリンへの爆撃を忌避しているという話を聞いた。

他の主要都市の数倍は密度のある高射砲群と、ベルリンの周辺の飛行場には合計一五〇機もの戦闘機が待ち構えており、爆撃行は死地への旅となりかねない状況だったのだ。

現に使節団一行が到着する一週間前の一〇月初旬に昼間爆撃で襲ってきた連合軍

のB17とB24の連合爆撃隊二二〇機に対し猛然たる反撃が行われ、実に六七機もの被撃墜という大打撃を与え、アメリカ軍は作戦の考え直しを強いられることになったのである。

このおかげで安心してレセプションに臨むことができた日本の使節団であったが、その席にはヒトラー総統は出席しないということが事前に通達されていた。

では純粋に商談ができると内心腕まくりで乗り込んだのであるが、ワインを飲みつつの立食パーティーの席で岸代表をはじめとした一行は、外相リッペントロップとの談笑の後、驚きの提案を受けた。

「我が陸軍が作ったタイガー戦車を五〇輛、対価の一部としてお譲りしたいのだがいかがだろう」

これに一番驚いたのが自衛隊員の西岡二尉であった。

ミリオタとしての知識を買われ、この武蔵売却による莫大な代金と数々の新兵器獲得を主目的とする使節団に参加した西岡は、いきなりその真価を試されようとしていた。

「失礼、そのタイガーというのはヘンシェル社製のタイガーIEに間違いないのでしょうか」

西岡は堂々とした態度でリッペントロップに質問を発した。

その物怖じしない態度に、むしろ独側ではなく日本の使節団員たちが驚いた。

「西岡君、少し軟らかめに話をしてはどうかな」

思わず団員の大平正芳が声をかけたほどだ。

だが西岡は首を振った。

「どうせ通訳を介するのです。話の内容をきっちり言うのは当たり前。その強き堂々たる態度がなければ、交渉などできませんよ」

なんとまあ、日本を出るとき最も期待されていなかった男が、ネゴシエーターとしての才能を一番有していたということである。

とにかく西岡の言葉が通訳されるとリッペントロップは少し眉を持ち上げてから返答した。

「無論そうです、対ソ連用に製造した戦車ですが、事実上無用の長物となったので貴国にまとめてお渡しできるようになりました」

この言葉を通訳は一か所意図的に抜かして日本側に伝えた。それが、無用の長物になったというくだりなのだが、即座に医師の江原修二が日本語で全員にその抜けた部分を付けたし伝えた。さらに彼のインプレッションも添えて。

「無用の長物になったと言っております。これはつまり、タイガー戦車に代わる何かを既に手に入れているという意味合いにしか取れません」

日本側の一行に少しざわめきが起きた。

タイガー戦車の凄さに関しては既に噂が日本にも流れてきており、東部戦線では負け知らずアフリカでも英軍の戦車を悉く撃破、先ごろのチュニジアの戦いでは米軍を完膚なきまでに叩き敗北させた。そう聞こえている。

日本の交渉団は、ドイツ勝利の原動力がてっきりそのタイガー戦車だと思い込んでいた。

しかし江原は否定とは言わないが、既にタイガー戦車がドイツにとっては重要な戦力ではないという言質をリッペントロップから取った。そう伝えてきたのだ。

「ここはその話を掘り下げるべきか？」

岸信介（きしのぶすけ）が江原に聞いた。しかし江原は肩をすくめる。

「私は戦争に関しては門外漢です。西岡君の意見がおそらくもっとも明快にこの先の選択を示唆できるはずです」

名指しをされた西岡は、既に江原の言葉を聞いてから熟考に入っていた。

「ああ、すみません、もう少し待ってください。リッペントロップさんには、『それは素晴らしい』というくらいに受け流して、即答はしないでいてください」

いたって真剣な態度でいう西岡の言葉に、岸と大平が頷きやたら態度がでかいリッペントロップに近付き、いろいろおべっかを使い始めた。

この二人は日頃から政治家に尽くすばりばりの役人のトップであり、政務の専門家だ。こういう局面での時間稼ぎには非常に長けていた。

西岡はそっと陸軍の技術大佐である上條卯作大佐に耳打ちした。

「現在最も威力のある対戦車砲は、やはりＦｌａｋ36から派生したＫｗｋ36の六五口径八八ミリ砲しかありません。これを搭載したタイガーを売るというのは何か変です。同じ主砲を搭載した別の戦車なり新たな主砲を搭載した戦車が量産に入っていない限り理不尽なんです。そもそも対ソ連戦車を念頭に作ったばかりの新鋭戦車をなぜ手放せるのかという疑問もあります」

上條が少し思案して答えた。

「ドイツにはドイツの事情がある、それは理解しなければならんな。だが我が国の立場として言えば、これは好都合な取引と言える。現状逆立ちしてもこの戦車と同等な物を量産できないと言ったのは、君たち国際救援隊だ。それをごっそり貰えるとなれば、断る道理はないと思うのだが」

そこで西岡は頭を掻いた。

「ああ、すいません。取り引きは乗ってしまって良いと思います。問題はこの他の部分です。我が国が今喉から手が出るくらい欲しい七五ミリ対戦車砲Ｐａｋ40がどれくらい確保できるか、これとの兼ね合いもありますので、そこは大佐に交渉の検分をお願いします」

上條が頷く。

「なるほど、戦車は嬉しいがこれは即座に運用できるかわからない。しかし、砲ならどんなものでも即座に砲兵は運用できる。ここはしっかり話を詰めさせてみせよう」

「ありがとうございます」

そう言って軽く頭を下げると、西岡は今度は江原に近付いた。

「先生、ちょっといいですか」

江原は、軽く周囲を見回してから西岡と部屋の隅の椅子が並んだ壁際に向かい、グラスを持ったまま話を始めた。ちょっと見は、世間話でもしているような印象だが、遥々東洋から長い潜水艦の旅でやって来た使節団のメンバーが、世間話というのも不自然な話である。

ただドイツ側は、こんな動きに特に注意を払う様子もなかった。そもそもが同盟国の使者である、何を警戒しようというのだ、というのが本来の建前だ。

だが西岡は江原に言った。

「このパーティー自体が一つの大きな試金石の可能性があります」

江原は表情を変えずに答えた。

「なるほど君の言いたいことは理解できる。つまり、この世界のドイツは我々が令和世界から来た事実の少なくとも片鱗は感知している。その知識の上で我々に試験用紙を突き付けてみた。まあ現状はそんなところなのかな」

西岡が頷いた。

「その通りです。そしてもう一つ」

ここで西岡は極端に声のトーンを落とした。

「彼らは使節団に、この世界以外の人間がいないか探っているかもしれません」

江原は表情こそ変えなかったが、軽く片目が痙攣(けいれん)気味に引き攣(つ)った。

「まさかとは思うが、さっきの通訳はまずかったと思うかね」

「いえ、そこまで敏感にしているとは思いません。ただ軍事に関わる人間として言っておきたいのですが、防諜も諜報もこと軍事的なそれは微細に物事を観察し細大漏らさず状況を分析し時には執拗にその背景を探ります。これは発言の細部にも切り込みますので、以後の発言は最大限に注意をお願いします。私はここでは西岡中尉であり、本来の階級名は口にしないでください」

「わかった注意しよう」

江原がゆっくり頷いた。

「江原さんには、本国から指示のあったように我々の世界の歴史にはいなかったヒトラーという人物について探りを入れてもらわなくちゃならないですから、変に目を付けられて欲しくないんです。本当に気を付けましょう、お互い」

これを聞いて江原が言った。

「ダニエル・クレイグになった気分ですな」

西岡が一瞬黒目を上に向けてから訊いた。

「それ、ジェームズ・ボンドってことですか？」

「ああ、そうそう、そう言うことだ。あの事件でこの世界に来てしまったので最新作が観られなくて残念だよ」

そこで西岡が腕組みをして何かを考えこんだ。

「この世界にいるのかな……」

「誰がかね？」

江原が西岡の呟きに質問した。

「あ、いや、イアン・フレミングですよ」

「ん？　ああ、００７の作者の。でも、なぜ今そんなことを？」

するとと西岡が、ミリオタならではの話を始めた。

「イアン・フレミングはイギリスの海軍情報部の仕事をしていたんです。でも問題はそこじゃない、彼の兄はイギリスの秘密情報組織ウルトラでドイツの暗号解読に携わっていたんです。私たちの世界の歴史とこの世界が食い違っていたのが真珠湾攻撃だけじゃないとしたら、この辺どうなっているのかと思いまして」

江原も腕組みをして考え込んだ。

「難しいね。連合国の状況はさっぱりわからない。サイパンで捉えた捕虜も役に立たないような話しか聞けてないようだってことだね。でも、私たちの過去でそうであったなら、この世界でも大きく違わないという線で考えてもいいんじゃないかな。ヨーロッパの戦いも変わっているのだろうけど、取り敢えず人間はいる。我々の世界と違う人間でも同じ立場にいる人間が、そうであると考えていいのではないかなって、ヒスター総統が入れ替わった件で思ったよ」

「なら、英国諜報部は存在している。そう思って間違いないですよ、このドイツにも網を張っているはずなので、そちらにも注意してください」

江原が真顔で頷きながら言った。

「ではジェームズ・ボンドと対立する側のスペクターの立場で活動するとしよう」

これを見て西岡は少し困り顔で言った。

「先生、本気でやってくれるんですよね？」

「無論だよ」

江原はケロっとした顔で答えた。

二人がリッペントロップのところに戻ると、上條が三井商事の宮崎清（みやざききよし）を加えて何事か話し込んでいた。

西岡が上條に聞いた。

「今は何を？」

上條が耳に口を寄せて答えた。

「叩いてみるものだね。タイガーを売却する裏が取れた。なんでも七一口径の新型八八ミリ砲を積んだ重戦車の生産が開始されたが、こちらの量産速度の方がタイガーより早いのだそうだよ」

西岡の目が真ん丸に見開いた。

「そんな馬鹿な、この時期にキングタイガーが量産ですって……」

しかし上條が小さく首を振って言った。

「いや新型重戦車の名前は、レーベというそうだ」

西岡の目は既に極限まで見開いていたので、今度は口が限界まで開いた。

数秒経って西岡は囁いた。

「これは、すぐにでも国際救援隊に報せなければいけない案件です」

上條がようやく西岡の変化の意味に気付き、リッペントロップの方を気にしながら囁いた。

「閉会したらすぐに大使館に向かおう」

どうやらベルリンには予想以上の謎が潜んでいる。西岡は自分がとんでもない場所に送りこまれたのだと気付き背筋に冷たいものがスーッと流れるのを感じた。

ベルリンの夜はまだまだ長い。日本に状況を報せるのは、まだ少し先になる。奇妙な焦りが西岡を苛んだ。

「さあ、もう一度乾杯しよう」

リッペントロップの声が会場に響いた。

そこに一人、金髪の小柄な女性が現れた。

乾杯のグラスを持ったリッペントロップがその女性に声をかけた。

「おお、ミス・ハンナ、良いところに来た。主賓のご一行を紹介しよう」

そう言われ女性はニコッと笑い会釈した。

「こちらは我が国が世界に誇る女性飛行士ハンナ・ライチェさんです。ご存知ですかな」

上條と海軍の後藤大佐が大きく頷いた。

「ええ、知らぬ人はいないでしょう。あの回転翼機を操縦されて五輪会場を飛行なさった方ですね」

西岡も頭を下げてから口を開いた。

「確かグライダーの世界記録も持っておられるのでは」

これは自分の記憶との相違がないかを確かめる意味もあっての質問だった。

ハンナ・ライチェはにっこり微笑み西岡を見た。

「よくご存じですね。あなたが西岡中尉さん？　私は大変あなたに興味がありますのよ。いったい国際救援隊は『どこからいらしたの』かしら」

西岡の額からどっと汗が噴き出した。

国際救援隊の存在は、日本政府が『国際救援隊政府』を名乗った時点で枢軸国を中心に名前が広がっているだろうことは想像できた。

しかし、ハンナ・ライチェは的確に彼らの知られてはいけない『ツボ』を突いてきた。

ドイツには何かがある。自分たちの知らない大きな謎、いやもうはっきりしている。彼らがどうして次元転移のことを知り得たのか、そしてそれはこのドイツにどんな変化を与えているのか。

西岡は当然返答できない問いかけに、ただ表情を凍らせ背の低いハンナの顔を見つめ返し続けることしかできなかった。

もしリッペントロップが乾杯の仕切り直しを言い出さなければ、西岡は矢のように鋭いハンナの瞳に押し負けていたかもしれない。

ここは伏魔殿だ。

西岡がそう感じたのは無理からぬことだが、問題はこの伏魔殿からどう抜け出し日本に帰るか、そこに集約されそうであった。

3

フィリピン戦線に大きな動きはなかった。しかし、陸上戦はアメリカ優位に変じようとしている。

やはり兵力差において隔たりがある以上、最新鋭の装備で固めた日本軍でもじわじわ押されて行くのは仕方がない。

南方総軍の牛島満（うしじまみつる）司令官は、無理な交戦をせずに敵が圧倒的であると判断したら後退し、有利に戦える複郭陣地を多用しろと厳命していた。

このため日本軍は大きく戦力を減じることなく、ここまで戦闘を継続できていた。しかし、物資の消耗が予想より激しいという現実に直面しつつあった。

「弾薬も食料も前線に運ぶのが難しくなってきました」

作戦参謀の言葉に牛島が唸り声を上げた。

「制空権だな。航空部隊の損失がすでに四割を超えた。大規模な輸送の時は常駐護衛を欠かしていないが、アメリカ軍は小規模なトラックの輸送には容赦なく空襲を仕掛ける。ルソンに簡易飛行場を設営させてしまったのが原因だ」

そう言って牛島は地図を睨んだ。

米軍は既にルセナを陥落させマニラに迫っている。そのルセナの東方に米軍は新設の簡易飛行場を作り、レイテ島にあった基地から戦闘機隊を移動させ、パナイ島の航空機と併せて日本軍機の動きを見ながら空襲を繰り返していた。というのも、空戦におけるキルレシオでここ数週間はアメリカ軍の方が陸海軍共に押し負けてしまっているのだ。

日本軍は戦場に送り込んだ新型機の稼働率、要するに故障せずに飛べる比率が飛躍的に高くなり、制空権争いで押し負けない闘いを繰り広げてきたのだ。

だが、ここに来てそこに亀裂が入った。

制空権保持に活躍していた三式戦飛燕の主武装である二〇ミリ機関砲の弾薬補給が追い付かなくなったのである。

あまりに稼働率が高かったもので、予想していた消費より弾薬が早く使われてしまい、本国の生産分を即座に持ってこられないので備蓄が足りなくなってしまったのだ。

飛行機は飛べるが、使えるのが機首の機銃だけでは隼と変わりがない。こうなるとキルレシオの維持は難しい。

二式単戦鍾馗（しょうき）も国際救援隊の政策で多くの機体が主翼機銃を二〇ミリに取り換えてしまった。つまり、こちらも同じ状況に置かれてしまったのだ。

南方総軍は悲鳴にも似た声で本国の国際救援隊司令部に弾薬の早期輸送を懇願したのだが、今日にいたってもその返答はなかった。

「辛いな、あと数日で敵はマニラ外縁に迫る。あそこは既にもぬけの殻だが、アメリカ軍に奪取されるとプロパガンダに利用される」

戦術的には守るのに適さぬ都市部であるが、これが戦略的観点から見るとまったく別の側面を持つ。特にそれが首都となったら攻防の争点になるのは当たり前だ。

日本軍がそこから住民を追い出したのも、壮絶な市街戦が想定されるからだ。

令和世界の過去では、ルソン絶対防衛を言い渡された山下奉文（やましたともゆき）大将がマニラ放棄という選択をした。しかし海軍と一部の部隊がこれを良しとせず籠城、アメリカ軍と一般市民を巻き込んだ凄惨（せいさん）な戦闘を繰り広げ、決して消せない惨禍（さんか）の傷跡を残しフィリピン市民の憎悪を掻き立てた。

これをこの世界で繰り広げたくない国際救援隊は、マニラでは最初から防衛戦を行う、その妨げとなる住人を強制的に追い立てるという指示で南方総軍に履行させた。

　そのせいでマニラはもぬけの殻、この日も日本軍は見廻りをして退避を拒んだ住人を安全な箇所に移動させているはずだ。

「市街戦になったら、ここまで何とか頑張った戦力の保持も難しい。死傷率はけた違いに上がってしまう」

　牛島は顔色を曇らせ、ただ地図を見つめ続けていた。

　その牛島の思いを日本でも無視していた訳ではなかった。

「国内備蓄を大きく取り崩した。今敵の機動部隊が日本に迫ると少々まずいことになる」

　東京の国際救援隊本部で妙に疲れ切った顔をした野木が一同に言った。

「そりゃわかってるわよ。でもフィリピンにはもう少しアメリカを足止めするために頑張って欲しいの。武蔵がスエズまで到着するのにあと一週間、それから物資を乗せてがんじがらめで動けなくなっているシンガポールに到着するまで一か月半、とにかくそこまでは米軍に大きく動いて欲しくないから、ここは清水の舞台を飛び降りるつもりでこの輸送を成功させないと」

　岩崎が力説した。

「何度目っすかね、飛び降りるの」

讃岐がすかした声で言ったが、岩崎はガン無視した。

「では沖縄にいる海自にすべてを託すことになるけど、何か追加すべき点があれば今のうちに出して頂戴」

岩崎の言葉を受けて皆はしばらく考えたが、やがて高野が挙手して意見を述べた。

「この作戦の終盤、輸送艦『くにさき』の荷揚げはＬＣＡＣにだけ任せず、ヘリ三機を最大限に使うべきです。チヌークを三機フルに使えばかなりの速さで兵站基地まで弾薬を輸送できます」

そこで有川は口を挟んだ。

「なぜ兵站基地なの？　航空基地まで輸送したら早いじゃない」

すぐに高野が説明をした。

「いえ、それだと前線で混乱しかねません。きっちり管理させて、必要量を前線に分配する。何しろ航空基地を数多く作ってしまったので、それに均等に配分しないと作戦が停滞してしまいます。実際に弾薬が届くのにワンクッション置くために少し遅くはなりますが、確実に全基地で必要な数ソーテーをこなせるようにしないとまずいのです」

「なるほどね」

有川は納得した様子で引き下がった。

「その点はすぐに村田司令官に報告するわ。他にはない？」

岩崎が言うと、名取老人がすっと挙手してから張りのある声で言った。

「補給部隊は護衛艦だけで行かせるべきだ。この海域には敵が出没する可能性が高い。バブヤン海峡は危険な海域と認識しておくべきだぞ」

一同は一瞬考えたが、野木が「あっ」と言って机の上の書類をかき回し始めた。

「これだ、このデータだ」

野木がバンと一枚の書類を取り出し、机の上に掌で叩きつけた、

「どうしたんですか？」

讃岐が野木に聞くと、野木は椅子から立ちあがって説明を始めた。

「ご老公の指摘は正しいぞ。この二週間の日本軍の対敵潜水艦索敵による撃沈数の推移だ。いきなり数が減っている箇所が二つある、これが何を示唆するか考えてみてくれ。減ったのはフィリピン海とバシー海峡だ」

すぐに岩崎が反応した。

「その海域で潜水艦の活動がなくなったということ……よねえ。こちらの索敵を潜

り抜けるのはなかなか難しいと思うから」

　野木が頷いた。

「その通りだ、つまり潜水艦部隊はその活動場所を変更した」

「でも、それとご老公の言ってることが正しいのとどう繋がるの。別段バブヤン海峡の敵潜水艦が増えているという訳でもなく、むしろ行動も減ってきているわ」

　野木がそこでバンバンと机の上の書類を叩いた。

「以前と変わらないくらいに敵潜水艦が撃沈されているのが一か所だけなんだ」

　それはすぐにペーパー上で確認できた。

「バリンタン海峡……」

　それは敵が活動を止めたフィリピン海とバシー海峡、そしてやはり敵の動きが減少しているとみられるバブヤン海峡に囲まれた海域だ。

「俺の推理ではこうなる。敵はこれまでの潜水艦の被害が甚大であることから、分散行動させるのをやめた。そして、ある地点に集中的に潜水艦を配置することで、被害を承知でこちらの船を捉えようと考えている。それは台湾からフィリピンに輸送を行う場合に、多くの艦船が通る箇所に隣接した地域。俺が司令官なら輸送船団を追尾し夜半に攻撃をさせる。それには、ある程度フィリピンから離れた地点で待ち受けるのが望ましい」

一同が壁の地図を仰ぎ見た。

「一理あるわ」

有川が言った。

「今回の輸送は『くにさき』一隻分の弾薬を運ぶのよ。もし集中的に敵潜水艦が襲ってくるのを予期できなかったら危険だわ」

一同が顔を見合わせそれから名取老人の顔を見返した。

ご老公はじっと目を閉じ、腕組みをしていた。

「ここはご老公の言うとおり、護衛艦だけで船団を組み最大速度で駆け抜け、なおかつ対潜哨戒を密にしないと駄目だ」

野木がご老公を見つめたまま言った。

この老人は本当にたまに核心をついた鋭い意見を投げて来る。

今回の輸送作戦に関しても、名取老人の意見は非常に貴重なそれとして一同に受け入れられ、作戦は大急ぎで基幹の部分を変更され現場部隊へと通達されたのであった。

弾薬の集積基地のある沖縄では護衛艦『やまぎり』を旗艦とした輸送船護衛部隊

が待機していたが、ここに東京で決まった作戦案が届けられると『やまぎり』艦長の須田一佐は、すぐに僚艦の『ゆうぎり』『あまぎり』そして護衛対象の輸送艦『くにさき』の各艦長を呼び作戦会議を始めた。

「今まで以上に危険な任務になる」

須田の言葉に『あまぎり』艦長の黒澤一佐が答えた。

「常時敵潜水艦に気を回すというのなら、伊号二〇潜水艦を送っていった航海でも体験している。そちらも単艦で連合艦隊のお守りをしたのだから余裕ではないのかな」

だが須田は首を大きく振った。

「今回は、連合艦隊が行った群狼作戦をこちらが浴びるようなものだと思う。正直これはしんどいぞ、一隻でも打ち漏らすとドカンとやられる」

ここで『ゆうぎり』の艦長篠原一佐が口を開いた。

「昼間はいい、ヘリでの周辺索敵が可能だ、しかし、夜はソナーだけが頼りだ。確実に敵を捉えるなら常時ピンカーを打ち続けることだが、これは逆に敵にこちらの位置を報せることに繫がる。ここに飽和攻撃が来たら、全部に対処できるかな三隻だけで」

四人は少し考えていたが、最も年長の須田が最初に口を開いた。

「それでも連合艦隊の駆逐艦を帯同するよりは戦闘がしやすい。そう判断するが、これに異論はないかな」

全員がこくりと頷いた。

これを認め須田が言った。

「夜間はパッシブで突っ走る。正直これは賭けになるぞ、速度を上げればパッシブソナーの精度は昼間のそれに劣ることになる。それでもアクティブソナーを連続使用するよりは安全だと思う」

「意義はありません」

黒澤が言った。

「なら話を決するぞ。今回の作戦は、指示通り我々のみで決行する。『くにさき』に満載する航空機用の弾薬を死守するのが任務だ。最悪は身を挺してでも『くにさき』を守る、それを誓ってくれ」

黒澤と篠原は引き締まった顔で頷いた。

これを確認して須田が言った。

「我々自衛隊員の誇りに賭けて任務は全うする。お前さん達も、もうこのへんてこな世界で命を捨てる覚悟はできているだろう」
篠原が微笑みながら答えた。
「あの波動で、自分たちは死んだと考えろと村田海将補に訓示されておりますから
ね、もう今更ですよ」
黒澤も頷いた。
「あの令和のコロナで息の詰まり切った世界には、どうあがいても帰れそうにあり
ません。そうなったら戦争中のこの世界で仲間を守ることに命を懸ける。そりゃ自
衛隊員としての、いやもうこうなれば軍人です、我々は軍人として職務を全うする。
それしかありません」
すると『くにさき』艦長の岡田一佐が口を開いた。
「すまんな面倒かけて。まあうちの船が結局は的になるのだろうが、最後までこっ
ちも足掻(あが)く、そっちの足並みは乱さないがな、自衛官として死のうが軍人として死
のうが、どのみち行き先は一緒だ。とは言えそうそう簡単に九段の坂は上りはせん
からな」
一同が笑った、
「そうですね九段下で踏みとどまりましょう」

篠田が言うと須田が突っ込みを入れた。

「では我々は絶対に武道館には行けないな」

「確かに」

一同は腹から笑った。そこに軍人としての悲壮さは微塵も見られない、おそらくこれが時代を下った令和の世界に生きる自衛官の普通の姿なのであろう。

ルソン島への緊急弾薬輸送作戦は、作戦が指示された日の夜に始まった。

輸送艦『くにさき』への積み込みが終わった三〇分後には、全艦がルソンに向けて出港したのであった。

そして国際救援隊が懸念した通り、そこにはアメリカ軍の潜水艦が手ぐすね引いて待ち構えていたのであった。

第四章　首(こうべ)を垂れるな前を見よ

1

沖縄の那覇港で積み込みを終えた護衛艦隊は、最大船速でまず台湾を目指した。この速度ではフィリピンまで到達した時点で燃料が切れてしまう。遠回りになってしまうが台湾の西を進み高雄で燃料を補給しなければならないのだ。

丸一日で高雄までの行程を駆け抜けた四隻の護衛艦は、半日の補給で目的地のダグパンの港まで二三時間の予定で出港した。

夜のうちに出港したのは少しでも危険な海域を昼間のうちに抜けてしまいたいからだ。

台湾の高雄からほぼ南南東にまっすぐのダグパンまでは、島嶼(とうしょ)部のまったくない海域だが、幾つかの暗礁が途中にあるためまっすぐには進めない。この針路を変えることによって敵潜水艦が待ち構えているであろう海域に近付くのは避けられないと思われる。

艦隊は夜明けが来る前に索敵のためのヘリ合計六機をそれぞれが四五度の角度を開き扇状に放ち、二七〇度の索敵ラインを引いた。

後方に関しては、最大船速に近い速度で走る護衛艦に潜航中の潜水艦が追い付けるはずがないので警戒を解いた。

一桁台、恐らくは最大でも六ノットしか出せないはずの米ガトー級潜水艦は、正直日本の潜水艦に比べ脅威は薄い。発見が遅れ攻撃を受けても昼間なら魚雷の疾走してくる雷跡をはっきり目で捉えることができるので回避は難しくない。

ただ厄介なのは米潜水艦の魚雷は射程距離が短い。撃つにあたって敵潜水艦は目標にかなり接近して魚雷を放つ。

まあこれが原因となって多くの敵潜水艦が日本海軍の餌食になった。護衛艦が帯同していなくても、令和の技術で改良された各種の対潜装備が米潜水艦を狩るのに役立った。

日本の艦船の被害は令和の技術が導入されて以来激減した。

それまで月に一〇万トン以上の被害のあった船舶損失が昭和一八年七月を境に減

少をはじめ、先月九月に一気に一万トン、船の数にして三隻にまで減少したのである。

今月も潜水艦被害は、二〇〇〇トン以下の輸送船二隻に留まっていた。

軍艦に関しては、この四か月被害なし。これは驚異的転換と言えた、そしてアメリカ潜水艦の被害はとんでもない数に上がり、これはもうグラフ集計では表せないほどの激増となり、作戦艦艇の八割までが未帰還という惨憺たる状況を迎えていた。

現在、行動可能な潜水艦、これを真珠湾のキング提督はフィリピンでの作戦を展開するスプルーアンスの艦隊の指揮下に集約させ、そのほとんどをまず南シナ海に集めた。

その数二二隻。しかし、それが現在太平洋で運用されている米潜水艦のすべてで、他の海域には一隻の潜水艦も行動していないという、露見したら大事になるであろう思い切った戦術を取ったのであった。

スプルーアンスの目論見は、はっきりしている。

日本軍が沖縄や台湾方面から運び込んでいる戦略物資輸送を海上で迎撃しその流れを止め、日本の陸上部隊を干上がらせようと言うものだ。

この作戦を実行に移したのは、実は沖縄から護衛艦だけで編成した緊急輸送部隊が出発した三日前のことであった。

この三日は重要な意味を持っていた。

鈍足なアメリカ潜水艦が台湾とフィリピンの間のバリンタン海峡に到達するのに必要な時間と一致していた、
米軍はすでに一週間前からこのバリンタン海峡への潜水艦送り込みを始めており、これが先にフィリピンへの輸送を終え台湾に向かおうとした輸送船団の護衛駆逐艦による二隻の潜水艦撃沈に繋がり、東京の国際救援隊司令部に報告としてあがった訳である。

もしこの撃沈報告がなかったら、野木は名取の言った言葉を真に受けなかったかもしれない。つまりある程度偶然に支えられての慧眼となった次第である。

こうしてぎりぎりという感じで敵の動きを察知し、速度の速い護衛艦だけで組まれた船団は敵の待ち構える海域に午前九時過ぎに突入した。

自衛隊の対潜警戒は最大限に高められた。

この結果、まず最初に『やまぎり』から上がったSH60Kヘリコプターが敵潜水艦を探知した。

「即時攻撃せよ」

発見報告を受けた『やまぎり』の黒澤艦長がＣＩＣを通じ対潜ヘリに敵潜水艦への攻撃を命じた。

ヘリの機長小田切三尉は、命令を受けると直ちに目の前のコンソールで搭載している一二式短魚雷にデータ入力を行い、操縦士の花沢一曹に敵潜水艦への接近を命じた。

ソナー手の大川二曹が操縦士の誘導をはじめ、現在深度四〇メートルを潜航中の敵潜水艦の近傍に移動した。

「こいつ、見事に艦隊の方向に向かってやがる。気付かないうちに艦隊は見つかっていた可能性があるな」

上空に達し改めて投下した使い捨てソノブイの出したパッシブエコーの反応を見て大川が言った。

「どこかで見られていたか、夜明け直後に飛行を開始して一度最大距離から引き返すまでの間に発見されて打電された可能性は否定できんな」

小田切が苦虫を噛み潰したような顔で言った。

「いずれにしろ機長、敵は眼下です。やりましょう」

大川の声に小田切は大きく頷いた。

「魚雷準備よし、敵潜水艦をロック。投下する」

　合図を聞いて意図的に花沢は機体の姿勢を安定させ投下の妨害にならぬように速度を安定させた。

　実にあっけない感じで機体の下部に吊るされていた短魚雷は宙に舞い、するすると伸びていくパラシュートによって頭部を下にして海面に向かう。

　白と赤に塗り分けられたパラシュートで減速した魚雷は、ザブっという感じで水に潜り、その衝撃でパラシュートは切り離される。ほぼ同時に閉サイクル式蒸気タービンエンジンにスイッチが入り熱走を始める。一二式短魚雷は一軸式のポンプジェット推進だが、頭部の音響式ソナーの探知によってその噴射方向を変えその進路を維持する。

　六フッ化硫黄とリチウムの反応熱を使った蒸気タービンによって魚雷は五〇ノットを超える速度で敵潜水艦を索敵しながら進む。

　比較的深度のある位置にいた敵潜水艦であるが広域帯音響振動子アレイソナーはしっかりその位置を確認し、予め(あらかじ)プログラミングされていた命中位置を目指す。

　一二式の弾頭は着発以外に磁気探知式信管による艦底爆発などにも対応する。目標に到達した一二式魚雷は敵潜水艦の機関室側面にがっつり食い込んだ。

成形炸薬式弾頭を持つ魚雷は、潜水艦の船殻を完璧に破ると熱流と共に大量の火薬を抱えた魚雷本体をその船内に導き、機関部のほぼ中央で大爆発を起こした。

まさにイチコロ。

米潜水艦は為す術もなくその船体を真っ二つに折られ、瞬時に海底へと没し始めた。

轟沈したことは海面に一気に吹き上がって来た気泡と油、そして時間差で上がって来る船の中にあった各種の備品や構造材、さらに数名の無残にも体の一部を失った乗員の死体などで確認できた。

「敵潜水艦、轟沈確実」

小田切が冷静に母艦に報告する。

SH60Kの乗員にも喜びの色はなく、ただ無言で海面の漂流物、生存者の望みのない轟沈の現場に漂う物体、それがかつて人間であった物も含めた漂流物を見つめ自分たちの戦果を確認していた。

するとそこに母艦『ゆうぎり』からの報告が飛びこんできた。

「索敵線四番で『あまぎり』の二番機が敵潜水艦を発見、現在交戦中。『やまぎり』一番は引き続き敵潜水艦を索敵せよ。敵は密集している可能性が高い、近海に別潜水艦がいると思われる」

小田切が慌てて答えた。

「了解しました、目視と懸下ソナーにより索敵を続けます」

無線の交信が終わると小田切は機内通話ボタンを押して怒鳴った。

「ソナーを降ろせ、並速（へいそく）でZ飛行を行い、敵を引き続き索敵する」

操縦士の花沢とソナー手の大川は大声で返事をした。

「了解です」

ヘリコプター乗りはどうしても声がでかくなる。機内無線が使えなくても地声で相手に意思を伝えるために怒鳴るのが癖になるのだ。

午前一一時までこの空中索敵は継続され、合計三隻の米潜水艦が葬られた。

しかし、ヘリでの索敵には限界がある。給油の必要が生じどうしても母艦に戻らなくてはならない。

一度に着艦して給油できるのは各護衛艦に一機のみだから、残る三機が引き続き警戒をするのだが、どうしても数が減った分警戒が粗くなってしまう。

護衛艦『やまぎり』の上で艦長の須田はやきもきした思いで海を見つめる。

あの密度で敵潜水艦を発見し攻撃撃沈したということが、逆に須田を焦らせていた。

米潜水艦はまだ他にもいる。それも、やはり高い密集隊形で潜んでいると思われる。

逆にそうして密にいるなら、端にいる一隻を捉えれば芋づるに発見し一網打尽にできるはずだ。

しかし、しかしだ。もし単艦で潜んでいる敵がいたら……。

その懸念が須田を焦らせる。

そして悪い予感というのは概ね当たるものだ。

一一時四五分、艦隊の最左翼で輸送艦『くにさき』を僚艦『ゆうぎり』とサンドイッチする形で進んでいた『やまぎり』のソナーが敵潜水艦のものと思われる推進音を捉えたのである。

「敵至近！」

ＣＩＣからの急報に艦内に赤色灯が灯り、緊急ブザーが鳴り響く。

「とり舵五五度、最大船速！　各員対潜水艦戦用意」

須田がヘルメットを被りなおしながら叫ぶ。

暑さで救命胴衣に囲まれた襟首が自分の流した汗で蒸し暑い。

急がねば、敵が魚雷を撃つ前に仕留めなければならない。

「アスロック発射準備」

水雷科の隊員たちが大急ぎで対潜ミサイルの準備に入り敵潜水艦の正確な情報入力のためCICからの報告を待ち、これを打ち込むのだが水雷科のアスロック担当班長が叫んだ。

「近すぎます。急がないと間に合わない。こっちの判断で撃ちます」

上位指揮官の命令を待たずに撃たないと危険と判断したのだ。

返答の間もなく、班長の武智(たけち)一曹はアスロックの発射を発射機に備わったトリガーで行った。まさに緊急発射である。

ミサイルは一度空中に射出されて弾道飛行で放物線を描く。目標の位置まで飛んだらロケットモーターの後部が外れパラシュートが開き弾頭は魚雷として水中に落下する。

しかし今回はその距離が短いので、弾道はほとんど山なりだ。大きく上にあがったミサイルは落下を始めるのだが隊員たちはその間も惜しい程にやきもきと弾体の行方を見守る。

武智の入力した位置でミサイルは落下しパラシュートを開き海面にその姿をゆっ

くり没した。

あとは魚雷としてソナーが敵を捕らえ突き進むだけなのだが……。

「敵潜水艦魚雷を発射！」

艦内のＣＩＣ内にいるソナー手の口から絶叫が漏れた。

須田艦長が冷静に聞いた。

「魚雷の数は？」

「六本、本艦左舷を抜け『くにさき』に向かっています」

直後に左舷の当直員が叫んだ。

「雷跡左四〇度、距離およそ八〇〇」

すぐに須田も双眼鏡を持って左舷側の窓に駆け寄った。

双眼鏡無しでも白い六本の筋が見える。アメリカ軍の魚雷はプリミティブなガソリンエンジン式の内燃魚雷でその燃焼に伴う排気ガスが泡となって白い航跡を残すのである。

「水雷長、魚雷の方向を測定、通信士『くにさき』に緊急回避をするよう連絡を」

その直後だった。

海面に大きな白い泡が盛り上がった。

アスロックが敵潜水艦に命中したのだ。

攻撃は間一髪間に合わず、敵に魚雷を放たせてしまった。だが、まだ魚雷と『くにさき』の間には距離がある。急いで転舵すれば回避できる、須田はそう睨んだ。

ところが、水雷長が大声で叫んで来た。

「今の速度での転舵では『くにさき』はもっとも右側の一本をかわしきれません！」

「なんだと！」

ここで初めて須田の表情に焦りが出た。

どうすればいい、必死で考えるが答えが出ない。

その時だった、副長の内藤二佐が須田の肩を叩いた。

「賭けになりますが手があります」

そう言うと内藤は、艦橋の横に据え付けられた一丁の重機関銃を指さした。

それは中東のシーレーン防衛にあたって跳梁する海賊への対応策として後から取り付けられたM2重機関銃であった。

「当たるか？」

須田が不安そうに言ったが、内藤はにやっと笑って答えた。

「艦首のもう一丁と併せて撃てば確率はあがりますよ」

艦長の自信が戻り、須田は腹を括った顔で頷き低い落ち着いた声で命令を発した。

「とり舵一杯、全速で魚雷に接近、機銃掃射でこれを撃破せよ」

こうして自衛隊においては前代未聞の魚雷撃ちが始まった。

これが並みの機関銃ではどうにもならなかったろう。しかし、重い弾頭を持つ一二・七ミリ機関銃は海面を突き抜け、およそ深度二メートル付近を進む魚雷の弾頭部を次々に叩き始めた、
カンカンと弾頭を叩いた機銃弾は、ついにその弾頭を起爆させ次々に白い水泡の山が海面に盛り上がった。

機銃掃射は右から都合三番目までの魚雷を破壊したが、そこで攻撃は届かなくなった。

しかし『くにさき』は急転舵によって残った魚雷をかわすことができ、どうにか艦隊は事なきを得た。

魚雷が遥か彼方に消えて行くのを見て、須田は全身から力が抜けるのを感じキャプテンシートにドサッと座り込んだ。

ふうと大きくため息をついた須田に副長の内藤が言った。

「気を抜かないでください、航海はまだ一一時間も続きます。敵の潜水艦も残って

いるはずです」

　須田がハンカチで汗を拭きながら答えた、

「そうだったな、すまん」

　艦長はにやりと笑うと席から立ち上がり命じた。

「ヘリの給油が完了次第、発艦作業に入れ。二番機の着艦給油作業は一番機の発艦後二〇分を目途に行え。二番機は帰還途上の索敵も継続せよ」

　落ち着いた声で命令を下す艦長の姿に、他のスタッフたちも自信を取り戻し落ち着いた態度で命令を下していく。

　航海はまだまだ長いが、自衛隊の誇りにかけて護衛艦は輸送艦を守り続ける覚悟を固める。

　彼らはいつの間にか戦いのスペシャリストとなっていた。誰を守るではなく国そのものを守り戦う戦士としての自覚を持ち、戦場へと向かうのであった。

　一一時間二〇分後、輸送艦『くにさき』は無事に目的地ダグバン港に到着した。

　積み荷は最大速度で荷揚げされる。

　ＬＣＡＣとチヌークヘリによって荷揚げされた弾薬の総量は四八〇トンに及び、これは全陸軍航空隊の戦闘機に満載で三五ソーテーの出撃が可能な数の弾薬量であった。

こうして緊急輸送作戦は完遂され、押され気味であった戦線はなんとか息を吹き返した航空隊の活躍により停滞状態にまで持ち込むことができた。

それでも、最前線からマニラまでの距離はわずか六〇キロにまで迫っていたのであった。

2

サイパン島は、既に空襲の被害から完全に復旧を遂げていた。

そのサイパンの西港に朝早く、それまで東京湾から動かないで対空警戒のための浮きレーダー台となっていた試験艦『あすか』が海軍の駆逐艦二隻に守られて入港してきた。

この航海は実は国際救援隊司令部では関知していないものだった。

そして、この『あすか』の到着に合わせるように同じ日の昼過ぎにサイパン島には一時避難していた戊式輸送機を運用する陸軍第九二二飛行隊と戊式攻撃機を運用する海軍の特編三空が舞い戻って来た。

部隊はそれぞれ二手に分かれており、テニアン島の方にも数機ずつが向かった。この移動は以前から決まっていたもので、陸海軍の上層部も国際救援隊司令部もしっかりこのスケジュールを把握していた。

アスリート飛行場に着陸した戊式輸送機の一機から姿を現したのは、なんと春日部教授だった。そして、その後からは文士野木祐一がタラップを降りてきた。

「暑いですねもうすぐ一一月になろうというのに」

野木が言うと春日部が鼻で笑った、

「お主、物書きのくせに変なことを言うのう。この島の緯度を考えてみろ。ハワイより南になるのじゃ、暑くなかったら常夏とは言えんわ」

「そりゃそうでしたな、どうも次元を超えてから感覚がおかしい。今年は二度も夏を体験した訳ですから」

「その今年というのは昭和かね令和かね」

春日部に問われ野木は考え込んだ。

「そうか、もう一年という概念も狂ったというか、我々にとって暦は今のこの世界に適合させないと頭が混乱するだけなんですよね」

野木がそう言うと春日部教授が東京の浅草で見付けてきたというステッキを振り

かざして言った。

「そろそろ令和と言うものを頭から捨て去れ。何とか帰れぬか算段はしておるが、未練たらしく考えておるとこの世界の捻じれ切った渦に巻き取られて、気付いたらブラックホールに飲まれながら押し潰されて行く自分をえらい時間かけて眺めねばならんかもしれんぞ」

　野木が眉をひそめながら教授に言った。

「教授の口で言われると冗談に聞こえませんね。ブラックホールで永遠に宇宙が押し潰されて行くのを見るなんてロマンではあるけど実際にやるのはごめんです」

するとと教授はステッキの柄の先をトンと野木の胸に押しあてた。

「そりゃ無理だ。お主がすり潰しても死なないゾンビかなんかの化け物ならともかく、生身の人間はある限界まで重力が掛かった時点で脳が圧迫されてお陀仏だよ。まあそれでも普通の人間よりは永く宇宙の歴史を眺めていられるだろうがね」

「そんなものなんですか？」

　教授が頷いた。

「所詮人間など水風船じゃからな」

二人は肩をすくめてエプロンから指揮所の方に歩き出した。戊式輸送機たちは続々とヤシの葉で覆われた格納庫へと向かって行く。

するとと野木が整備班の班長と思しき男を見つけ声をかけた。

「整備班長だね、悪いが一八号機だけはエプロンに残しておいてくれないか」

班長はすぐに頷いた。

「国際救援隊からの特別貨物ですね、聞いております。南洋庁からの受取が来るまで野外待機で良いのですね」

野木が頷いた。

「ああその通りだ。よろしく頼むよ」

二人は再び歩き出す。

「さて、お迎えは来ているのかな」

野外の飛行指揮所には、日本からの飛行を終えた陸海軍のパイロットたちががやがやと集まっていた。

しばらくすると管制塔のある司令部から数人の人影が現れ近付いてきた。

先頭はこの基地を預かる陸軍の小林力大佐、その後ろに海軍の飛行長富岡中佐、そして数人の陸軍士官と海軍士官。

「長旅ご苦労さん。今日は陸海軍とも操縦士も航法士も半日外出許可を出す。ああ海軍は上陸許可だったな。奇妙な言い方だ」

そう言うと小林は屈託なく笑った。なんとも型破りな司令官だ。

ここで話を富岡が引き継いだ。

「さて知っての通り、戊式輸送機の一部は日本で再改造され海軍の戊式攻撃機に準じる爆撃機として再生した。まあ、アメリカ軍の使っていた仕様に戻す改造だからあっという間に終わった訳だが、この機体を含め明後日からグアム島爆撃を行う。これは反復攻撃になるので、基地内の宿舎に攻撃の割り当て票を張り出してある。基本一回出撃したら二日休んで再出撃という組を三つ作った。つまりグアム島は休みなしに爆撃に晒されるわけだ。敵のことながら可哀そうな話だ。明日の午後から機体の最終確認作業に入るので、諸君は宿舎に荷物を置いたら司令部で外出許可証を受け取って街に繰り出してよろしい。まあ羽目を外さぬ程度に遊んで来い」

なんとも肩の力の抜けた訓示を受けると、一同は敬礼をして解散。てんでに基地内の宿舎に向かって歩き始めた。元々この基地にいた隊員達だから勝手知ったるものである。

操縦士たちがいなくなると、小林と富岡が二人の若い士官を連れて野木と春日部の元にやって来た。

「お待たせしました。春日部教授と野木先生ですね。アスリート基地司令官の小林です」

小林が挨拶し握手を求めてきた、

「ああ、どうもどうも」

春日部教授が機嫌よくその手を握った。

続いて野木が小林の手を取る。

「どうも野木です、お願いした準備の方はできておりますか」

野木の問いかけに小林は頷いた。

「ええ今朝入港した『あすか』の担当官は港で待っております。司令部の裏に車を回してありますので、この二人がご案内します」

そう言って小林は若い士官を引き合わせた。

まず階級の高い方が挨拶をした。

「陸軍工兵大尉の伊勢崎です」

かなりがっちりした体格なのだが、兵科ではなく技術科の士官だ。襟章の色とバッジで見分けることができる。

「海軍機関科特務中尉浜松です」

こちらも技術系、名前は機関だが海軍の中でも特殊な立場にある科学を扱う開発部署に所属していることが袖章のマークでわかる。

「そんじゃ港まで案内してくれ」

春日部教授がそう言うと二人は教授達を車まで案内し、その後部座席のドアを開けた。

「ランクルのプラドか、横須賀から送り出した奴だな」

乗り込みながら野木が言った。

「こりゃお前さん令和の車だね、冷房が効きそうだ」

教授が言うと野木が訂正した。

「これは平成の車ですよ。かなり年季が入ってるし、地震の時にやられたのかな、ボンネットにへこみがある」

すると運転席に収まった浜松が振り返って言った。

「いいえ、ありゃあ昨夜落ちてきた椰子(やし)の実にやられました。駐車場所が悪かったんですね、ヤシガニの仕業でしょう」

「はあ」

野木が目を丸くして声を漏らした。

「お二人も気を付けてください。夜椰子の木の下に寝ていたら、ヤシガニが落とした椰子の実で頭を打って死にますよ」

「ほうほう、そりゃマジな話だったのか。儂は都市伝説だと思っておったわ」

教授がそう言って笑うと、浜松がエンジンを始動して車を発進させた。車はサイパンに工兵隊が新たに作った酷道三号線を通って港へと向かいだした。

でこぼこの道を浜松は実に巧みに車を走らせる。それもかなりの速度で。

「飛ばすね君、運転はどこで覚えたんだい？」

野木が聞くと浜松は笑いながら答えた。

「戦前に調布の飛行場で自動車競走があったんです。任官したばっかりの自分は見物に行ったんですが、アメリカ車に交じって走っていた国産の車を持っていたお方がね、ハンドルを握らせてくれたんですよ。それですっかり惚れ込んで、ついには多摩川の自動車競走場で太田自動車のハンドルを握ってレースに出場したりしたんです」

野木が感心したという風に頷いた。

「そいつは凄い、日本のレーサーにこの時代で会えるとは思わなかった」

元から自動車に興味のあった野木は、戦後消えてしまった自動車メーカーの太田自動車を自ら運転しレースに出ていた若者に出会い感動したようであった。

車はやがて椰子の林を抜け、海の見える箇所に出た。

「このまま町を抜ければ埠頭です。ほら海軍の船が見えますよ」

言われるままに視線を向ければ、真っ青なサンゴ礁の海に開削された港に海軍の駆逐艦が二隻と海防艦が二隻、そして特異な形の船首を持った自衛隊の試験艦『あすか』の姿が見えた。

「さて、どんな結果になるかのう」

春日部教授が、クックと笑ったが、野木はそんな気分になれなかった。

自分が付き合わされている事の重大さ、そして特異さを身に沁みるほど感じているからだ。

このまま揃って地獄行きだけは御免だな。

声には出せぬが、野木は内心でそう思っていたのであった。

彼らが何をしに来たのか、少なくともこの島にいる人間は誰一人知らぬはずであった。

そしてそれは東京の国際救援隊司令部のメンバーも同じであった。

この二人は表面上、お忍びでここに現れたのであった。

しかし二人は、これからこの島でとんでもないことをしでかそうとしていた。

その結果何が起こるか、実は春日部教授でも把握していないという、実に危険な実験がその正体なのであった。

二人を乗せた車は、サイパンの戦火で焼けた建造物を、一生懸命建て直しつつある街並みをゆっくりと抜けて行く。南国の日差しは燦々（さんさん）と照ってカーキ色に塗り替えられた平成生まれの車のボディを光らせていた。

3

戦艦『武蔵』は堂々とインド洋を進んでいた。周囲には護衛の艦隊が堂々と取り囲む。戦艦『長門』を筆頭に重巡と駆逐艦、そして海上自衛隊のイージス艦『まや』と護衛艦二隻、輸送艦二隻、給油艦一隻。

まるで彼らの存在は世界中から忘れられたかのように穏やかな航海が続いていた。

「英軍がまったく動かないのが不気味ですな」

護衛艦隊に随伴する輸送艦『しもきた』の艦橋で陸上自衛隊の冴木三佐は艦長の植田一等海佐に言った、

「情報が全く足りていませんよ。独軍に押し込まれているとはいえ、まだインド洋に入ったUボートの数は一〇隻程度でしょう。英海軍は自在に動けるはずなんですがね」

冴木が頷いた。

「インドには正規空母と戦艦がいるという話ですから、艦隊司令も気を引き締めていたはずですが、これはえらい拍子抜けだなあ。このまま素直に紅海に入れてしまいそうじゃないですか。ドイツ側は何と言ってきているのです。今日現在の戦況はどうなっていますか」

冴木に聞かれ植田がポケットから最新の連絡を書き付けたメモを取り出した。

「現在ドイツ陸軍は、アラブのリアドを占領しアラビア海に面したダマーンからカタールに至る英軍の防衛戦に攻撃を仕掛けているところだそうだ。英海軍はひょっとして、この戦線の後方つまりアラビア湾に入って援護しているのではないだろうか」

冴木が腕組みして考え込んだ。

「回航司令官の鈴木中将は、今の状況をどう読んでいるのかな」

「さあ、ずっと無線封止の状態だからね。発光信号だけでは詳細は聞き出せん。武蔵に乗り込んで行かないと細かなことは聞けないね」

植田が言うと冴木は肩をすくめた。

「我々は単なる荷物運びだからなあ。というか、我が陸上自衛隊二個中隊が同行している意味は、ドイツ側も察してはいないと思いますが向こうについてどう説明するのかな司令部は……」

そうなのだ、なぜか今回の武蔵回航艦隊に同行した自衛隊の輸送艦二隻には、それぞれ陸上自衛隊第一普通科連隊から普通科二個中隊の隊員が同行していた。彼等は、サイパンの奪還作戦に従事後一時的に日本に帰還すると、休息を取ったのちに沖縄に向かわされた。

冴木を筆頭に実働部隊を指揮する幹部たちは、てっきりフィリピン戦線に投入されるものと思っていたのだが、フィリピンに送られたのは偵察隊から選抜組織された特殊任務部隊のみで、四個中隊の普通科隊員のうち半数となる二個中隊がこの回航部隊に同行するよう求められ、それぞれ『おおすみ』と『しもきた』に一個中隊ずつが搭乗し同行することになった。

部隊を率いる冴木三佐は無論彼らに与えられた任務を聞いている。

なかなか無茶というか、頭の痛い任務を押し付けられたのだが、これは確かに日本軍ではなく自衛隊の方が適任な任務のようである。

回航艦隊司令官の鈴木中将は、彼らの存在は帰還に向けた航海では必須になると考えていたが、そのことはあまり周囲のスタッフに話してはいなかった。

まあこれには事情があるのだが。

とにかく戦艦武蔵を売却するための艦隊はついにインド洋を渡り切ろうとしていた。本当にドイツが紅海とスエズ運河を制圧してくれたおかげで行程は大幅に短縮された。

先にドイツに向かった伊号二〇潜水艦も、まだアレキサンドリアの港に停泊したままである。

実にスムーズに連絡が行き届き、この回航作戦は進んだ。

まあ途中異次元戦艦モンタナとの交戦という予期せぬ戦いも生起した訳だが、令和テクノロジーとの二人三脚で窮地を脱せた。

ドイツが武蔵をどのように使うつもりなのか興味は尽きないが、この巨砲が地中海に入った時点で枢軸と連合軍の戦力バランスは大きく変化する。

アメリカも既に武蔵の存在は感知しているだろうし、そろそろ諜報網が武蔵の売却について探り当てていてもおかしくない。

それを鑑みても、このインド洋の静けさは異様なのであった。

イギリス軍に何か大きな動きがある。それも後ろ向きの動きが、鈴木中将はそう考えて艦隊を動かしていた。

紅海に入った時点で鈴木は、無線封鎖を解くつもりであった。

ドイツの情報を、いや正確にドイツ経由での英軍の情報を受け取らないと帰路の安全が保障されない。そう強く感じているのであった。

武蔵がいなくなった艦隊に、インド洋の英東洋艦隊が送り狼よろしく付き纏って来たらたまったものではない。

「ドイツに行った後藤たちはどうしているのだろう」

鈴木がこう囁いた時、たまたまベルリンで朝食を取っていた後藤大佐が大きくくしゃみをした。

まあ単なる偶然であろうが、これを見た三井商事の宮崎清が呟いた。

「海軍のどなたかが噂しているのではありませんか」

ナプキンで口を拭きながら後藤が笑った。

「そんな馬鹿な」

ベルリンに来て一週間以上過ぎたが、一行はまだ帰国のための準備に入れていなかった。

というのも、ドイツは購入代金とその他の現物で引き渡す物資をわざわざイタリアのタラントまで運ぶという話で、その輸送が終わるのを待っているのであった。

どうやら一行は伊号二〇潜ではなく武蔵回航艦隊の帰路便に同乗することになりそうな気配で、このベルリンでゆっくり待つのが仕事のようになっていた。

しかし、その一方で民間人の江原医師とこれをサポートする形の西岡二尉は、ドイツの実情を探るために連日スパイ活動を続けていた。

この日も江原は、観光のふりをしてドイツの民間人に現在のドイツ政府の様子を聞き込みに出ようと、宿舎の前に朝食もそこそこに立っていた。

外でタクシーでも捕まえようとして通りに出た時だった。いきなり黒いコートを着た二人組の男に腕を摑まれた。

「ドクトル江原、少し貴方とお話ししたいという人物がいます、ご同行願います」

がっしり摑まれた両腕を見て江原が答えた。

「これは拒否権がなさそうですね。車に乗って目隠しとかされてしまうのですかね」

これを聞いて男たちは目を合わせ肩をすくめた。

「お見通しですか。まあ、素直に従ってくれれば手荒な真似はしません」

江原が苦笑しながら頷いた。

「実にステレオタイプな誘拐で、わくわくしてきた。まあ一緒に行きましょう。車はどこです？」

江原のあまりに意外な態度に、扱いづらそうに男たちが道端に停まったホルヒのファストバックセダンを指さした。

「こういう時はメルセデスに乗せられるものだと思っていたのですが、まあいいでしょう」

江原は男たちと一緒に車に乗り込んだ。

この時、通りを少し離れた場所でじっと様子を窺っていた二つの影があった。一人は使節団の西岡二尉、もう一人はドイツ大使館の駐在武官補佐役でベルリンにおける諜報実務を担っていた山村忍（やまむらしのぶ）という陸軍大尉であった、彼は陸軍中野学校出身のばりばりの諜報畑の人間であった。

「本当に江原先生、摑まってしまいましたね。山村さんの言った通りだ」

西岡が目を真ん丸にして言った。

「まあ恐らく行き先も予想通りです。気付かれないよう我々も尾行しましょう」

そう言うと山村は、大使館ナンバーではない一台の車、街中では特に目立つことのないオペル製の乗用車に乗り込んだ。

「なんというか本当にスパイ小説の世界になって来た」

助手席に乗り込んだ西岡が呟くが、意味の通じない山村は黙って車を発進させた。ハンドルを握りながら山村が言う。

「予想が正しければ、車はトゥーレ協会の秘密教会に向かうはずです、問題はそこで誰が待っているかですね」

トゥーレ協会はドイツのナチス党内部に作られた一種の秘密結社である。令和の世界では色々オカルトじみた話の舞台として語られる謎だらけの組織である。

「これ、江原先生本当に無事に解放されるんでしょうね。民間人に死なれると、国際救援隊としてはかなりまずい事態になっちゃうんですけど」

西岡がはらはらした感じで言った。

「大丈夫のはずです。事前情報が正しければ。協力者もいることですし」

山村が言うと、西岡が彼の方を向いて少し怒ったような感じで言った。

「それ、それですよ。あのハンナ・ライチェさんが日本への協力者だって先に言ってくれていれば、いらない緊張をしなくて良かったのに」

すると肩をすくめながら答えた。

「いえ、ですが使節団一行の予定が詰まっていて大使館の人間が接触する時間がまったくないまま歓迎式典になってしまったので、ぶっつけで接触してもらうしかなかったんです。すみません」

「まあいいですよ、おかげで濃い話をいっぱい聞けましたから」

結局本国での意図とは別に、西岡も諜報戦の渦中に放り込まれてしまっていたのであった。

やがて江原医師を乗せた車はベルリン郊外の木立に囲まれた静かな邸宅、いやもう御殿と言っていい建物の門の中に吸い込まれて行った。

西岡たちの車はその門を通り過ぎ、バックミラーで出入りの観察ができそうな木立の影に停車した。

「さて、どんな面子が現れますかね」

椅子に背を預けバックミラーを覗いた山村が言った。

助手席の西岡の位置からだと右のフェンダーミラーがちょうど後方を見通せる位置にあった。

数分後一台の大型セダンがやって来て門を潜ろうとした。

そのセダンを見た瞬間、山村が驚きの声を上げた。

「あれは親衛隊の将官専用車です」

ドイツのナチス親衛隊と言ったら悪名ばかり轟く集団で、令和の過去から見たら戦争犯罪の玉手箱みたいな存在に思えた。

当然オタクの西岡は、この詳細を熟知している。

「ちょっと待ってください、トゥーレ協会の関係者で親衛隊の幹部と言ったら、もしや……」

西岡の推理はズバリ当たっていたのだが、門に吸い込まれる車の後部座席に座った人間の横顔を見て、二人は同時に声を上げた。

「ハインリッヒ・ヒムラー」

思いもかけぬ大物の登場に目を丸くした二人であったが、その後も続々と車はやって来た。がしかし顔を見て確認できただけでルドルフ・ヘス、アルフレート・ローゼンベルグといった人間が屋敷に吸い込まれて行った。

「これ俺たちの手に負える問題なのかな……」

思わず西岡が漏らしたが、やがてオープントップのトラック、既に旧式化しているクルップのボクサーに乗った一個分隊の武装親衛隊がやって来て、屋敷の前で警備に立った。その警備隊を指揮している男の顔を見て山村ではなく西岡が反応した。

「あ、あの男、オットー・スコルツォーニじゃないのか」

「誰ですそれ?」

この世界においてはまだ無名のその男は、令和の過去では悪名を轟かせた親衛隊士官であった。

「江原先生、無事に帰って来れるんだろうか」

西岡は顔色を青くしたが、それはもはや神のみぞ知るという状態にあるのであった。

第二部　世界のために明日を掴め

第一章　不回帰点の向こう側

1

サイパン島のアスリート飛行場第一滑走路上にB29、戊式攻撃機29型が整列していた。

早朝五時、一一月のことでまだ陽は昇っていない。周囲に置かれた照明灯に照らし出された機体は、どれも日本軍の迷彩色である濃緑色に彩られ照明の灯によって闇の中に浮かび上がっていた。

各機は既にエンジンを回し暖機を終え発進を待つだけの状態になっていた。

やがて滑走路の端に立っていた整備員が大きな旗を振り、先頭の戊式攻撃機が滑走を開始した。

この夜発進した戊式攻撃機はサイパンから一〇機、テニアンから四機であったが、各機は正規の搭載量を超える七トンの爆弾を搭載していた。目標が至近とも言えるグアム島だから飛行距離が短い。だから燃料の搭載量を減らしその分を爆弾に置き換えることができるのだ。

攻撃機が全機離陸を終えた後、滑走路の端にもう一機の戊式29型が姿を現した。それは爆弾を搭載した攻撃機ではなく、日本軍によって改造された輸送機型の戊式29型であった。

「ジナ一番機発進許可願う」

戊式輸送機のコックピットで陸軍のパイロット北斗大尉が管制塔に発進の許可を求めた。

返答はすぐに短波無線で入って来た。

「発進を許可する。進行方向に敵勢力の兆候なし、健闘を祈る」

「ジナ一了解、以後実験終了まで無線を封止する」

北斗は無線を切ると副操縦席の南少尉に頷いた。

二人は手を合わせコックピットの中央コンソール上にある四基のエンジンの回転を制御するスロットルがまとめられたレバーを摑み、ゆっくりそれを前に動かしていった。

それまでアイドリング状態にあったエンジンが徐々にその力を発揮し、大きなプロペラは力強く回り、排気管からは激しく排気が吹き出す。同時にエンジン内のターボが過給を開始しプロペラを回転させる力、トルクが一気に増していく。

巨大な機体は滑走路の上を滑るように進みその速度を増していく。

「間もなく滑走速度一」

南が計器盤を睨んで言う。これはアメリカ式で言えばマーク1にあたる離陸速度にあたる。

南の言った通り戊式輸送機の前輪がぐっと持ち上がり滑走路の路面を離れた。

「滑走速度〇」

マーク0、つまり完全にタイヤが地面を離れた状態である。

北斗は黙ってスロットルをさらに開き、同時に操縦桿をぐっと引いていく。戊式輸送機の機首はぐっと斜め上を向き機体は滑らかに空へと舞い上がっていく。四基のエンジンはますますその回転を上げ、排気管から赤い炎を吹き出すほどの勢いでプロペラを回し巨大な機体はあっという間に高度を増していく。

「このまま高度六〇〇〇まで一気に上がる」

滑走路から直線方向を向いたまま戊式輸送機はどんどん高度を増していく。滑走路の発進方向は南西であり、その方向のまま突き進んでもそこは太平洋のど真ん中である。北斗はまず高度を取りそれから進行方向に機首を向けるようだ。

機体は非常に安定しており、気象条件も良いため中の乗員は上昇G以外に大きく体に負担を感じることはなかった。

北斗が周囲の状況を見て後ろを振り返り言った。

「もうベルトを外して大丈夫ですよ」

コックピットの後部には二個の補助座席があるのだが、そこにはこの機体の乗客と言うべき男が二人腰をかけていた。

「サイパンに来た時も思いましたが、北斗大尉この機体の操縦が巧いですね」

そう言って全身を押さえ込んでいた四点式のシートベルトを外したのは野木祐一であった。

「いやあ、そう言っていただけると嬉しいですね。操縦に関してこれは非常に素性のいい機体です、ただ、色々難点を抱えているのも事実ですね、翼が長く大きいので横風の影響を受けやすく、前部車輪式の三点式車輪のために離着陸の際はかなり注意が必要です。つい尾輪式のつもりで機首を起こしてしまったりしますから」

野木が「ああ、なるほど」と頷いた、日本機にはこの形の車輪配置をした大型機は珍しい。もし尾輪式のつもりで着陸なんかしたら尻もちをついて大騒ぎになる。

「ふう、何度やってもこのタイプのシートベルトは取り外しが厄介だ」

そう言ってベルトとの格闘をようやく終えたのは春日部教授であった。

二人は昨日のうちにこの機体にある物を運び込み、数人の技術者と共にそれを組み立て配置していた。

それは試験艦『あすか』に搭載し秘かに持ち込んでいた機器類であった。

二人はこれからある実験を試みるのだ。

「高度六〇〇〇、水平飛行に入ります」

副操縦士の南が言った。

ここで北斗は本来爆撃手席である前方に座った永井少尉に声をかけた。

「針路指示を頼む」

永井は片手を挙げて目の前の機器をいじる。すぐに操縦席の前の計器盤に向かうべき進路を示す赤い針がコンパス上で指示される。

操縦士がこの針路に機体の向きを一致させれば針は自動的に計器盤の直上に来る仕組みだ。

「到着までおよそ五〇分です。予定通りなら夜明けと同時に目標上空です。もし途中で息苦しくなったらすぐに酸素マスクをつけてください。こいつのコックピットは簡易与圧なので、この高度でも息はできますが完全与圧ほど完璧に気圧を維持できていないので。まあそれでも後部キャビンよりはましなのですがね」

日本軍が使用する戊式は、すべてB29A型、これはアメリカが与圧キャビンの設置を諦めて完成させた暫定型とでも言うべきB29だ。

当然コックピットも後部キャビンも与圧がない。ただし、そもそもが与圧式にしようと設計されているので、その機内構造は与圧に向いたボンベ型に前部後部ともなっている。日本軍というか国際救援隊の技術者はここに目を付け、アメリカが失敗した各部のシーリングをやり直した結果、完全とはいかないがある程度の与圧機能を持たせることに成功した。

これがつまりショートジャブ作戦で戊式攻撃機が活躍できた秘密なのだ。

酸素の消費量が少なくて済むので超高空の飛行でも乗員の負担が少なく、あの高度一万メートルからの爆撃を可能にしたのだ。

「では到着まで機器の点検をしていよう、儂は後ろに行くので後は頼む」

そう言うと教授は後ろの壁に付いた梯子を上り、後部キャビンへ向かうため連絡用チューブにアクセスする円形のハッチを開けた。プシュッという空気の漏れる音がしたが、これは通路内とコックピットに気圧差がある証拠だ。

博士は器用にそこに潜り込み、コックピット側のハッチを閉めるとごそごそと這いながら機体の後部へと向かって行った。

実は運び込んだ機器の半分は、今教授が這っている長いチューブの下側、本来は爆弾倉にあたる部分、この輸送機型では貨物室になった個所に収められている。しかし、その機器はある事情から完全な遠隔によってコントロールされる。教授が向かっている後部キャビンにその操作機器が収められているのだ。そしてその後部キャビンには、格納庫内の機器を操作するための要員が二人乗り込んでいた。この二人は日本から同行してきたのだが、その素性を知っている者は野木と春日部の二人だけであった。

「よいしょっ」と掛け声をかけて後部キャビンに降りた春日部は、そこで待っていた二人に声をかけた。

「じゃあ責任をもって仕事をしてもらおう。今まで逃げていたつけを払うつもりでな」

教授に言われるとその二人は、大きく肩を落として頷いた。

この二人、一人は大下浩三（おおしたこうぞう）、もう一人は玉手曜子（たまてようこ）という元々はあの伊東にあった謎の施設の研究員であった。

つまり国際救援隊が追跡し突き止めた木藤たち三人以外の生き残り五人のうちの二人である。

この五人は頑として研究所に戻るのを拒否していたのだが、春日部があの発見をして野木を呼び出した直後に、さらなる協力者の必要性から野木が考え、半ば脅迫同然に協力を要請。美味しい褒美を餌に納得させたのである。

どのみち難民施設にいても何もやることはなく、政府の支給する衣食住で日々を過ごす以外に選択肢はない。特に仕事もある訳でもない。そこに野木は、特別待遇と好きな食事をいつでも食べられる権利を条件に二人をキャンプから連れ去ったのであった。

このことは無論国際救援隊司令部のあずかり知らぬことだ。いつの間にか強大な特権を有していた司令部メンバーの野木だからこそできた強引な所業なのであった。

教授が姿を見せると、二人は酸素マスクを被った顔で教授を仰ぎ見た。

後部キャビンは広いせいもあって与圧が十分に働かないので気圧が低いのだ。当然酸素も薄い。マスクは五〇〇〇メートル以上で必須といった感じになる。

「制御は完璧です。重力波の漏出もありません」

貨物室の機械に繋がった管制機のモニターを見ながら大下が言った。

「よしよし、苦労して分離してきたのだ、うまくコントロールできなければ意味がない」

梯子を下りながら教授が言うと、そのまたくさんのコードが伸びる制御機器に取りついた。

すぐに大下が空いている酸素マスクを教授に突き出し、教授はそれをすぽっと被った。

玉手がその教授に言った。

「予備テストを開始しています」

すぐに教授が玉手の前のモニターに顔を寄せ数値を読む。

「音波での固体監視でも異常なし、温度も正常。高高度での安定化は成功のようだ。さて、この小さな卵がどんな奇跡を見せてくれるか楽しみだ」

春日部教授は不気味な笑顔を顔に浮かべた。こうして見るとマッドサイエンティストそのものだ。

「断裁用丸鋸(まるのこ)の準備はできています。再固化用の噴射機器の点検を行います」

酸素マスクから漏れる呼気でメガネを白く曇らせながら玉手が言う。

「よし、いくらでも上塗りしていいので、実際に噴霧して確認しろ」

春日部に命じられて玉手が危機を操作する。

各モニターには、貨物室内で八本のワイヤーによって空中に固定されたソフトボール大のキラキラ光る物体が映っている。そこに向けて何かシリンダー状のものが接近し、先端から白い糸のようなものを吐き出した。

グラスファイバーである。

つまり、この小さな物体はあの研究所の奥深くにあった謎の物体と同じ手順で周囲を覆われた物体ということになる。

ただその大きさはあの研究所にあったそれの直径で一〇分の一程度しかない。

「問題なしです」

その時機内通話の声がスピーカーから流れてきた。

「教授、目標上空ですよ。これから旋回に入ります」

野木の声であった。

「ふふ、さあ始めるか。おーい、扉を開けてくれ」

教授の声で戊式輸送機の旧爆弾倉の下部扉、つまり爆弾倉の投下口がゆっくりと開いた。

この結果、貨物室では宙吊りになった物体が下界を見下ろす格好となった。

「カッティングの位置はきっかり下方一八〇度だ。鋸の巾だけ切って終わりなので間違えるなよ、歯を往復させせたらどうなるかわからん」

教授の声に大下が緊張しながら頷いた。

「歯を回転させます」

吊るしてある物体から少し離れた位置、丁度物体の下に面するあたりの操縦室寄りから一本のアームが伸びており、その先端に回転する丸鋸がついていた。その鋸がすごい速度で回転を始めた。

時計を睨んでいた教授が叫んだ。

「よし切るぞ。ダイヤモンドカッターを前進させろ」

教授の叫んだ通り、回転する丸鋸の刃は粉末のダイヤモンドがまぶしてある最も切れ味の鋭い代物であった。

回転する鋸がすごい勢いで物体に迫りその回転する刃ががっしりと物体の下面に食い込んだ。

ガリガリガリとカッターがガラス状の表面を削っていく。やがて、その歯がガラス面を突き抜けた。

　次の瞬間、玉手が叫んだ。

「異常重力波検知、物体から質量照射が始まりました！」

　言葉の通り物体から何かが飛び出すのが感覚としてわかった。

　貨物室をモニターしていたカメラの画面が揺れて、ぐにゃッといくつにも画像が割れた。

「グラスウールと液体ガラスの噴射を始めろ」

　すぐに先ほどのシリンダーからグラスウールとこれを固着させる液化ガラスが噴出した。これが先ほど丸鋸が切り裂いた部分を覆いつくす。

「異常波停止、重力値安定しました」

　教授は玉手の声を聞きながらも押し黙り一点を見据えていた。

　それは機体の下面を向いて固定されたカメラの画像であった。

　それをじっと見ていた教授の元にコックピットから悲痛な声が響いてきた。

「何をやったのでありますか。いきなり機体が五〇〇メートル以上跳ねあがりました。それも上がったと自覚のないままです！」

　北斗機長の声だ。

「機長、現在高度に間違いはないかね？」

教授が問いかけた。

「ええ、国際救援隊から支給された高度計とアメリカ軍が取りつけたそれとまったく同じ数字を示してますよ」

春日部教授がバンと大きく手を叩いた。

「実際の照射時間と拡散範囲は後で計ればいい。皆ご苦労だった。実験は成功だ。フェラションデ・メニラナ島はこの世から消えてなくなった」

教授はそう告げると次の瞬間、発作でも起きたかのように高笑いを始めた。

「これだ、これで世界は救える、わははははは」

教授の笑い声はいつまでも途絶えることなく戊式輸送機の機内に響き渡るのであった。

「戻っていいですよ」

機長の北斗の肩を叩きながら野木が言った。

「いったい何が起こったんですか?」

北斗が野木を振り返りながら聞くと野木は大きく肩をすくめながら言った。

「春日部教授は自分の手で地獄の門を開いたのですよ。いやパンドラの箱なのかな、幽かにでも希望があるなら」

そう言うと野木は、操縦席の前の半球形のキャノピーから朝日に煌めき始めた海面に視線を落とした。

そこにはとてつもなく大きな渦が出来上がり、朝日を受けながらうねり続け、一点に向け海水を運び続けていた。それはちょうど、無人島のフェラションデ・メニラナ島があった場所。波はその島の中央部に向け大きくうねっているのだった。

「珊瑚礁の島だからな……」

野木が大きく首を振りながら呟いた。

いったいどうやって春日部教授は島一個を地上から消し去ったのか、それはまったくの謎であった。

しかし島が忽然と姿を消し、それを春日部教授が戊式輸送機に積み込んだ機械と謎の物質によって成し遂げた事実は消えない。

戊式輸送機は、巨大な巨大な渦を見下ろしながらサイパンへの帰路に着いたのであった。

2

ベルリンには雪がちらついていた。

「今年は冬が早いそうですよ」

コートの襟を立てたまま一緒に街路を歩く西岡二尉に山村大尉が言った。

「えらい寒さだ。足が凍りそうだ」

石畳の道を一歩踏み出すたびに靴底が凍り付いていくかのように寒さが伝わってくる。

「しかし江原先生はよく戻って来れましたね。メッセージを伝えたきり口を開かなくなっちゃいましたが」

山村の言葉に西岡は頷きながらもため息を吐いた。

「まあ、そのメッセージのおかげでこっちは謎の集まりに出席しなくちゃならない訳ですけどね」

西岡たちが言っているのは、三日前に拉致されてトゥーレ協会の本拠地に連れ込まれたが、翌日無事解放された江原が謎の招待状を持ってきた件である。

「でもこれで知りたいことの核心に迫れる、先生はそう内緒で言ってましたよ」

山村に言われ、西岡は再度ため息をついた。

「江原先生は本気でダニエル・クレイグになるつもりだよ。いろんな謎を誰にも伝えず、それでいて自分が承知してますとだけは言う……」

「は？　ダニエル……なんですか？」

山村が首を傾げたが、それは無理もない西岡がすぐに苦笑しながら言い直した。

「いえ、江原先生はスパイに徹する気だって言いたかったんですよ。その名前は七〇年ほど早いので気にせずに」

「はあ、そういうことですか。では忘れましょう」

二人はてくてくと歩きながら、ドイツ帝国の中枢、総統府へと向かっていた。このヒトラー総統が鎮座するドイツのすべての建物には、車での接近が許されていないのであった。

これは無論テロを防ぐためだ。

ヒトラーは極端に暗殺に気を使っているという。

わざわざ日本から来た使節団とも容易に面会しなかったのもそのためだ。

二人はようやく厳重な警備の敷かれた総統府の正門にたどり着き身分証を提示し

て内部に入れた、
居並ぶ親衛隊兵士は、皆長身で顔も整った者ばかりであった。

これを見て西岡が呟いた。

「我々の世界の過去だと雑多な人種を意図的に親衛隊に入れてインド人部隊やムスリムの部隊まで作ったんだがなあ」

これを聞いて山村が少し驚いた顔をした。

「国際救援隊の皆さんがいた世界ではナチス親衛隊の隊員が多国籍だったのですか?」

西岡が小さく頷いた。

「ヒスターは世界征服を本気で狙っていたんだ。だから、敢えて人種の融合を画策していて、これが欧米には醜悪に映っていた。その融合政策からはみ出していたのがユダヤ人で、彼らだけが絶滅収容所に送られた」

山村の表情が変わった、

「無論ユダヤ人迫害は行われています。しかし、ヒトラーはアーリア人の優生的資質に固執していて、SS隊員もこの人種的血統を証明できないと入隊できないのですよ。ただ最近他の占領した国で親衛隊を組織し始めていて、そちらはこの限りじゃないそうです。ただ、この総統府の警備に立っているのは身長一九〇センチ以上のアーリア人種のみのはずです」

西岡が、ふうむと考えこんだ。

「この世界のヒトラーという総統だけじゃなく周辺もちゃんと調べないと駄目かも」

するとと山村が言った。

「江原先生はその辺を心得ているようですよ。昨日こっそり渡してきたメモ帳には、ヒムラーを頂点にした親衛隊の表面的な構造に対し、かつてヒトラーから排斥されたハウスホーファーを秘かに信奉していた一派が作った組織が地下にあるってだけ書いてありました。あと自分は二四時間見張られているともね」

西岡が目を丸くした。

「先生そこまで調べて監視までされてたのか、本気でボンド顔負けだ」

二人が話を続けつつ建物内を目的の部屋に向け歩いていたその時、人影がすっと二人に近づき声をかけてきた。

「こんにちは日本の友人たち、英語でならお話しできるかしら」

二人が慌てて視線を向けると、そこにはハンナ・ライチェの姿があった。

「ハンナさん、あまり大っぴらに接触されるとまずいです」

山村が慌てて言ったが、ハンナは笑いながら答えた。

「安心して、私もここに呼ばれているのよ、総統閣下にね」

山村と西岡が思わず顔を見合わせた。

「てっきり日本人だけだと思ってました」

ハンナが真顔に戻って二人に言った。

「総統の周辺に何か考えがあるようですわ。私だけでなくもう二人、私の旧知も呼ばれておりますの」

「誰ですか、それ」

山村が低い声で訊いた。ハンナは二人にだけ聞こえる声で答えた。

「一人はレニ・ルーフェンシュタール監督。あなた達も知っているんじゃない、ベルリンオリンピックの映画やナチスの祭典を撮影している元女優の監督、私もその大監督の映画に参加していたのよ、ご存じかしら。そしてもう一人は、アレクサンダー・リピッシュ博士。私と同じバイエルンの出身でね、元はツェッペリン社の航空工学技師でしたけど今はメッサーシュミット社でロケット工学に基づく新型機を開発しているの、ロケットの有人機をね」

山村は驚いたが西岡は全く驚きもせずに、逆にハンナに聞いた。

「総統は衛星軌道ロケットの開発にはまだ許可を出していないのでしょうか」

ハンナ・ライチェの片眉がぴくっと動いた、

「なぜその計画を知っているの？」

ハンナの問いに西岡は真顔で答えた。

「最終目標は月、そこに基地を建設する。私の世界の総統だったヒスターはそれを公言し、実際に研究段階のロケットでロンドンを攻撃した。A4号という兵器でした」

ハンナは周囲をきょろきょろ見回し、声が他の者に聞こえないのを確認したうえで西岡に言った。

「その話は表ではしない方が良いわ。あなたの世界の総統と違ってヒトラーは秘密主義者なの。ロケット計画は確かに行っているけど完全に秘密裏に開発が続いているわ。今私をはじめとした各国のスパイがその秘密を探るのに必死な状況よ。私の旧友のウェルナー・フォン・ブラウンがその計画に携わっているので、私はそこから情報を得るために努力しているわ。そこで知ったのだけれど、あなたの言ったA4というのはウェルナーのいる衛星ロケット計画チームの開発しているロケットに関係あるはずよ。今発射実験中の小型の大気圏内ロケットがA2という番号を振られているから」

西岡の顔が難しくなった。どうやら、自分たちの過去で起きたあの悲劇の兵器はこの世界でも再現される運命の下で動いているらしい。西岡はそう判断した。

A4号ロケット弾は、ヒスターの命令でロンドン攻撃に使用され数百発のロケット弾がロンドンの街に落下した。それも生物兵器を弾頭に詰めて。この世界でも弾道ロケットが完成すればこの作戦は実行されるに違いない。

実は国際救援隊から絶対に確認して欲しいと言われていたのが、この弾道ロケットの開発に関する項目なのであった。

何とかこの世界におけるロケット開発計画の沿革と現状をハンナ・ライチェという協力者のおかげで探りあてられた。しかし、まだその先がありそうだというのを西岡は感じていた。実はこのロケットの話と、拉致され何かを吹き込まれた江原の今の行動が何となく結びつくのだが、この時点では西岡も山村も肝心の江原が口を開かないので手詰まっている。

ハンナ・ライチェがどこまで頑張れるかわからないが、彼女も日本の協力者であることが判明すればただでは済むまい。枢軸国の日本がその相手だとしても個人が国家の機密に迫れば相応の処罰は免れまい。

これ以上はベルリン滞在中の探索の手立てが思いつかないと、ひしひしと感じる山村と西岡であった。

三人は控室の前に到着しその重々しいドアを開けた。

ビクトリア様式の飾りが施された室内に日本の使節団の宮崎と後藤大佐、そして上條大佐が江原医師と共に待っていた。

政治家組の岸と大平は別の用事で外務局に出向いている。

「遅くなりました。大使館まで山村大尉を迎えに行っていたもので」

西岡が一行に言うと、後藤大佐が大きく頷いた。

「ありがとう、やはり通訳は多いに越したことはない。江原さんも手伝ってくれているが、軍の用語に詳しい人間は絶対必要なのでな」

山村がカチッと踵を揃え敬礼のため帽子を脱ぎ頭を下げた。

「遅くなり申し訳ありません」

しかし後藤が懐から懐中時計を取り出し首を振った。

「いやいや、まだ定刻一〇分前だ。我々の方が早く着きすぎていたのだよ」

後藤はそう言って笑った。

まあ西岡を除く全員が同じ宿舎から同じ車で来たのだから、定刻より早く着けば先に待っているのは当たり前だ。

後藤はその時ようやく西岡たちと一緒に来たハンナ・ライチェの姿に気付いた。

「おやミス・ハンナ。あなたもご一緒でしたか、閣下との面会に同席なさるのですかな」

ハンナが頷いた。

「ええ、その通りです。他にも二人やって来るはずですわ」

「ほう」

事前に何も知らされていない日本側一行は揃って声を上げた。

その三分ほど後であった。重々しい廊下側の扉が開き一人の中年ドイツ人と一人のドイツ人淑女が部屋に入って来た。

「ああ、ハンナ君は先に来ていたのだね」

中年のドイツ人がニコッと笑ってハンナに挨拶した、

「はいリピッシュ博士、遅れずに来られたのですね、良かった」

「ああ、巨匠女史に袖を引っ張ってもらったからね」

ハンナと気軽に挨拶しているのが、アレクサンダー・リピッシュ博士であった。

そのリピッシュに同行してきた、きつそうな顔の淑女が言った。

「誰が巨匠ですか、それは総統閣下が勝手に言った話でしょう。私は常にカメラと共にあるだけの人間です、監督と呼んでもらうのが嬉しいわ」

そう厳しい口調で言ったのが、映画監督のレニ・ルーフェンシュタールであった。

ハンナが笑みを浮かべながら日本人一行に二人を紹介した。

「あのベルリン五輪の映画を撮られた監督さんとお会いできるとは光栄だ」

三井物産の宮崎清が驚いた顔で頭を下げた。

「もし日本が大陸で対中戦争を行っていなければ、三年前には東京で五輪が開かれるはずだったのですがね」

上條大佐がそう言って肩をすくめた。

これを聞いて西岡が漏らした。

「昭和の東京五輪は三九年に開かれたけど令和の場合はコロナのせいで二年が三年にずれてややこしいことになったから、東京五輪は何か呪われてそうだなあ」

この声は山村と近くにいたドイツ人三人にしか聞こえなかったが、三人のドイツ人にネイティブで流暢な日本語を理解できるはずもなく、その呟きの中身が知れることはなかった。

やがて定時きっかりに総統執務室に続く観音開きの扉が開かれ、一同はアドルフ・ヒトラーの待ち構える机の前に通された。

ヒトラーは横にリッペントロップとヒムラーを従え立ったまま一同を迎えた。

「よく来てくれた日本の同胞諸君、さあこっちへ来たまえ」

ヒトラーがやや早口で一同に言った。

別にそうしろと言われたわけではないが、一行は一列横隊で総統の前に立った。そしてまず後藤大佐が口を開いた。

「お招きいただき光栄です。既にここに来ての一〇日間で、日本の天皇陛下よりの親書、さらに新首相崔麗華閣下の親書をお渡しし私どもの意向は伝わり、温かい許諾のお返事を頂け光栄の限りです。感謝しております」

ヒトラーが大きく頷いた。

「日本との武器交換は実に有意義な話であった。恥を承知で言えば、我が帝国の海軍力は三流の下だ。潜水艦がいかに活躍しようと、日本のように戦艦や空母で決戦を行える能力は全くない。我が国が誇ったビスマルクが撃沈されて以来、姉妹艦のティルピッツはノルウェーから一歩も動けなくなっておる。しかし、日本からやって来た武蔵が地中海に入れば戦局は変わる。私が描いた欧州制覇の地図は間もなく最後の仕上げに取り掛かれる。この偉大なドイツが欧州を統治すれば貧困や病魔による疲弊や飢饉の心配も払拭され、ナチス党の理念の下に安全で安心な生活が保障されるのだ。共産主義に染まった村落も我々の提言する所得の倍増を受け入れれば、夢の生活が保障される。この大帝国の夢の完遂に日本からやって来る巨大戦艦は不可欠なのだ。ありがとう朋友諸君、君たちへの対価があの程度で良いのか私は部下に再三聞いたが余分な条件はないという信じ難い返事に心から感謝を抱くことになった。諸君らの勝利に我が帝国の力が貢献することを祈る」

話を終えるとヒトラーは両手を後ろで組み、ヒムラーを顎で促した。

まだ若さの残る若干四三歳の親衛隊長官は、一歩進み出ると一同に向かい声を張り上げた。

「今日ここに日本からの使節団と共に我が国の誇る民間有志三人に来てもらったのは、ある映画を撮って欲しいからだ」

そこでヒムラーは眼鏡を少し直し、レニ・ルーフェンシュタールに向き直った。

「ルーフェンシュタール女史には既に概要を話してあったね。これは世紀の一瞬でもある。ライチェ女史とリピッシュ博士に来てもらったのも、この映画に二人の存在が欠かせないからだ」

そう言うとヒムラーは総統に断りを入れ、部屋の隅にある布のかけられたケースの前に近寄り、布をさっと取り払った。

そこには精巧な航空機の模型があった。だが、その航空機はこれまで乗り慣れた姿の航空機と大きく違っており一同の大半は違和感に捉われた。まず目につくのはプロペラがないことであった。そして流線型の胴体は先端に行くに従い細くなり、尖った先端にはピトー管らしき長い棒が突き出している、
だが、この航空機がこれまでのそれと大きく違って見せているのは、その取り付けられた主翼にあった。それは上から見ると三角形をしている、つまり大きな後退角を持つデルタ翼なのだった。

「こんな機体は見たことがない」

思わず西岡が声を漏らした。

これを受けてヒムラーが微笑みながら頷いた。

「その通りです。これは我がドイツが秘密裏に開発したロケット戦闘機の試作機A2号、他に類を見ない高速戦闘機です」

ヒムラーが自信たっぷりに言った。秘密兵器を披露したことによる高揚感と言った感じの気分に浸っているようだ。

日本使節団の他のメンバーは興味津々にその模型を見つめていたが、そもそも西岡の漏らした言葉の真意は彼ら日本の軍人や一般人の受け取った印象とまったく違う意味を持っていた。

令和の過去ドイツに、この形式の航空機は存在していないのだ。

本来この時期に開発されリピッシュが携わっていたと思われる戦闘機は、ずんぐりむっくりの形をした全長の短いＶ１から始まる開発番号の戦闘機、後のメッサーシュミットＭｅ１６３コメットである。

第二次世界大戦最速と言われたロケット戦闘機、しかし令和の過去では既にこの時期リピッシュはメッサーシュミット博士と大喧嘩を演じ同社を退職していたはずだ。ここでも歴史は大きく食い違っている。

だがそれより何よりこの目の前にある模型の中身だ。

焦る西岡であったがあれこれ質問するわけにもいかず、ただやきもきと気を急かせるばかりであった。

そこにヒムラーが言葉を継いだ。

「この試作機の飛行場面を、ぜひルーフェンシュタール監督に撮っていただきたいと総統閣下は仰っている。そして、その操縦桿をライチェ女史に握って欲しいとも仰っておられるのだ。そして、その機体に鮮やかに日本の国旗日の丸を描きたい。使節団ご一行には、その了承と映画への日本人の参加許可を求めるために同席頂いた」

話を聞いてルーフェンシュタールが言った。

「面白そうね」

「私もそう思いますわ監督」

ハンナ・ライチェが言う。

令和の歴史においてもこの二人の女性はヒトラーのお気に入りで、総統の私邸にも度々出入りし歓談している間柄であった。

ここでついにたまらず西岡が声を発した。

「このロケットはいったいどんな燃料を使っているのですか？」

令和の過去のメッサーシュミットＭｅ１６３は、高濃度過酸化水素を主原料とする推進液に、ヒドラジンとアルコールを主成分とする添加液を合わせることで強力な燃焼を可能にしていたが、この燃料は大変危険で人間にかかれば骨まで溶けると言われる程の劇薬なのであった。

だがリピッシュは言った。

「固体燃料ロケットだよ。合成ゴムとアルミ金属粉に酸化剤を加え高温燃焼させるのだ」

西岡は正直舌を巻いた。これは自衛隊で使っているミサイルの燃焼方式とほぼ一緒なのである。危険な液体燃料と違って扱いがしやすく、ＪＡＸＡが飛ばす宇宙ロケットも基本的にこの方式を採用していた。

西岡はさらに声を上げた。

「この戦闘機と我々にどんな関係があるのでしょう。正直、単に映画に出す機体に日の丸を描く許可を得るというのは変な話です。なぜ日の丸で、なぜわざわざ日本からの使節団の許可が必要なのですか、単に国旗を使用するなら大使館に許可を得るだけでできますし、貴国が日の丸の描かれた最新鋭機を飛ばすというのは何一つ理に適っていません」

ヒムラーが、待ってましたとばかりに答えた。

「我々はこの戦闘機の試作機を貴国にお渡ししたいと思っています。つまり、この機体そのものの製造権を貴国に委(ゆだ)ね量産もしていただきたい。その意図を世界中に知っていただくための宣伝映画なのですよ。我が国と日本の友好の証であり、共に歩む世界征服のための大きな約定としてね」

これには使節団の全員が驚き目を見開いた。

「なんですと、こんな秘密兵器を丸々我が国に譲渡するですと。製造権まで付けてとは正直戦艦の対価としては大きすぎる支払いです。すでに大量の戦車と大砲をいただく約束になった上となると、とんでもなく我が国に利益が出ることになり、ドイツにしてみたら見合わぬ取り引きになってしまいませんか」

商人である宮崎が咄嗟に頭の中の算盤を弾いて出した取り引きの勘定であった。この新鋭機の価値はこれだけで戦艦一隻に匹敵する。商売人の目はそう判断したし、この機体の戦略的価値は確かに戦艦のそれと充分に引き合う。

するとヒムラーがゆっくりと頷いた。

「その通りですね。そこで」

突然彼の視線は、一行の中の江原に向けられた。

江原が少し遠慮がちに言葉を切りだした。

「ドイツは武蔵の護衛としてやって来る艦隊が持っているはずのヘリコプターを一機譲って欲しいと言っているのです。先日私が誘拐同然に連れて行かれてヒムラー長官と面会した時にこの取引を持ち掛けられました」

江原を除く日本の使節団一行の顔から血の気が引いて言った。

ドイツは、こちらに向かっている武蔵護衛艦隊の内情を知っている。そして自衛隊の装備に迷うことなく目を付けた。

間違いなく日本の、いや国際救援隊の情報は彼らに漏れている。

西岡の奥歯がカタカタと震えて鳴った、

いったいこの局面をどうやって切り抜けるべきなのか、未来人である西岡は言い知れぬ恐怖で身を硬くするのであった。

3

その朝、滋賀県北部を中心に福井、京都、奈良北部といった付近で微弱な地震があった。

この地域を震源にした地震は決して多くはないが、大抵は小さな地震なので市民たちは別段異常であるとは感じなかった、

だからそれが人工的に起きたものであるとは誰も思わなかった。

「三船先輩、やりましたよ。観測値だとマグニチュード2・8相当ですよ」

秋葉原大の鈴木が目の前のパソコンを見ながら興奮して言った。

「ええと、これってどのくらいの規模なの、計算式わかんないんだけど」

三船千夏が冷静な顔で言った。横にいる潮田も首を傾げた。

「そんな変換式習ってねえなあ、教授なら知ってそうだけど。まあどのみちこれ成功には間違いないよな」

三船が頷いた。

「爆発したんだから、そういうことよ」

秋葉原大の学生たちは、比叡山にほど近い花山の京都帝国大学天文台の中にいた。山並みがずっと続く京都の東山の尾根にあたる位置だ。南に行けば伏見稲荷のある稲荷山まで、北に向かえば一度粟田口のある谷あいを挟んで比叡山の山系に連なる言ってみれば京都を守る壁の一部だ。

その時天文台にあとから設置した電話機が鳴った。

すぐに鈴木が受け三船たちに報告した。

「爆心地上空のドローンからの映像だと直径五〇メートル程度の陥没、掘削孔のあったあたりは二メートルくらい落ち込んだようですよ」

三船が少し首を傾げ視線を斜め上に向けて「あー」と言うと、鉛筆でメモを書き始めた。

「これ多分、長崎型としては本家を超えたわ」

そう言うと書き終えたメモを取り右手を伸ばして鈴木に突きつけた。

「これそのまんま東京の総理府に報告して頂戴」

三船が鈴木に渡したメモの一行目にはこう書いてあった。

原爆実験成功、規模は予想以上。その先に細かな報告がびっしり書かれていた。

国際救援隊専用回線を使って東京の総理府に電話を繋いだ鈴木は、崔麗華の秘書の楢本が電話に出ると、すぐに三船から渡されたメモの内容を伝えた。

「ええと、地下実験が成功しました。原爆は起爆して規模は最初の想定以上です。ええと二四キロトンでしたっけ、これより大きな爆発になりました」

鈴木はさらに細かい文字の内容を伝えた。

「なるほど、京都の天文台での震度は二を記録したと。確か地下実験の深度は二〇〇〇メートルだったね。そうか、まあ内容はこっちで整理してから総理に伝える。ご苦労だった、饗庭野(あいばの)の実験場は立ち入り禁止措置を取ってくれ。明日以降に陸軍の特殊部隊に現地の放射能濃度を計測してもらって、必要なら除染措置の上で鉛でシールしてコンクリートで一帯を固める準備を、ああそうだ、その措置が終わったら向こう五年間の絶対侵入禁止に指定する」

報告を書き記したメモは一旦楢本の手元に留め置かれた。そして楢本は、すぐに各地に電話をかけまくったのである。

そしてそのまま国際救援隊司令部に行くと、何やら図面を書いていた春日部教授の首根っこを捕まえて秘書室に連れ込んだ。

楢本は春日部に言った。

「もう我々が原爆を作っていることを知っているのでしたね。誤魔化しはなしです。ご協力願いますよ」

春日部教授はただ無言で肩をすくめ両手を広げた、降参の姿勢だ。

こうしてメモの内容と楢本が情報収集した各地で記録された震度を元に春日部教授は原爆の概ねの威力を算定した。

「正確とは言えんよ」

春日部に渡された計算式と結果を見て楢本は頷いた。

「結構です。ご苦労さま」

無論楢本にその式の正確性も何もかも理解できなかった。

それでも一応解が出ているのを見て、楢本は少しだけ考え込んでから総理の執務室に入った。

崔麗華は大量の書類を前に花押を書きまくり許認可のされた各種の書類を捌いていた。

「総理いいですか」

伺いを立てると低い声で崔麗華は返事した。

「かまいませんよ」

楢本は頷いてから口を開いた。

「滋賀で行った原子爆弾の地下実験が成功しました。規模は……広島型より少し弱い程度です」

そう言いながら先ほど鈴木から受けた電話のメモを後ろ手で握り潰した。

広島型は長崎型より威力が低い。長崎に投下された実験に使ったのと同じ爆縮型原爆は広島型のおよそ一五〇％の威力があった。それを凌いだ今回の実験を楢本は意図的に崔に過少報告したのだ。

その意図がどこにあるのかは、彼自身しかあずかり知らぬことであった。

「爆弾が完成したなら、あとはそれを使うべき入れ物ということになるけど。二つの計画のどっちかでも成功してくれないと計画は頓挫よ。それぞれどうなっているのかしら」

書類から一時も目を離さず崔が言うと、楢本は軽く息を吐いてから答えた。

「本日今現在、新しい報告は来ていません。進展がないと考えるべきですね」

崔麗華のペンを動かす手が、楢本が入室してから初めて止まった。

「ちょっと気に入らない報告ね。悪いけど時間があったらどちらでも良いから現地に行って確認と、場合によったら督促をして来てくれないかしら」

楢本は即答せずに、背広の内ポケットからかなり厚い手帳を取り出しそのページを繰った。

「……明日の午後でしたら、群馬でしたね中島飛行機は。そちらに行けると思います。無論ヘリを使わせていただきますけど」

再びペンを動かし始めながら崔が頷いた。

「いいわよ、首相専用機を使いなさい」

「ありがとうございます」

楢本は一礼して秘書室へと戻った。

そこには令和から一緒に来た柴田と新しくこの世界で雇用した事務系秘書が二人、書類をより分けていた。事務系秘書は首相に裁可を仰ぐ必要があるもの、自分たちの職分で決められるものなどを選別し、柴田はそこで回って来た書類を職分として許認可するかどうか判断しサインをしているのだ。

　楢本は柴田の前に行き声をかけた。

「悪いけど、明日の昼から首相専用ヘリを使うので連絡を入れておいてくれないか」

　柴田が視線を上げて頷いた。

「わかった。お前一人で使うのか？」

　楢本が少し考えて首を振った。

「私だけ行っても埒が明かないかもしれない。今から司令部に回って岩崎女史が捕まえられるか聞いてくる」

　柴田が頷いた。

「そうかわかった。ところでな楢本よ」

「ん？　なんですか」

　書類から視線を上げた柴田が低い声で言った。

「フィリピンの件は、首相の耳に入れるべきかどうか司令部の連中に判断をゆだねてくれ」

　楢本が大きく鼻で息を吐いてから頷いた。

「ああ、わかったよ。あれは難問だからな」

　楢本はくるっと踵を返すと部屋を出て長い廊下を歩き出した。この廊下は渡り廊下に連結しており、その先は首相官邸に併設された国際救援隊司令部となっている。さらにその先が令和から来た政治に携わる者たちの宿舎だ。

　楢本はその廊下の先にある司令部、まあブレーンたちの溜り場と楢本は呼んでいたがその扉を開いた。

　中では名取老人が何か講釈をしており、まだサイパンから帰って間もない野木と春日部を除いた面々が黙ってこれを聞いていた。

「何の話をしているのですか？」

　ちょっと興味深そうに楢本が聞くと、高野が振り返って返事をした。

「レイテ沖海戦の我々の世界での経緯を聞いていたんです。ご老公は、榛名の砲術員として海戦に参加していたそうなので」

「それは初耳ですね、少し私も聞きましょうか」

　楢本はそう言ってすっと皆の輪の中に入っていく。こういった技は柴田には決して使えない。だから彼は管理などを任される秘書としては一目置かれても、腹芸を得意とする他の議員やその狡猾な秘書とのやり取りには不向きなのだ。楢本のようなすぐに誰にでも無害認定される男は、まあ頭のいい人間にはそれが意図的だと見抜かれることもあるが、とにかく普通の人間に不審がられず溶け込める才能は政策秘書にとって最大の武器となる。

　広い意見や意思をその耳に入れられることによって楢本は情報の分析に長けるようになった。この収集分析能力が基礎にあるからこそ楢本は秘書として優秀な判断を下せるのだ。

　今もこうして名取老人の話を聞くことによって、他の人間の反応を確認できるから、それぞれのキャラクターの再確認ができ、新たな発見に結び付くこともあるのだ。

「他の艦隊が痛打され多くの戦没艦が出たことで我が艦隊の指揮官たちの戦意が下がってしまったのだろう。追撃の最中も有効な砲撃ができず、焦りから余計に判断が鈍ったのは間違いなかろう。結局撤退が決まった時、まだ残った戦艦で敵への夜襲なども考えられたのではないかと我々水兵まで噂し合ったのだが、艦はブルネイに向かうことになってしまった」

　どうやら名取老人の話は終わりに近づいたようだ。

「かなり参考になったわ」

口を開いたのは岩崎だった。その岩崎に楢本は聞いた。

「ご老公に講演をお願いしたのは副担任さんでしたか」

岩崎が頷いた。

「ええ、この先のフィリピンへの海軍の投入方法に関して、失敗を学んだ方が良いのではと思って」

「なるほど」

楢本が頷いた。実に理に適う話だ。実際に戦場に出て肌で敗戦を感じた人間の証言は、どんな記録よりも確実に真実の視点を持っている。

「多分思いますにこの世界の昭和日本海軍もまだ基本体質は変わってないはずです。私たちがいくら洗脳作業を行っても、たった半年で染みついてしまった考え方が抜けるとも思えません」

岩崎の言わんとしていることは楢本にも理解できた。

「つまり、現状でも狭視野に戦功を焦り大局を見据えない士官が多いのでは、そう言いたいのですか」

楢本が聞くと岩崎は即座に「イエス」と答え、話を続けた。

「この欠陥体質とでも言うべき戦術優先思想は、陸軍にも共通していると私は分析します。だとすると、前線に配置した部隊が孤立化を進めていくことになるフィリピンの戦線が心配です」

　楢本が「ふむ」と言って腕を組む。すると有川が口を挟んできた。

「たった半年と言いますけど、それだけの期間、多くの指揮官に戦場での無駄死の無意味さを説いてきたんですよ、単なる洗脳教育ではなく日本人としてこれを心掛けなければいけないという根底からの思想改革です。今でも継続的に兵隊向けの放送という形で、考え方の改革を訴え続けています。おそらく戦場でもＮＨＫの海外放送は受信されています。その内容こそ私たちが腐心してこの世界の日本を変えようという意図を具現化した訴えです。すべての部隊指揮官が旧態依然とした思想で部下を動かしているとは限らない、私はそう考えます」

　岩崎に真っ向から歯向かうような意見を投げた有川であったが、受ける側の岩崎はいたって冷静にこの意見へ対論を述べ始めた。

「じゃああえて指摘しておきます。半年という時間が微妙なんです。私は教師です。今は自分の担任を持っていませんが、これまでに多くの学級を受け持ち感じてきたのは、やはり学習を完全に身に着けさせるのには多くの時間が必要なのだという実感です、吸収の速い若い頭脳をしても半年で持っている資質の開花は難しい。同じように誤って前学年で身に付いてしまった考え方や応用の在り方を上書きするのに、半年は正直ぎりぎりの時間と言えるのです」

岩崎はここで言葉を切って有川の目を見据えた。

「軍人の生き方を巡る決意は、軍隊で発芽するものじゃないと思うのです。初歩的な傍観的視線でも初等教育から修身の時間に教え込まれる道徳観念で滅私奉公的な国への忠誠を叩き込まれているわけで、実はこれはもう何世代も日本の一般家庭の中に染みついた常識となってしまっています。この環境による思考の在り方を更生させるのに半年は、短いとは思いませんか？」

有川は大きく深呼吸するとゆっくり手を広げて言った。

「岩崎さんの主張には芯がありますね。確かに仰ることは筋が通っていて、単なる論戦で覆したとしてもこの世界の人間の、この世界の昭和の人々の心の中身を入れ替えられていない事実は変わりませんね。ここは私の負けです。確かに前線の指揮官を信用するのは棚上げにすべきですね」

二人は納得の表情で頷き合った。

この様子を見て楢本は一同に声をかけた。

「さて、実は皆さんにお聞きしたいことがあるのですが」

岩崎が楢本に視線を向けて聞いた。

「なんでしょう？」

楢本が居住まいを直して話し出した。

「今話しておられたことにも関係があります。フィリピン戦線でのアメリカ軍の行い始めた新しい戦術についてご意見を伺いたいのです」

皆が顔を見合わせた。どうやら皆に心当たりがあるようだ。それでも楢本はきちんと話を続けた。

「知っての通り、南方総軍の報告で現地協力者から多数寄せられたアメリカ軍の蛮行に関する話です」

ここで讃岐が口を開いた。

「焦土作戦すね。あれはやっちゃダメな戦術っす」

楢本が頷いた。

「まあ厳密には、田畑を残した村落の焼き払いです。まあ住人の生活圏を奪うという意味では大差ありませんが、今のところ住民の虐殺といったドイツ軍が行ったような戦術ほどの酷さは感じさせません」

これは意図的に楢本が撒(ま)いた種だった。話を回すためには、敢えて危機体験を低く見積もって提言する。これは論戦をさせる引き金として多用される手法だが、一同は怪訝さを感じないまま話に踏み込んできた。

「いや、この戦術が確実に攻め手にマイナス効果を出すのは必至です。それなのにアメリカがこれを始めた意図が不明で怖いのです」

これは高野の弁だが、すぐに讃岐が話を被せてきた。

「意図はまだ不明っすけど、もういくつもの村落が燃やされたっていう事実は頭の痛い話っすよ。そこを追われた住民が向かうのは間違いなく日本軍の占領区域っすよ」

ここで有川が顔をしかめながら言った。

「それこそがアメリカの意図じゃないの。多くの難民を日本の占領区域に送り込めば、戦術的にこっちが動きを鈍らせざる得なくなるじゃない。それに、難民は食料を求めてくる……」

ここまで言って有川は、はっと目を見開き両手で口を覆った。

一拍の間をおいてその両手の間から有川は漏らした。

「アメリカは日本人、いえ日本軍のモラルを見切ってこの戦術を始めたとしか思えないわ」

讃岐が賛同の意見を述べた。

「中国戦線での悪行が響いてるっすね。日本に難民を押し付ければ、絶対に難民を助けずに下手をすれば殺戮もやりかねないって思ってるっすよ」

すると高野が少し怯えた声で言った。

「さっきの岩崎副担任の話を踏まえると、讃岐さんの言ってることは起こりかねないですよ。そろそろ前線でも孤立する部隊が出てますし、ここに難民が押し寄せたら指揮官はパニックを起こすかもしれない」

楢本が冷静な声で話し始めた。

「もし仮にですよ、日本側が難民に非人道行為を行った場合、米軍はどう出てくると思いますか？　そのまま予想通りにそれをプロパガンダに利用するのか、難民を救済する何らかの方法に打って出るのか」

岩崎が眉を下げながら首を振った。

「後者はないわね」

「ではやはり日本が非道であると宣伝してくると思うのですね」

有川が頷いた。

「そこは揺るがないと思いますよ、そもそもそれを狙っての焼き討ち行為でしょ」

ここで楢本が温めていた切り札を出した。

「では、日本軍が難民を受け入れ、しっかりケアをしたとしたら？」

一同の視線が楢本に集まった。

「難民を支援しつつ戦わせろと？」

高野が聞いた。

「その通りですよ。国際救援隊の理念を忘れてもらっては困ります。我が国はアメリカに迫害されるすべての市民を助け出す、それを世界中に宣伝するのがそもそもこの名前を冠した理由ですしね」

有川が、パシッと両手で頬を叩いた。

「さすがね、政治秘書ってとんだ狸(たぬき)だわ」

「どういうことっすか？」

讃岐が理解できないといった感じで有川を見た。

「簡単な話よ。楢本さんは、アメリカが村を焼き払ったことを逆に利用しようって考えているのよ」

「あ！」

讃岐の目が真ん丸に見開かれた。

ここまでくれば他の者も状況が理解できる。

「逆利用ですか、日本が手厚く難民を保護した上でアメリカ軍の蛮行を世界中に宣伝すると言う。そこまでは考えてなかったわ。でもこれ難しい話で、今現在だと綱渡りに近い状況よ、わかってらっしゃる？」

岩崎が楢本を見つめて訊いた。楢本は、ふっと笑ってから答えた。

「それこそさっきの議論ですね。日本軍の意識が変わっているか。でも忘れたのですか、あの戦場には僅かですが令和の良心が注入されていることを」

今度は岩崎が「あっ」と言って目を見開いた。

「陸上自衛隊……」

有川が絞り出すように言った。

「そう、ただしこれから割り振る任務はとんでもなく危険になります。現地に送り込んでいた偵察隊の人たちは、個別に最前線の部隊に赴き、難民の手厚い保護管理を指示して回ることになります。彼らがこれをできるのか、それが鍵になりますし失敗の許されない難しい任務と言えます」

「やらせましょう」

岩崎が言った。

「やってもらうしか、国際救援隊の看板を守れません、だとしたら自衛隊員には命を懸けてこの任務を全うしてもらうしかない。そうなります」

楢本が深く頷いた。

「結構です。その言葉しっかり受け止めました。では、今から首相にこの件を報告し、正式な国家命令として自衛隊に指示します」

楢本は内心で大きな満足を得て微笑んだ。

だが、その笑顔を見るブレーンたちの表情は硬い。

戦争であるから命を懸けるのは必定だ。しかし、どこかで令和の人間とこの世界の人間の命の重さを天秤にかけていた自分を皆が感じていた。

自衛隊員を決死隊として送り込まねばならない。その現実が、何か血なまぐさく彼らの脳裏を染めている。

戦争は今、確実の彼ら次元を超えてきた人間の生活、生存圏に沁み込みこれを血の色に犯してきている。

楢本は司令部を出て行った。ブレーン達にはその背中が死神でもあろうかのように見えてならなかった。

4

紅海の景色はまるで天国のようだった。

武蔵を中央にかなり狭まった輪形陣で進む日本海軍と国際救援隊のドイツ派遣部隊は、美しい海の色と望見される陸の景色にずっと息を飲み続けていた。

「この北側では今まさにドイツ軍が英印軍を追い込みアラビア湾へ追い落とそうと死闘を繰り広げているんだよな」

自衛隊の輸送艦『しもきた』に乗り込んだ陸上自衛隊の工藤二尉が双眼鏡で緑色の木陰と砂漠が交互に入り混じった景色を見ながら言った。

「昨日傍受した内容では、ダッカにロンメル将軍が入城して、市民から熱狂的に歓迎されたそうですが、ドイツ軍はムスリムに人気があるんですか？」

答えた仲根一曹と工藤は陸上自衛隊第一普通科連隊の通信隊の隊員だった。

今回の航海には陸上自衛隊員が多数参加している。

実はその理由は、これから地中海で受け取る荷物を彼らが即時に使えるよう輸送艦の艦内で使用方法を習得するためなのであった。

今回受け取る荷物の大半は、対戦車砲や高射砲なのだが、この他に戦車や装甲車を買い付ける予定になっており、この操作法を覚えろと言うものだ。

実は自衛隊員の他にも日本陸軍の兵士が『しもきた』『おおすみ』に各一五〇名ほど乗り込んでいる。彼らは砲兵や戦車兵で自衛隊員と一緒に買い付けた荷物をこの艦内で履修する役目を担っていた。まあ五〇〇人の陸上部隊員を載せられる設備がある艦だから余裕の乗客ではあった。

今後の戦闘を睨むなら最初から陸軍隊員だけを連れてくればいいとなるのだが、実は自衛隊員には違う役目が与えられていた。

戦車や砲は恐らく搭載した数をすべて動かせる人数など最初から乗っていない。そもそも自衛隊輸送艦の甲板を空（から）にしてまで連れてきた理由は、そこに荷物を満載するためだ。ぎゅうぎゅうに甲板に並べた兵器、それを二隻分となるとこれを運用するにはおそらく一個連隊の兵士が必要になる。

つまり、自衛隊員はそれぞれの兵器を調べ上げて日本まで戻ったら、そこで実際にこれらの兵器を受領する人間に操作法をレクチャーするために、航海中に兵器を使えるように履修するのだ。

時間を有効に使う、それが国際救援隊司令部の考えた案の内容であった。

まあつまり、現地に着くまで自衛隊員も陸軍隊員もお客様状態なのである。

今も『しもきた』の甲板には暇を持て余した陸自隊員と陸軍兵士が、座ったり寝ころんだり、あるいは真っ平らな甲板をジョギングしたりして時間を潰していた。

「帰りはこの甲板も使えなくなるのだなあ」

工藤が背後を振り返って言うと、中根が呆れた顔で彼に言った。

「帰りは我々も忙しくなります。全車輌に搭載されたドイツ製の無線機を、日本軍と自衛隊が使えるように改修して回らなければいけないんですからね」

「そうだった、仕事は山積みになるのだったな」

工藤が頭を掻きながら言った。

その時、艦橋のあるアイランドの下のドアから一人の自衛隊員が走ってきて叫んだ。

「大変です。事件です！」

甲板にいた大勢の人間の目が彼に集まった。

その場にいた最高位士官と思われる工藤が声をかけた。

「どうした、何があった」

一等陸曹の階級章を付けた男、第一普通科連隊第二普通科中隊の先任曹士の吾妻一等陸曹が叫んだ。

「横浜でコロナが爆発です！」

このニュースは極秘電で全国際救援隊部隊に飛んでいた。

陸海軍の一部にもこれは伝えられていたが、彼らにはまったくピンと来ていない。

そもそもコロナの脅威は彼らの認識外であり、残っていたワクチンを接種された政府幹部や軍の高官たちも、打ったら熱が出たり寝込んだりするワクチンに何の意味があるのかイマイチ理解できていなかった。

しかし令和から来た人間は違った。

オリンピックが終わるなり大爆発したあのコロナの恐ろしさを彼らは見て体験してきていた。

「ちょっと待て、それはつまりこの昭和世界の人間に感染者が増大したっていう意味なのか？」

工藤の問いに吾妻はこくこくと頷いた。

「こりゃまずい……」

工藤は、既に国際救援隊の持っていたコロナワクチンが底をついたことを知っていた。

部隊の指揮官クラスの人間は、部下の接種情報確認が義務でその情報と引き換えに残りワクチンの量が逐次示され、タイムリミットを知らされてきていたからだ。

先月頭に、ついにそのデッドラインはやって来た。

幸いに全自衛隊員と、ほぼすべての伊東市民が二回接種を終えたと目された。ごくごく一部に例外があったと、難民施設の方からは連絡が本部に寄せられていたが、これは無視していい数値という形で処理された。

国際救援隊司令部としては、もうたとえそれが令和から来た人間でも、この世界における生命の保障は他の昭和世界の人間と変わらないものにするという判断が認められていたのだ。

生活は保護するし、秘密保持のための隔離政策は維持する。しかし、その生命の維持に関し特別な計らいはしない。

病気にかかったら、このプリミティブな医療しか存在しない昭和と同等かあるいは少しマシな設備を持つ診療施設で診てはもらえるが、治療薬や手術の器具や薬品といった面では昭和の水準で受けてもらわざる得ない。

伊東市内から回収できた薬品のストックにも限界はある。そしてあの地震で出た多くの負傷者への対応で、特に外科治療薬の消費は激しく、負傷者へのケアはもう昭和の薬品に頼らないといけない状況に追い込まれていた。

何より深刻なのは鎮痛薬の不足。

昭和日本が戦争中であることも背景に、国内流通が非常に阻害されており、この影響を伊東市民も受けていたのだ。

実は外の世界にコロナが感染拡大したという現実にも大きな影を落とすことになる。

ワクチンがない以上に、罹患者の症状を緩和するための諸々の薬品が全般的に不足し流通していないのだ。

「国内は、どえらいことになる」

工藤が表情を凍らせて呟くが、既に上甲板でくつろいでいた者の大半も事態の重大さを認識していた。

この世界の陸軍の人間の中にもコロナに関する情報に精通している者もいた。

この『おおすみ』の甲板上にも一人そんな人間がいた。

陸軍近衛第一砲兵大隊に所属する衛生隊員下士官の音無伍長であった。

彼は首都防衛の要である近衛師団の健康を預かる身として、政府からコロナに関する特別講習を受講させられていた。そこでコロナの恐ろしさを頭に叩き込まれていた。それだけに、この昭和世界でコロナが爆発することの意味を知っていた。

「スペイン風邪の再来だ……」

そう呟き青ざめる音無。

この懸念はまったくその通りの予想であったと言える。

既に東京では、『おおすみ』艦上の数百倍の規模の騒ぎが巻き起こっていた。

川崎と横浜を隔てる鶴見川、ここに春日部教授と岩崎が立っていた。

「まさかの事態と言いたいところですけど、これは正直起きても仕方がないと思っていた事態ですわ」

岩崎がそう言う間も日本陸軍の兵士たちが忙しく走り回り、長大な封鎖線の一部を形成していた。

「こんなもの何の役にも立たぬ。気休めもいいところだな。発生源付近の陽性者数と周辺の感染者の数からみて、もう数日以内に移動可能な関東中に感染者は広がっていると考えるのが妥当だ。まあ人流の抑制は一定の上昇カーブの低減を期待できるかもしれんが、そりゃあ儂の専門外だ」

春日部が厳重な封鎖線のバリケードを見ながら言った。軍は横浜を完全にこのバリケードで囲い込もうとしているのであった。

「ポーズが必要なんだと崔首相は言ってますわ」

岩崎はそう言うとマスクをずらし、持ってきたサーモスでお茶を飲み始めた。その態度からは、彼女自身も人の流れを止めても既にコロナは一定量首都圏にばら撒かれたと言う博士の説を受け入れ諦めているのがわかる。

「この先東京市内でのクラスター発生を睨み、隔離の徹底に向けての最初の布石を打ったというわけか。もう日本の少なくとも関東の爆発は防げん。その中で打てるのは、政府の病気に対する極端な警戒度の表現だ。まあ、それにはなるほど軍を動かすのは効果的か」

春日部が言うとサーモスを口から離して岩崎は言った。

「令和と違って、警察より軍人の方が余っていますもの。使わない手はありませんわ」

「なるほど、あれも一種の公務員だったわい」

生麦(なまむぎ)には検問所が置かれ、同様の検問所が鶴見川に沿った主要な道に置かれたが、ここを一般人が通ることは現在不可能となっていた。この結果、多くの市民が自宅に帰れないとか勤め先に戻れないなどの大騒ぎが起きていたが、政府はそれらの人間の収容施設を大急ぎで作っており、ここでの経過観察の末にようやく解放され越境できるようにする手筈だった。

各個人は事実上刑務所の囚人並みの扱いを受けることになるのだが、これは時代がそういう個人の尊厳を守って隔離を行うような事態に慣れていないので、結果的にそういう施設の作り方しかできないのだった。

一〇万人以上に一定期間隔離と、既に大規模クラスターが発生した地区ではさらなる封鎖が実施され、そこは一種のゲットーと化していた。

非情ではあるが、感染率の上がった地域の住人はどんな職業であっても、この檻を出ることはできない。特別申請で感染者との長期の非接触が証明できた場合は個人隔離施設で観察され結果判定を受けられるが、崔政権は偽陰性を疑いできるだけこれを認めない方針であった。

と言うのも未使用のＰＣＲ検査キットの数は既に一万セット程度しか残ってなく、結局人間の目による観察でしか病気の感染を判定する技術が普及していないのだ。

転移後すぐに令和の伊東の市民内に感染者が出たことから、横須賀周辺の難民収容地域での感染者増加を睨み、既に横須賀海軍基地に検査機関ができていたのだが、まさかこんな大規模発生が起きるとは想定していなくて検査機器や人員の規模が足りないと目されていた。

岩崎と春日部が見学に来ていた場所からさらに東京寄り、神奈川と東京の境になる多摩川にもまた大規模な封鎖線が敷かれ始めていた。

「これは賭けみたいなものだな」

バリケードは基本的に川と居住地を隔てるものでいまだ橋の交通は遮断されていない。行き交う車といっても令和と違い列をなすことはなく上下線とも流れるように走っては行くのだが、その交通量はこの時代にしては多い部類に入る。

「電車は東海道線を除き全面運行中止っすよ。大騒ぎは間違いないわけで、通勤の人間は歩いて多摩川の橋を渡るかバスに乗るしかなくなるっす」

会話をしているのは野木と讃岐だ。

この騒ぎは、野木が教授と帰国した翌々日に発生した。これが前日のことで、政府はすぐにこの隔離政策を実施に移した。

バリケードを形成する大量の資材は、実は本土決戦用に前政府が備蓄していたものだ。

思わぬところで予想外に役立つ物資たちという訳だが、これは崔政権が本土決戦なんて起こるはずがないという決意で踏み切った作業とも言えた。

「東海道線も横浜駅以外は停車しない。そこも駅の周辺が既に封鎖されているので、降りる人間しかまずいないということになり、クラスター地域を避けた狭い箇所にしか入っていけない。本当にゲットーだなありゃ」

野木が呆れた感じで言った。

「政府は近日中にさらなる隔離について発表するって言ってるっすから、こりゃあもっと大規模に人流を抑制するつもりっすね」

讃岐が言うと、野木が大きく息を吐きながら肩をすくめた。

「不幸中の幸いと言うか、この時代には新幹線も航空路もない。地方拡大の心配は主に首都圏だけでしていればいいのだが、その首都圏と他の地域の人流はすぐに遮断され、今度は地方での人流抑制が発令されるだろう。崔先生のことだ、まったく関係ないと思える四国や北海道にも同じことを要求するだろうね。日本全国一律にしているのだから守ってくれという作戦だろうよ。軍国主義の下で長年やって来た国民だから、これは素直に受け入れるはずだ」

讃岐が頷いた。

「なるほど不幸中の幸いっすね。これが令和の日本並みにインフラが進んでいたら地獄絵図しか起こらなかったっすよ」

だが野木が首を振った。

「いや、地獄絵図は既に起き始めてるよ。神奈川県下の状況は俺たちが令和日本で見てきたものとまったく違う凄惨なものになるはずだ」

精神科医でもある野木の見てきた令和日本の医療現場、それは崩壊ぎりぎりで踏みとどまり感染の大爆発と戦っていた。

感染者減少の目途が立たない状況で起きた伊豆沖大地震だったので、政府は自衛隊に大量のコロナ対策機器と用品を持参させた。そのおかげで今日まで転移者たちは安全にこの昭和世界で過ごせてこられた。

しかし、感染者が昭和世界に拡大してしまった今は、その恩恵の外で危険な病気が蔓延するということになる。

昨日の夜、野木はこの世界の医療体制の下でコロナが発症した場合の致死率を大まかに計算して真っ青になった。

最悪の場合、日本の人口が大幅に減じる事態も想定できる数字だった。

実はこの崔が動かした封鎖作戦の概要は、野木の提言と横須賀の海軍病院に詰めている令和から転移させられた医療団による意見を元に練られたものであった。

医師たちは、市民の切り捨てに大いに心を痛めたが、より大きな災厄を防ぐために心を鬼にしてこの封鎖を提案したのであった。

心を鬼にするという意味では、このすべての命令の責任を負わねばならない崔麗華こそが一番心を重くしている。

彼女は永田町を一歩も動かず、いや動くことができずに状況を指揮していた。政務上の問題ではない。彼女の健康的な問題で動くことが不可能となっていたのだった。

「先生さすがに休んでください」

柴田が青い顔で崔に言うが、彼女は大きく手を振ってこれを退ける。

「今休むわけにはいきません」

真っ赤に上気した顔で崔麗華は言う。その形相は、まさに鬼のようだった。

「先生せめて熱が下がるまで安静にしていないと！」

それでも柴田が引き下がらずに言った。

崔麗華は朝から三八度五分の熱を出していた。医師の見立てでは扁桃腺炎で腫れさえ引けば問題ないと言うが、とにかく熱が高くそのせいで崔は何度も意識を朦朧とさせていた。なにしろ令和から持ってきた解熱剤を使用してもこの熱なのだ。最初に検温した時は、三九度を遥かに超える熱があったのだ。

「今気を緩めたら日本国民が大量に死んでしまう。そんなこと私はさせられないのよ、何としても守らないと」

机に両の腕をついて訴える崔の目はもう焦点が定かではない。

柴田はもう声をかけることができない。政治家としての責務、国家を担う元首としての責務が彼女を追い立てている。

この梯子を今外したら、崔麗華はがたがたと崩れ落ちて行ってしまう。現在の政権では、彼女の代理を担える人間は存在しないのだ。これは寿命を縮めてでも彼女が踏ん張るしかない。それを秘書の柴田は理解している。

崔麗華の身体が何より心配なのだが、彼女を政務から引き離す決断は彼にはできない。

楢本であったら平手打ちしてでも崔をベッドに連れて行くかもしれない。だが、柴田にはできない。同じ秘書であっても、実務の内容が違い柴田は今日これから崔がこなさなければならない執務の量とある程度の内容を把握していた。その多くは、遅滞を許されない裁可を待つ取り決めばかりであった。

少しでも崔麗華の負担を下げる方法を考えるのが柴田の務めと言える。今、封鎖線製作の現場に行っている楢本が戻ってくる前に、崔の身体を楽にしてやれる何かを思案しなければ……。

柴田は崔の前に立つと覚悟を決めてこう言った。

「先生、今から来ている書類を私が整理して、先生が日頃から言っている馬鹿でもできる仕分けを自分がやります」

崔が垂れていた首を上げて焦点が怪しい目で柴田を見ながら言った。

「あなたにやれるって言うの」

柴田は頷いた。

「先生は、私が馬鹿だと思っているのですか」

すると崔は柴田に言った。

「あなたは馬鹿よ、ある意味大馬鹿だわ。こんな頭の凝り固まった女政治家に付き従って野望一つ表に見せず、初当選前から選挙に付き合ってきたのだから。損得勘定を知らない人間は正真正銘の大馬鹿よ。だけど、仕事はできる、政治には誰よりも精通している。やって頂戴、あたしの仕事の手伝いを、本当の手伝いを……」

少し潤んだ目で崔は言うと、目の前にあった書類の山をすっと柴田の方に押し出すと、ペンを渡して言った。

「あたしの花押くらいとっくに真似できるようになってるんでしょ、よろしく頼むわ。五分、五分だけ休ませて……」

そう言うと崔麗華は机に突っ伏してしまった。

柴田は執務室の隅からショールを取って来て、それを崔の肩にかけると腹の底に力を込めて言った。

「精一杯やらせていただきます」

言い終わると柴田はもう眠りに落ちた崔に向かって最敬礼をした。

日本はこうして最悪の災禍とのもう一つの戦争に突入したのであった。

第二章　泥にまみれて

1

ベルリンでの交渉を終えた使節団は、ドイツ空軍のユンカースＪｕ52でローマまで送ってもらった。そこから寝台列車でタラントに向かうのである。

「既に武蔵回航艦隊はスエズでの通行を待っている段階です。閘門(こうもん)には一度に入れませんからね、順番待ちですよ。艦隊は明後日にはアレキサンドリアに入港して我々と直接連絡をとる手筈です」

後藤の説明に同じコンパートメントに座る他の三人は頷いた。この寝台列車は特等で二人用の寝台個室車が丸一両ついているが、一行はこの寝台の他に指定座席をもらっていた。それがこの特等車のコンパートメントという訳である。

この部屋には今、後藤と上條、それに江原と西岡が詰めている。隣には岸と大平そして宮崎が詰めていた。

「武蔵はタラントに回航後すぐにドイツ海軍の水兵が学習のため乗り込む。一か月の慣熟の後に日本側の教授乗員一一〇名はドイツの潜水母艦でインド洋に入り、そこで我が海軍の潜水艦部隊と合流、分散してシンガポールへ向かう。そこで迎えの軍艦で日本へ戻ることになる。伊号二〇潜もこの乗員輸送に協力するためにタラントに移動して、一か月待機になるそうだ」

後藤の説明に西岡が呟いた。

「苦労かけるんだな」

すると上條が言った。

「我々よりは安全のはずだよ。潜水艦でシンガポールまで行けるのだからね」

「まあそうですね。我々は目立つ軍艦の行列に便乗するのですからね今度は」

江原がそう言って肩をすくめた。民間人の目からすると、いかに強力な艦隊であっても、おそらくはチンドン屋か仮装行列程度にしか回航艦隊は見えていないのであろう。

「我々乗客からしたら、潜水艦の数百倍は楽ちんではあるがな」

上條が言うと西岡が少し首を傾げて言った。

「その楽ちんさは船によって違ってきますよね。我々はどの船の乗ることになるんですか？」

後藤がハタと考えた。

「常識的に言うと旗艦の陸奥なんだが、ひょっとすると国際救援隊の艦艇になるのかもしれんな。鈴木中将の考え次第なのだが」

多分大きなガタイの戦艦に乗ったら揺れは少ない。その代りにもし米軍との戦闘になったら、真っ先に狙われることになる。

「乗り込み先、こっちで選べないのかな。ルートも不透明だし」

西岡が言った。

列車はローマを発ってまっすぐ東へ向かいイタリア半島の背骨を形成する脊梁(せきりょう)山岳地帯に入っていく。ここを抜ければアドリア海沿岸でそのまま南下してバーリからタラントへと向かう。

アレキサンドリアで補給を行った艦隊は四日後にタラントに入り、そこでドイツ軍が用意した買い付け兵器を搭載し、一週間後には日本へ向け出港する予定であった。そこから一か月半の航海で日本に戻ると言うのが基本の計画なのだが、これは戦況次第でどうなるか不透明。

何しろ占領したっきり孤高の城と化しているシンガポールに寄港しようがするまいが、米軍の喉元であるフィリピンを掠めて行かなくてはならないのだから、危険なだけでなくそのフィリピン情勢次第でスケジュールも大きく変わってしまうだろう。

実は西岡の呟きは、かなり大きな意味を持つ運命の別れ目になっていたのであった。

その西岡たちと合流する予定の武蔵回航艦隊は、スエズを無事に通過するとエジプト最大の港のアレキサンドリアに到着をした。

入港の順番を待つため沖合に停泊したイージス護衛艦『まや』の艦橋から周囲を見回しながら艦長の宮田が眉をひそめた。

「めちゃくちゃ慌ただしいな。ひっきりなしに貨物船が入っていく」

「ドイツ軍の動きが急なのですよ」

副長がスエズで仕入れたフルーツを食べながら言った。

「艦橋に詰めっぱなしで状況をまだ見ていないのだが、何かあったのかね」

宮田が聞くと、副長は今まさに港で荷物を揚陸させている貨物船の一隻を指さしながら言った。

「機甲部隊が新たに上陸しています。あれは西にいるアメリカ軍に圧力をかけるために送られてきた親衛隊の機甲師団だそうです。なんでも本来は東部戦線に行くはずが、こっちに来たらしくって見てくださいあれ」

宮田は双眼鏡で岸壁を見ると、先ほど貨物船から降ろされた戦車が自走していくところだったが、その車体が真っ白に塗られていた。

「雪原用のカモフラージュか……」

既にロシア戦線は雪の季節である。

「それにしても荷揚げされている戦車、どれもこれも自走砲ばかりだな」

艦長が自分の双眼鏡を覗きながら言うので、副長は艦橋に備え付けられた監視用の固定望遠鏡を覗く。無論こっちの方が倍率は高い。

「あれ、対戦車自走砲ですよ、砲身が細くて長いでしょ」

宮田が頷いた。

「ああなるほど、何だろう普通の編成ではない感じだが作戦上の都合でもあるのだろうか」

実は陸戦に疎いはずのこの海上自衛隊生え抜きの宮田の慧眼は正鵠（せいこく）を射ていた。

ドイツ軍は仏領アルジェリアに上陸してきたアメリカ軍がチュニジアへの再度の

侵攻をしかける兆しに対し、これから圧力をかけ大きくアルジェリア領内に押し返すと言うのが作戦の建前であったが、実情はかなり違っていた。

現在ドイツ国防軍の主力はサウジを席巻中で、その南方は一部の部隊を除けばイタリア軍が受け持ち連合軍に加担するアフリカの植民地軍をけん制している状態だ。一方でエジプトとリビア全土を押さえているドイツはどうしても戦力が手薄になる。当然これは西のアメリカ軍にとって攻め込む好機となる。

アルジェリアからチュニジア領内に侵攻したアメリカ軍は機甲部隊を擁してドイツ軍の補給路を断つべく砂漠から迂回してチュニスの包囲を企図した。ロンメル軍団はこれを読んでおりカスリーヌ峠でこれを迎撃した。

アメリカ軍は満を持す形でこれに挑んだのだがロンメルに作戦で完敗し一方的敗北を喫した。アメリカは対ドイツ機甲部隊初戦となるこの戦闘において戦車部隊が文字通り壊滅した。

現在補強され再度の決戦に臨むべく戦備を整えるアメリカ軍戦車部隊の主力はM4戦車に切り替わった。前回の大敗北で壊滅した部隊が装備していたM3中戦車より戦闘力は数段上がっている。全周旋回砲塔に七五ミリ砲を装備したM4シャーマンは、日本軍にとっては鬼より怖いと言われる存在だ。何しろ現在の日本軍には正面からこのＭ４に勝てる戦車は存在しない。

とは言えそのＭ４の防御力はドイツが撃破したＭ３から僅かにしか進歩していない。これはドイツ軍が主力としているⅣ号戦車Ｇ型が現在装備している四三口径の七五ミリ砲で容易に撃破できる性能でしかない。つまり、日本軍には強敵でもドイツ軍にはまったく歯牙にかけぬ相手にしか過ぎないのだった。

しかしアメリカにはドイツ軍に優る唯一ともいえる絶対的な武器があった。

物量である。アメリカが誇る工業力をバックにした物量作戦。

いかにＭ４が一対一の戦闘では互角以下にしか戦えずとも、複数で取り囲めば勝てる。これは対日本戦の空中戦で零戦に挑んだ米戦闘機隊も行っていた戦術理論と同じだ。

この論理を令和の過去のアメリカ軍も多用し、実際にタイガー戦車一輌に対してＭ４戦車は四輌で挑み、そのうち三輌が撃破されても相手を倒すことで戦闘に勝つという強引な戦い方で戦争を勝利に導いた。

やれ人道がどうのとかいうアメリカではあるが、自国の兵には犠牲を厭わぬ戦いを強いて勝利を摑んできたという経緯が令和の過去にはあった。それをどうやらこの世界のアメリカも実践しているようであるのだ。

その兵を駒にしか考えぬ戦術的図式を、アメリカ軍はこのアフリカでも実行しようとしている。既にアルジェに陸揚げされ戦闘準備にいそしむ各戦車部隊には、単独での戦闘は決してしてはならぬという通達が出ていた。

アメリカ軍のM4シャーマンの主砲である七五ミリ砲は砲の口径こそ同じだが砲身口径が短い。つまり簡単に言えば射速が遅く砲弾のインパクトが小さい、イコール威力が低いということになる。また有効射程距離も短い。

端的に言えば、アメリカ戦車はドイツ戦車の前にアウトレンジで叩かれてしまうということになる。

これを覆すために取るべき戦法が、つまり多数の戦車で敵一輌に挑むという戦術だ。敵が味方一輌を倒している間に他の車輌が距離を詰め敵を倒す。

令和の過去のアメリカ軍は、この戦法でタイガー戦車にまで挑んだ。

現状のⅣ号戦車相手なら一輌が倒される間に距離を詰められるが、タイガー相手だと先述のように有効射程に入るまでに三輌が犠牲になる計算な訳だ。

アメリカ軍はこの非常な計算式が戦争には必須と考えていたようだ。これが兵士対兵士という局面だと、敵に数倍の味方で討ちかかれば逆に倒す敵数より味方の損害は減る計算になる。

物質面で見れば損害が増えても最終的に敵の兵士を多く倒せば勝ちであるし、優秀な兵器を倒すのに安い兵器を消耗してもお釣りがくるというなんとも資本主義に則った戦略を実践する軍隊。これこそがアメリカ軍なのである。

しかし、ドイツも馬鹿ではない。このアメリカの戦略における大きな欠点を既に見抜いていた。

どんなに兵力を大きくし敵に討ちかかっても、その兵力を集中できる正面が狭ければ一度に投入できる兵力には限りが生じる。

今まさにドイツ軍が準備している決戦がそれを現出させると言うものだった。

狭い戦術的正面、つまり戦場の狭隘(きょうあい)な地点にドイツ軍はアメリカ機甲師団を誘い込もうとしている。

おそらくアメリカはまだドイツ軍がSS機甲師団をチュニジアに派遣すべく準備しているのに気付いていないだろう。

連合軍はチュニジアの守りに入るドイツ軍が、まさか遠くアレキサンドリアに上陸しているなど予想できていないはずなのだ。

ドイツは既にこのエジプトからリビアを横断しトリポリに至る鉄道を完全に掌握し繋げ終わっている。これを使って戦車部隊を移送する作戦なのだ。

そしてその機甲師団の主力戦車部隊の半数は、秘かに他の部隊と交換を終えた対戦車自走砲部隊なのである。

敵をあえて一定の地点に呼び込み迎撃する。この作戦に特化させた部隊編成なら自走砲で十分なのだ。敢えて戦車を持ってくる必要はないのだ。

旧式化した小型戦車の上に載った対戦車砲の多くは、対ソ戦の緒戦でソ連軍から鹵獲した七六・二ミリ砲のＦ22。これは基本構造としては現在のソ連軍の使っている七六・二ミリ砲ＺＩＳ３と共通なのだが、その砲身が長すぎて野砲としては取り扱いが厄介だった。

実際この長い砲身を理由に撤退の時にお荷物になるからと放棄されたから、ドイツは大量に鹵獲品として入手できたわけである。

このソ連製の七六・二ミリ砲。表記的な問題でドイツの七五ミリ砲弾が使える。ソ連は砲身のライフリングの谷部分の内径をドイツ山部分の内径の呼称にしている。だから、谷経七六・二ミリのソ連砲の山径は七五ミリでありドイツの七五ミリ砲弾はピタリとはまる。問題は薬莢（やっきょう）の長さが違う点だが、そもそも弾丸と装薬が別々だったソ連砲は薬室が長い。そこで小改造をするだけでドイツ軍の対戦車砲であるＰＡＫ40の七五ミリ砲弾が使えたのである。

まあ薬室長を調整し砲尾を水平閉鎖式に取り換えるのには工場でそれなりの工程数が必要なのだがドイツの工業力はこういった改造には最適な工場システムを有していた。これがベルトコンベアー式である。アメリカではうまくいかなかったろう。クラフトマンシップの伝統があったからこそできた改造であり、野砲から対戦車砲に生まれ変わったこの砲を旧式戦車に載せて対戦車自走砲に生まれ変わらせるのもまた容易だったわけである。

この対戦車自走砲がドイツの機甲戦略までも変換させる原動力となった。

それまで電撃戦の成功を背景に快速な戦車による迅速な戦場席巻を念頭に作られてきたドイツ機甲師団であったが、東部戦線でドイツ戦車を凌駕する性能を持つソ連戦車に遭遇し、まず戦術的転換を余儀なくされた。

ここでアメリカなら物量に走ったはずだが、ドイツには資源がない、その選択肢は最初から存在しなかった。

ソ連の戦車の性能を凌ぐ新型戦車の開発が急務となったのは無論だ。

令和の過去ではこうして生まれるのがパンサー戦車とキングタイガーということになる。

タイガー戦車はソ連との開戦前から計画されていた車体でその作り方はV号戦車

となるパンサー以前の主力であるⅢ号やⅣ号戦車と同じ箱型構造である。

しかしパンサーやキングタイガーはソ連のT34と同じ傾斜装甲を採用している。

とまあそれは令和の過去世界の話。

実は今列車でタラントに着き、宮田たちの到着を待つ西岡たちが見てきたドイツ陸軍戦車部隊の陣容は令和の過去とは大きく変わっていたのであった。

その事実を宮田たちは知らないので、なぜに目の前で白い車体の自走砲が大量に荷揚げされるのかが謎なのであった。

この裏にドイツがタイガー戦車を大量に日本に売ると言ってきた秘密があった。

タラントに着いた西岡は、ベルリンの日本大使館の暗号システムでは本国に送信できなかった機密情報をイージス護衛艦『まや』の通信施設から送るための情報整理に追われていた。

そのホテルの部屋に江原がやって来て言った。

「港にはイタリアの軍艦がいっぱいいるのに、動く気配が全然ないんですね。ドイツの駆逐艦部隊は忙しく輸送船団の護衛のために動き回っているのに、大きな戦艦がのんびり洗濯物を甲板に干しているんですよ」

西岡は振り返りもせずに答えた。

「イタリア海軍は実力不足で地中海に出たらかえってドイツ海軍の足を引っ張るんですよ。この世界のイタリアは、ムッソリーニがドイツの言うことをホイホイ聞くので、まったく動いてないんですよね。うちらの過去でも、この動かない戦艦が色々問題を引き起こすんですけど、まったくイタリアが追い込まれていないですし北アフリカでも枢軸優勢どころか中東のイギリス連邦軍総崩れで、北アフリカの砂漠地帯ではニュージーランド軍と南アフリカ軍が孤立しちゃってますよね、これそのうちドイツはイタリア海軍に軍艦を売れと迫りますよ。武蔵を手に入れて本当にジブラルタルの攻めに行くなら、戦艦が多い方が良いに決まってるけど、イタリア兵が信用できないなら買っちゃってドイツ兵で運用した方が良いに決まってますからね」

「ふうむ、これ私がベルリンのトゥーレ協会で聞かされた未来に近付いてますね」

江原がそう言って頭を掻いた。ここで西岡が手を止めた。

「その件も東京に送らなきゃいけないんですよね。江原さん、自分で情報をまとめられますか？」

江原が鼻息をゆっくり吐いてから頷いた。

「こういうオカルトは、軍人より私みたいな民間人の方が書くのに向いているでしょうね」

「私軍人じゃあな……くないんだった、今は」

ついつい令和の癖が出てしまう。自衛隊員としてのキャリアが西岡に軍人と自衛隊員を使い分けさせてしまうが、今は彼も立派な軍人である。

西岡は頭をくしゃくしゃッとかき回してから江原に言った。

「自分は説明を受けてもいまだに半信半疑なくらいなんで、やはり江原さんに一任しますよ。軍人頭には柔らかすぎる話だったんで」

江原は、アハハと笑って親指を突き立てた。

「任せてください。最高のＳＦにしてみせます」

西岡が思わず手にしていた書類を落とした。

「ちょ、ちょっと江原先生！」

「冗談ですよ」

まったく冗談に聞こえない口調で江原は言うと、自分の部屋へと戻っていった。

「大丈夫なんだろうなあ」

それが大丈夫ではないことに彼は気付かなかった。江原の作った文章は直に『まや』の通信長に手渡され日本に通信されてしまうからだ。

とにかく日本から遠く離れ戦争の奇妙な面に触れさせられた面々は、ようやく帰国の準備を進めることができたのであった。

2

「………」

目の前の通信文。膨大な量のそれを見た野木祐一は、出すべき言葉が見つからず表情を能面のように固め国際救援隊司令部の大机で身動き一つせずに一同の視線を集めていた。

「いったい何が書いてあるの？」

岩崎がいらいらした感じで野木に聞いた。

この長い電文は、欧州にいるイージス護衛艦『まや』からのものであった。ようやくイタリアのタラントに到着した艦隊は、無事に戦艦武蔵をドイツ軍に引き渡した。

そのタラントから売り渡しのため潜水艦で先行していた交渉使節団がベルリンで収集した各種情報がようやく圧縮デジタル通信で送られてきた。これは、ベルリンの通信施設では送ることができなかった長文報告である。

電信はまず崔麗華の元に届けられたのだが、その首相は前々日から高熱で執務こそしているが、心ここにあらずの状態であり秘書の柴田がそのまま首相未読で野木の元に届けてきたのだった。

これを受け取り司令部で中身を読みだした野木は、後半の江原医師による諜報活動報告書を目にした途端こんな反応となり、ページを繰る手がついに動かなくなってしまったのだ。

およそ三〇秒後、野木はようやく口を開いた。そして一言こう言った。

「俺より小説家の才能がある」

全員が「?」という表情で首を傾げたり眉を寄せたりした。

有川がようやくハッとしてこう言った。

「意味わかんないんだけど」

「ちょっと待て、今事務室に行ってコピーを人数分とって来る」

まるで逃げるように野木は書類を抱えて部屋を出て行った。

一五分後、部屋に戻って来た野木は全員に通信文を配ったのだが、なぜか後半の一〇枚ほどがすべてステープラーで綴じられていた。

「え？　何すかこれ」

その綴じられた部分をつまんで吊るしプラプラとページを風に揺らしながら讃岐が聞いた。

「そこだけ順番に読まないと意味がないからそうしたんだよ」

一同は首を傾げながらも興味が勝って、前半の西岡二尉の報告書を飛ばして江原医師のそれを読み始めてしまった。

そしてその冒頭を読むなりほぼ一斉にこう叫んだ。

「なにこれ！」

しかし、次の瞬間から全員が熱心にその中身を読み始めたのであった。

それは、こんな一文で始まっていたのであった。

『私が彼らと最初に接触したのは、ベルリンに来た日の夜であった。

まだレセプションの前、ドイツ側のスタッフの顔さえ覚えられていない状態でその男は「私は協力者だ」と名乗った。しかしそれが偽りであることを私は見抜いていた。だが、諜報員として選ばれた私は敢えてこの偽の誘いに乗る覚悟を決めた。

それがこの冒険の始まりであった』

「完全に小説形式だわ、しかも面白いじゃないの」

読みふけりながら岩崎が言う。

「でも要点は掴んでいるわよ、必要な情報はまとめてあるわ、問題はこいつらが一週間後に先生を拉致したところから核心に入るのね」

有川がページをめくりながら言うと高野が言った。

「マネージャー、自分まだそこまで読んでないんですから、筋(すじ)ばらさないでください！」

すると野木がぶすっとした感じで言った。

「いや。これ小説じゃねえから」

一同はその有川が指摘した部分を読み進めた。

『冷たい雨の街路から目隠しをして車で連れ去られた私は、気付いた時にはいくつものトーチが灯る八角形の部屋の片隅に置かれていた。

私の立つ両側には屈強な黒いマントのような全身を覆う布をまとった男が立ち、その対面には同じように全身を黒ずくめにし頭から三角形の尖った頭巾をかぶった男が立っていた。

その男が何か私の知らない言語で叫ぶと部屋に何人もの男たちが入って来た。あの私のいた戻ることの叶わぬ世界で書物や映像で見覚えのあった顔がいくつかある。その中で一番印象的で忘れ得ぬ顔が、丸眼鏡の男ハインリッヒ・ヒムラーだった。彼は一座の中心的人物に見えたが、何やら儀式めいたことが始まるやそれが間違いであったことを悟った。

ヒムラーは黒頭巾の男の前に跪いたのである。

この黒頭巾はいったい何者なのだ？

大きな興味が私を襲い、思わず一歩踏み出しそうな私を両脇の男が目にも止まらぬ速さで制止した。私の両の腕に食い込んだ手の力は簡単にリンゴが握り潰せそうな程に強く、この後三日も私の二の腕には二人分の指の型の痣が残った。

身動きのできなくなった私の前でまたしても謎の言葉が頭巾の男から飛び出したが、落ち着いて聞くとそれがラテン語であることに私は気付いた。

素養が足りず詳細は聞き取れないが、一部は確かに聖書のそれも旧約聖書の一文であったと記憶していた。

ドイツの軍人たちが、旧約聖書の一文を聞かされている。カトリックに染まりバチカンと親密な関係にあるナチスが、このような儀式を行うのは奇異な話に思えたが、乏しい知識の片隅にある秘密結社に関する記述が思い出された。

「トゥーレ協会……」

確かヒトラーの命令でナチス内部から排除されて行ったはずの集まりであったものだが、カバラの秘義などを解き明かそうといった宗教色の濃い集まりであったが、同時に色々なオカルト的噂を持つ完全なる秘密組織であったと読んでいた記憶がある。

だが私の漏らしたトゥーレという単語に腕を押さえていた男の一人が敏感に反応し小声で言った。

「ここでその言葉は禁句だ、そして永久に彼らの前で口にしてはならない。彼等はその言葉と無縁であることを総統閣下に誓ったのだ」

その言葉の意味することを私は後にヒムラー自身の口から聞いた。この組織はトゥーレ協会の教義を継承しながらも、まったく別の名を持ちまったく新しい指導者の下に集った「世界を見通すための集まり」なのだと。

この秘密結社の名を「金の羽の鷲（わし）の守護者たち」と言う。あまりに長ったらしい名前なので私は自分の頭の中で「金鷲」と省略して覚えた。

一通りの儀式が終わると、私は頭巾の男の前に引き出された。すぐ隣にはヒムラーが立っていた。

ヒムラーが私に言った。

「君がベルリンに来ることはずっと前から知っていた。それは予知された未来で示されていた事柄だったからだ。一週間前に接触した時に告げたその時と言うのが今であり、我々は君を予言者と引き合わせ、日本がこの先果たすべき役割についてその言葉に間違いがないかを確かめる」

そのヒムラーが言った予言者こそ、目の前に立つ頭巾の男で遥か未来のドイツから降臨したというヴィム・ヴェンダースであった』

「ちょっと待って！　この男の人！」

有川が電文のページを叩きながら叫んだ。

野木が両手を下に向けながら言った。

「わかっている。わかっているから落ち付いて先を読め！」

『この予言者は、日本が世界に対し第二次世界大戦に負けたことを告げる前日に、先に戦争に敗れ荒廃したドイツで生まれ、戦争からドイツと日本が復興し世界の列強に再度比肩するほどの力を得る未来を見据え、その未来が終焉の病魔によって暗鬱たる状況に沈んだ世界からこの世界に来たと言う。

その日付は二〇二一年九月一九日。そう、私たちがあの日本の伊東市から太平洋戦争に現れた昭和一八年の世界に飛んだのと同じ日である。

ただ我々と大きく違ったのは、彼がベルリンに現れたのは一九四〇年九月二四日であったとことである』

ここまで読んだ高野が絶叫した。

「この日は、ベルリンで初めての大規模空襲があった日だ!」

野木がまた両手を下に何度も上げ下げしながら言った。

「興奮するな。そこは驚くべきポイントがずれてるからな、我々がやって来たのは一九四三年の五月一五日、つまりこの映画監督様より三年もあとになるんだ。この部分、春日部教授なら解説ができるんじゃないですか」

名指しをされた春日部教授はまだ電文のページの先を読んでいたのだが、これを止めて簡潔に言った。

「これはもう結論していいだろう。我々の歴史をすべて曲げたのはこの男だ。ついでに言えば、どういう加減でこの男が我々の受けた波動の影響を受けたのか非常に興味がある」

「ありがとうございます。とにかく我々をこの歪められた歴史の戦争に関連させて苦しめている犯人がわかったのは幸いです。第二次世界大戦の様相を変えたのがこの男だと言うのは私も意見が一致しています。たった一人ですが、戦況を大きく変え歴史を歪めるには十分な役目を果たしてくれたようです。何をどうやってこの立場に入ったのかも大いに興味はありますが、今そんなことはどうでもいいのです。何がどうなってこの男に未来が見えているのか、そここそが重要なのですよ」

「だが、そこに彼のレポートは触れていない、これは大問題だ」

春日部教授の言葉に野木は天を仰いだが、岩崎が言った。

「でもこの先の戦争に必要と思われる有益な情報が記してあるわよ」

野木が頷きながら岩崎に言った。

「ああそうだな、だがお前さんまだ文末まで読み終えていないだろ」

「ええ」

岩崎が冷静な顔で答えると野木がものすごく冷めた目で言った。

「腰抜かすなよ」

「えっ？」

「とにかく読め」

　野木はそう言うと腕を組んで椅子の背に深く背を沈めた。

『私が驚くのを尻目にヒムラーが続けた。

「いずれ日本の使節団がやって来る。そしてそこに医師がいるはずで、彼には未来の真実を告げねばならない。そうヴェンダース様は仰った。だから今日ここに連れてきたのだ」

　眉唾ものであった。しかし、話は聞かねばなるまい。私は無言で頷いた。

　ヴェンダースという老人は頭巾を脱ぎ私を見つめ語りだした。

「君たちの仲間が持ってくる戦艦は、ジブラルタルの門を打ち壊す。その結果英国は屈し、孤立したアメリカはソビエトにより強い信頼と協力を求め、新たな力を得て善戦する日本を叩くための共闘を呼び掛ける。既にその牙は砥（と）がれ、それは一二月一五日に満州へ攻め込む。それを君に伝えねばならなかったのだ。すまんが私はそれを知っているからこそ、ヒトラーを欺（あざむ）き、ソ連にドイツの兵を送らなかった。

君たちに多くの血を流させることになる事実を私は謝罪せねばならない。ドイツの同胞を救う、それだけを念頭に今日までこの役目を務めてきた。その罪滅ぼしとして、ここに集った彼らに日本に贈り物をするよう下準備をさせた。すまんがその見返りにヘリコプターを一機、ヒトラーにプレゼントしてくれ。君たちから見たら安い代償だろう。その贈り物は、君たちに大きく寄与することになると信じている」

こう語ると彼は私に一枚の写真をくれた。それは多くの市民が代々木の国立競技場を囲んで騒いでいる姿であった。

「批判はあったが良いオリンピックだったよ。あれをテレビで見られたことに私は感謝していると、開催に反対していた今の君の国の女性首相に伝えてくれ。世界には、あのオリンピックに心を支えられていた人間もいたのだと知っていて欲しい。それから、あの世界では一度コロナは終息傾向になるのだが、その後再拡大してしまうよ。そして、この世界でもそれが起きる」

ヴェンダースはそこで言葉を終え、二度と口を開かなかった。

最後の言葉は、私には疑問に思えた。この世界でコロナが拡大すると言うのだったら、日本を起点としてしか考えられない。彼はそれを予見したのかそれとも彼が言うように知っているのか。とてつもなく大きな疑問を抱えたまま、私は解放されることになった。

それ以後、彼らは意図的に私を牽制し日本の代表団の人間にもベルリンにいる間はおろか、このタラントに来る道中まで見張りを置き続け必要以上に口を開くことを禁じた。

だから、この文の最後にずっと黙秘していた情報を記そう。

ドイツは、既に原爆を作り終えている』

「うわあああ」

讃岐が絶叫した。

「さて。どうするね諸君？」

野木はそう言って両手を軽く広げたが、なぜかそこに焦りの色は微塵もなかった。

3

篠突く雨がずっと降っていた。

フィリピンのルソン島戦線ではアメリカ軍がなんとかマニラを攻略するべく戦線

の拡大移動、つまり包囲戦を行うために日本軍の守備範囲を北から北西に向け延伸し圧迫を始めたのだ。

しかも、相変わらずアメリカ軍は途中の集落という集落を徹底破壊し住民を日本側の陣地へと追いやって来ていた。

アメリカの目論見は明らかだ。事前情報として日本の食料が不足しているという観測に基づき、難民にこの細い食料をさらに消費させ軍を疲弊させせようと目論んだ。

だが、これは一時的な企みであることを日本側は見抜いていた。

アメリカの真の狙いは、日本軍による非人道行為の実行である。

この戦争における大義が、アメリカを中心とする連合軍による正義の行使である以上、ドイツも日本も悪辣な存在でなければならない。

中国大陸での残虐行為を中華民国の手を借りて立証しようと企図していたアメリカだったのだが、その中国が日本と停戦を了承し沈黙してしまった。これがルーズベルトにとっての大誤算で、日本を国際的に非難の対象に仕立てようという図式の根拠が薄れてしまった。

そこでアメリカの戦争委員会が考えたのが、現在唯一にして最大の陸上戦の激戦場であるフィリピンで日本軍が一般市民に加虐行為をするように仕向けるという戦略であった。

そのために採用されたのが住民を強制的に日本軍に押し付けるというこの焦土作戦なのであった。

マッカーサーは、このワシントンからの指示を素直に受け入れた。

過去の中国戦線のデータに基づけば、日本軍は現地民に対し極めて残虐かつ冷淡な仕打ちを行ってきている。これをフィリピンで再現できれば、日本軍を駆逐するだけでマッカーサーはこの地の英雄として再臨できる。

こうして実行された作戦ですでに五〇を超える村落が地図から消え、二万人を超える難民が日本軍の最前線に押し込まれていた。

そして日本軍は、勢いを増したアメリカ軍の攻撃で各戦線の連絡網は寸断、孤立化した部隊の多くが難民を抱えどうにも身動きできない状態に陥った。

一一月も半分を超え、未だマニラに至ることのできない米軍の焦りからか、そのフィリピンの一般市民が住む地域への攻撃が、そこに日本軍がいないことがわかっていても繰り返された。焼け出された市民は、自分の家が燃えるのを目の当たりにするや米軍の銃口に脅され、日本軍のいる密林へと追いやられるのであった。

行き場を失った荷物一つ持たない難民達は、二日前から降り続ける雨の中、泥だらけの道とも言えない獣道に等しい小路をあてもなく彷徨うのだった。

「ヴェナアキー！」

密林の奥からつたないスペイン語で、「来い」という声がかけられた。

泥だらけの道で膝まで汚れた四人の子供を抱えた夫婦はおびえて身を固くしたが、木陰から出てきた背中やヘルメットにカモフラージュの草を盛大につけた兵士の姿に怯え、子供たちを夫婦で守るよう腕で囲った。しかし、その兵士は笑いながら近付き言った。

「テンゴ　ウナ　コミダ、テンゴ　ハンブレ」（飯がある、腹減ったろ）

発音は最低だったが、意味は通じた。家族は顔を見合わせ困惑したが、すぐに夫が大きくうなずき子供たちと妻に留まるように言って一人で兵士に近づいた。

兵士は大きく頷き、両手にそれぞれ乾パンの袋とパイナップルの缶詰を持ち、まだ若い夫に差し出した。

夫は、ゆっくりとそれを受け取ると兵士の顔を見た。汚れたその顔はアジア人のもので、彼は日本兵だった。

「ヴェンコンミゴ　イ　テン　アミゴス」（一緒に来い、仲間もいる）

夫は戸惑ったが、家族を振り返る。そこには疲弊して今にも倒れそうな小さな子供たちと、恐怖から一睡もしていない妻の姿があった。

「ノー　エス　メンティラ？」（嘘じゃないな？）

夫が聞くと日本兵は大きく何度もうなずいた。

このままジャングルを彷徨っても危険が増すだけで、子供たちに食料を与えることもできない。やがて子供たちは衰弱し死を待つだけになる。

夫は意を決し家族にこっちへ来いと手招きをした。

妻は子供たちの手を握りゆっくり夫と日本兵に近づいた。

日本兵は家族たちに手招きでこっちだと示し密林の奥へと進んでいった。

やがて少し開けた場所に出ると、そこにはボロボロになったフィリピン人が何十人も固まり木の間に張ったシートで雨をしのぎながら、缶詰を食べたり何とか寝ようと横になり頭に布袋をかぶったりして屯（たむろ）っていた。

そのフィリピン人の年長者が家族に近づき言った。

「焼け出されたのだね、ここは日本兵が守ってくれている。食料も水もあるから安心していいぞ」

夫も妻も驚き周囲を見た。密林に溶けこむように多くの日本兵が彼らの周りを囲み、じっと銃を握り雨に打たれていた。

「彼らは、その……、味方なのか？」

年長者は大きく頷いた。

「日本兵は命がけで密林を捜索し、君たちのように家を失ったものを探し集めて回っているのだ。彼らは自分たちの食糧がつきそうでも、私たちにそれを与え僅かな配給が届くまでじっと飢えに耐えている。まるで神に遣わされた守護天使のように我々を見守ってくれているのだ」

信じがたい話だった。

だが現に目の前の同胞たちは、すっかり安心しきって樹間に雨避けとして平たく張られたテントの下でくつろいでいる姿が男の話が真実であると裏付けていた。

「この日本兵たちで一番偉い男は誰ですか？」

夫が聞くと、男は一本の木の下でじっと地図を見ている男を示した。

「サルヘント　キノシタだ」

夫は小走りにそのキノシタと言われた兵士に駆け寄り、その前に跪き両手を合わせて言った。

「ディオス　エンビオ　ウン　ソルダド、グラシアス　イ　グラシアス　ポル　ラベンディシャス　デル　グラン　ディオス」（感謝します、心から感謝しあなた

に神の大きな大きな加護があらんことを）

木下雄太軍曹は、にっこり笑って言った。

「デスカンサ、ムベテ　デ　ノチェ」（休みなさい、夜には移動です）

夫は「シー、シー」を繰り返しテントのほうに戻り妻と子供たちと三日ぶりの食事にありついた。

気付いてみると、頬に涙が伝わっていた。

見れば乾パンやパイナップルを頬張る子供の目にも、パイナップルの汁を缶から飲む妻の目にも涙が溢れていた。

「神よ」

敬虔なるカトリックの信者たる彼らルソンの民は、自分たちを救ってくれた奇跡に感謝し何度も祈りを口にするのだった。

そんなフィリピン人たちを遠めにしていた木下軍曹のもとにほかの兵士とは違った軍服を着た男が近付いてきて言った。

「スペイン語うまくなりましたね」

男は陸上自衛隊第一師団偵察隊第二小隊の隊員野中響（のなかひびき）三等陸曹であった。

「いやあ、この機械のおかげだよ。なんとか言ってることがわかるくらいには上達できたかなあ」

　そう言って木下がポケットから取り出したのは、携帯翻訳機であった。

　伊東市内などで見つけたこの翻訳機、偵察隊にまとめて支給されて全隊員が所持していたものだ。言葉がわからなければ現地の人間から情報を聞き出せない。だから偵察隊にこれが渡されていたのだが、思わぬところで役に立った。

「携帯無線の情報では、やはり明日にもこの方面に敵が移動してきます。西の谷あいに中隊本部が設置されたので、この木下分隊も難民を連れて合流してくれという指示です」

　野中三曹の言葉に木下は頷いた。

「およそ三キロの移動か、まあ先週の敵弾が飛び交う地域からの移送に比べれば楽なもんだ、ただこの雨とぬかるみは厄介だな。子供たちは足を取られやすい」

　そう言って木下は、総勢三六人にまで膨れ上がった難民に視線をやった。難民のうち九名が子供であった。ほかにも年寄りが七人いる、この天気の下での移動はかなり時間を取られるであろうし、体力を大きく削がれるのは必至だ。

　そこに先ほど家族連れを誘導してきた兵士が近付いてきた。なぜか手には乾パンを持っていた。

「おい山田、その乾パンはどうした？」

木下が聞くと、ヘルメットの上から頭を掻きながら山田上等兵が答えた。

「さっき連れてきた家族の一番下の子が、どうしても儂に食えと渡してきたんですよ。断りきれんでもらってしまいました。だからお叱りを受けに来たんですが」

木下が笑った。

「そんなことで怒るか馬鹿野郎。さっさと喰え」

山田上等兵はさっと敬礼してから、乾パンを一口で口の中に消滅させた。

「以前だったら、この天気では米が炊けんで困ったろうが、今支給されとる食料はどれも火がなくて食えるものばかりだ。ありがたい」

木下が言うと山田がすまなそうに言った。

「しかし、兵隊に支給できる食料はかなり少ないです、みんなよく耐えてます。頭が下がります」

すると木下が笑いながら言った。

「兵士どもは、大方が農家の倅だ。子供のころから満足に飯なんぞ喰っておらん。軍隊に入ってようやくまともな飯を食えたなんて奴がごまんといる。うちの分隊員一二名のうち農家出身じゃないのは俺だけだ」

「あれ、そうなんですか？」

野中が意外そうに言った。木下の筋骨隆々な体つきから、てっきりそうだと思っていたのだ。

「うちはなあ漁師だったんだよ。米は食えんが魚と海藻だけは一杯食えた。まあ、それに食い飽きたから、職業軍人になったんだ。ははは」

泥にまみれ、まともに食べ物にありつけない中でも彼ら日本兵の士気は高く、決してくじける様子はなかった。

国際救援隊本部が懸念した現地民への暴行や略奪などという、中国大陸で行われた蛮行の多くは、士官クラスの人間の指示に基づき兵士が行っていたのが大半だったのだ。最初兵士たちはこれに抵抗感を示し、中には反抗し処罰を受ける者もいたのだが、何度もこれを繰り返すうちに相手を痛めつけることに精神的に抵抗感がなくなり、略奪も同様に罪の意識が遠のいていくのだった。

つまり上官の指示に逆らえない日本軍の体質が生んだ蛮行で、罪の元凶はやはり指揮官のモラルにあったのだ。

その証拠に徹頭徹尾（てっとうてつび）こうした行為を行わない部隊もあった。

令和の過去においても今村均（いまむらひとし）中将指揮下の部隊は終戦まで礼節をもって占領地

を管理したことで知られている。

国際救援隊が陸軍士官に対し国際法違反だけでなく、日本の軽犯罪法や暴行など刑法に抵触する行為を行ったものは営倉送りにすると強く命じ、また精神的な支柱を叩き直すためのマニュアルを作り前線にまでこれを配布した。

そのおかげでというか、フィリピン戦線で自衛隊員がフィリピン人の保護のために各部隊に散り散りに出向いて指示監督したところ、兵士たちは極めてスムーズにこの役目をこなし、苦境にも屈託なく過ごす強い精神力を見せてくれていた。

この様子は、令和の自衛隊員には中々のカルチャーショックであったようで、自分たちの精神力の弱さを思い知らされているようであった。

その時だった。部隊の外周の警戒斥候に出ていた兵士が、バチャバチャと泥水を踏み駆け足で野営地に戻ってきた。

「敵の威力偵察隊およそ二〇名、接近しています！」

「なに！」

木下が地図を摑んだままその兵士に近づいた。

「敵の位置は？」

すぐに斥候兵が指で示す。

「近いな、しかもこいつらこの位置からだと地形的にここに近寄るぞ」

　木下が激しく舌打ちした。

「どうします？」

　横に立った野中が聞いた。

「おとり作戦しかないな、数名で敵をこっちに引っ張る。その間にお前さんが残りの兵士で護衛して、このまま中隊本部まで難民を連れて行ってくれ」

　野中の顔が曇った。

「危険すぎる」

　すると木下が野中の肩を叩き真顔で言った。

「ここに残って敵と遭遇するほうが、奴らフィリピン人には数百倍危険だ。敵とやりあうのは俺たちの仕事だ。任せろ」

　野中は一度雨に濡れた泥だらけの地面を見つめ、顔を上げるとさっと木下に敬礼をした。

「野中三曹、これより難民護送任務に就きます。木下軍曹以下の兵士のご武運を祈ります！」

　木下も敬礼をして野中に言った。

「お前さんたち自衛隊員もすっかり軍人になったな」

そう言ってにっこり笑うと木下は怒鳴った。

「相場、内村、佐々木一緒に来い！　おっと佐々木は武器を市川と交換だ」

兵士の一人が小銃を軽機関銃と取り換え、首から弾倉の入ったベルトを下げた。

「行くぞ！」

いきなり雨の中を駆け足で出ていく兵士たちを難民たちが不安そうに見つめた。

その難民たちに野中が叫んだ。

「Was someone here in could English speaker, please interpret! Enemy is soon come here. We are escape now, Let's stand up!」

英語のわかるものが大慌てで通訳をした。

敵が接近し逃げ出すのだとわかると、ちょっとした混乱が起きたが、すかさず山田上等兵が叫んだ。

「テンガ　ラ　セクリダッド　デ　クエ　ロ　プレテゲレモス！」（安心しろ俺たちが守って見せる！）

難民たちは落ち着きを見せ、すぐに兵士たちに従って歩き始めた。

雨でぬかるむ獣道は、とんでもなく歩きにくい。ずぼっと水たまりに入った足はくるぶしまで泥に埋まる。

設営していた機材を置いたまま密林に全員が入ると遠くで銃声が起こった。

九九式小銃と九九式軽機関銃の発射音だ。

「始めたな木下軍曹」

すぐにかぶさるように数倍の量の銃声が響いてくる。Ｍ１自動小銃の音、敵の応射だ。

難民の子供がおびえた顔で山田上等兵の足にしがみついた。

山田はにこやかな顔で子供の頭を撫でて言った。

「ビエン　ビエン」

大丈夫だ大丈夫、この言葉は野中にもわかった。

野中は不安そうな難民を見るとできるだけ穏やかに、この「ビエン」の言葉を繰り返した。

銃声はだんだん遠ざかっていく。どうやら上手く木下軍曹が敵を誘導しているらしい。

野中は難民たちをどうやら無事に連れ歩けそうだとホッとしつつも、多数の敵に追われる木下の身を案じた。

「軍曹大丈夫かな……」

山田がこの野中の言葉を聞いて、白い歯を見せて言った。

「ビエンですよ、百戦錬磨の分隊長ですから」

雨と葉陰で暗い密林の泥だらけの道を一同は必死に歩き、三時間後どうにか全員無事に中隊本部のある谷あいの野営地に到着することができた。

「野中三曹、無事だったか！」

野営地には同じ偵察小隊の池内一曹がいた。彼は大きな手で彼の肩を抱き無事を確かめあった。

「酷い状況じゃなかったか南側の前線は」

池内が聞くと野中は首を振った。

「日本軍は最強です。この難民たちを本気で守り切りましたよ」

この野営地には、野中たちが連れて来た以外にも一〇〇人を超える難民が集まっていた。

「上からの指示では最終的にマニラを迂回して、安全地区に全員を逃がしたいそうだ。ただ大勢で動くと危険なので、少人数で少しずつ移動させろという指示だよ」

「なるほど、了解です、前線にいるとそういった細かい指示は一切入ってこないのでまいります」

「まあそうだろうな。ここは敵からは遠い、まずは休め」

池内に言われ小さく頷き野中は自分が連れてきた難民たちに近付いて行き一緒に天幕の下で腰を下ろした。

子供たちが野中にチューインガムを差し出してきた。

彼が自分たちを率いてきてくれたことを理解して、お礼に差し出したのだろう。

「グラシアス」

野中は小さく微笑み、そのささやかなお礼を受け取った。

それから二時間後、すでに日の暮れた密林の細道を抜け木下軍曹たちは本隊に合流を果たした。

しかし木の間から姿を現したのは三人だけであった。

野中が駆け寄ると、消沈した顔で木下が言った。

「佐々木がやられてしまった。俺の判断が間違っていた。機銃は真っ先に狙われる。奴にこれを持たせたのが失敗だった」

そう言うと木下は首からかけていた軽機関銃を泥の中に取り落とした。

「すまなかった…」

下を向く木下は拳を力いっぱい握りそれを震わせていた。

野中はかける言葉もなく、ただ木下の肩を抱いていた。

フィリピン戦線で日本軍が抱えた難民はこの日現在で三万人を超えた。

日本軍はこの難民を米軍の包囲の外へ逃がすため、犠牲を顧みない大移動を開始させた。

一週間に及ぶこの移動作戦で難民は一〇〇人程度の犠牲者を出しただけで安全地帯へ脱出することができた。

しかしその裏で日本軍は三〇〇〇に近い死傷者を出し、自衛隊偵察隊も四名の戦死者と八名の重症者を出した。

その戦死者の中に木下分隊の一一名と野中三曹も含まれていた。

アメリカ軍に包囲されかけた木下分隊は、この時保護していた難民を安全な窪地に全員置いてゆき、戦闘が終わったら自力で逃げるよう指示し一個中隊近い敵と交戦しつつ難民たちからその戦闘を遠ざけていった。

一人一人と敵弾に兵士が倒れていく中、野中は上層部からの指示通り令和テクノロジーを有する機器を拳銃で壊していき、最後に翻訳機を撃ったところで敵弾に胸を射抜かれた。

米兵が一人だけユニフォームの違う戦死者の遺体を発見した時、なぜかその手には一枚のチューインガムが握られていた。

この日もルソンの密林は雨に濡れ、兵士たちの遺体は泥にまみれ汚れ果てていた。

それでも彼らの努力で米軍はいまだマニラへの入城を果たせないでいるのであった。

4

銀色の巨大な翼が宙に浮かんでいた、それは近隣でたまたま見上げた者たちの度肝を抜くのに充分な大きさを有していた。

翼長七〇メートル以上というこの世界では間違いなく世界一の長さを持つ巨大機であった。英国製の規格外とまで言われた巨大飛行艇マーティン・マーズでさえ翼の長さは六〇メートルだ。日本においてはこの世界でもその機体が飛んだのかは確認されていないが、実は伊東から転移してきた令和世界の人々の過去においてこの機体は存在していない。昭和世界においてだけ七機が製造されている。だから、令和の人間はそんな機体があることを知らない。

ところが、ドイツのヴィム・ヴェンダースは知っていた。

彼の世界の過去にはきちんとこの飛行艇が七機存在していたからだ。

今現在こういったヴェンダースと令和から来た者たちとの共有していないと思われる過去の存在について、気付いたものは皆無だった。まあ実際に話したのが江原医師だけで、その会談も数十分しかなされていないのだから仕方ない。

とにかく、この世界に存在するそのマーズ飛行艇をしのぐ七〇メートルの翼長を持つ化け物飛行機は、中島飛行機の手によって作り上げられたもので、ここまで仮称Z機と呼ばれていた。しかし初飛行に際して崔麗華から直々に「侍龍（じりゅう）」という名前が与えられていた。

日本の戦士を象徴する侍と中島飛行機のある太田の鎮守である大光院新田寺の別称である呑龍様からとった名前であるという。まあ崔麗華的にはZ機のZにかけて侍の字をあてたのだとも考えられる。崔は常にZを「じぃー」と発音しているので。

とにかくその巨大な翼に合計一〇個ものエンジンを付けた巨大機は見事に群馬の空を飛んでいた。

「B29の翼の主桁を四機分も繋いで作った長い翼なんですから、強度は持たせてあると言っても、私はいつベキッと折れても不思議はないと思っているわ」

　この巨人機の初飛行を下から見上げて岩崎副担任が崔の秘書の楢本に言った。

「縁起でもないことを言わないでいただきたいですね。中島飛行機の人間も並んでらっしゃるんです、耳に入ってしまいますよ」

　楢本の言う通り、岩崎たちの左右にはずらっと中島飛行機の幹部が中島知久平(なかじまちくへい)を筆頭に席を同じくしていた。

「まあ聞こえたところで冗談と思ってもらえるでしょ、かなり自信をもって今回の初飛行に臨んだみたいですですし」

　岩崎の言う通り、居並んだ幹部たちの顔には自信が満ち溢れていた。

　上空を飛ぶ侍龍の飛行は実に安定しているとしか見えなかった。翼長七一・八メートル、全長三四・二メートル。空冷式のライト３３５０エンジン六基、ターボプロップ式の石川島播磨製Ｔ７００―ＩＨＩ４０１Ｃ２改軸流エンジン四基を搭載。一〇個のエンジンの出力総計は二万四〇〇〇馬力に達する。

　この大出力に対し、機体重量は乾燥重量で五二トン、離陸重量で最大七一トンというものであった。

　長大な翼は航続距離を稼ぐためでもあるが、アスペクト比を高めて速度を稼ぐという役目もあった。

現在のテストではまだ最大速度や最大荷重での離陸実験に至っていないので、この理論が正しかったのかは証明されていない。しかし、頭上で操縦桿を握っているテストパイロットの雑賀次郎海軍大尉は、この機体の底知れぬハイパワーと操縦の潜在能力の高さを実感しつつあった

讃岐が上空を見上げ少し呆れた感じで言った。

「B29なんておもちゃ同然じゃないか。こいつはとんでもない化け物だ」

水平飛行からぐっと旋回に入る。大きな翼は微妙にしなり左右でその見た目の高さが変わっているのがわかる。しかし、これは意図的に作られたたわみであった。多くのエンジンを使い大馬力でぐいぐいと進む機体に対し、翼は柔構造でその巨大なモーメントの発生を逃がす。旋回時にはぐっとたわみ、直進時には高く水平を保ち高速度の達成に寄与する。

この翼は着陸時には先端がぐっと下に垂れ下がる。岩崎はその垂れ下がった翼を見た印象で先ほどの発言をしたと思われる。

ずっと黙って列の中央で空を見上げていた中島知久平が隣にいる崔麗華首相に手を差し伸べた。

「私の夢をこんな形で実現していただき感謝に耐えません」

崔麗華は黙って中島の手を握ると、空を見上げて言った。

「大きいですね。これでアメリカまでの往復を飛べれば文句はないのですが、行ったきりで帰れないのじゃ意味ありません……」

崔麗華の脳裏にはこの巨人機がアメリカの領空まで行ったとしても乗員が日本に生還できなかったら飛ばす意味がない。そういった強い思いが刻み込まれている。

この国の人間に片道切符の特攻をさせてはならない。

これは国際救援隊ブレーンの思想の押し付けなどではなかった。本当に崔麗華自身が考えている理想であり国家の指針であった。

その崔麗華からかなり離れた位置にいる楢本が手にした資料を見ながら言った。

「あいつのテスト日程は二週間ぎっしり詰まっている。その各種テストで問題がなければ、機体は国際救援隊ではなく総理府に引き渡される手はずになっている。表向きは首相専用機という扱いでな」

楢本の言葉に岩崎が大きくため息をついた。

「これにあそこにふんぞり返っている崔麗華様が乗ることは金輪際ないでしょうけどね」

楢本も小さく肩をすぼめてから肯定の弁を唱えた。

「まあそうだろうな」

そして岩崎は周囲に聞こえぬくらいの小さな声でこう言った。

「原爆搭載機に乗り込む国家元首なんて聞いたことないですからね」

そうなのだ。中島飛行機がその総力をあげて製造した長距離爆撃機「侍龍」は、三船たち秋葉原大の学生が開発に成功した長崎型つまり爆縮型原爆を運ぶための母機なのであった。

そもそもの計画では、この機体でアメリカまで飛び、どこかの砂漠か山の上に落としその威力の誇示をもってアメリカに停戦を迫るというのが、崔麗華が独自に立てた戦争終結プランであった。

だが崔もその周辺も、これが欠陥プランである事実に気付いていなかった。

そのザルとまでは言わないが、すごく基本的な部分の見落としをぶち上げた人物は、この日横須賀にいた。

その人物の前には試験艦「あすか」が停泊していた。

「ようやく戻ってきたな。理想のラボが」

頭を掻きながらそう言ったのは、春日部教授であった。

つまり、崔麗華のプランを見抜きそこに大きな落とし穴がある事実を看過したのは春日部教授であった。

そもそも春日部は、この世界に独占的に原爆を保有する国家が現れたらそれが世界終焉の始まりだと指摘した。

この理論の根底は自分たちがこの世界に持ちこんだ令和世界のチートともいえるオーバーテクノロジーの存在だ。海上自衛隊の護衛艦や陸上自衛隊の小火器や車輌装備はこの時代の技術に対し明らかに突出した性能を持ちすぎている。

これらを戦争に使えば勝利が容易に摑める。奇しくもその事実を日本は証明してしまった。サイパンの奪取は、自衛隊出現前の日本の装備ではどう逆立ちしても不可能だったはずだ。

このテクノロジーと核が合わさった時、この世界の覇権争いの絵図が大きく揺らぐ。

一国の独占がつまり他国に対し圧倒的有利な発言権と支配的地位を約束することになってしまうだろう。

その国家がアメリカであった場合、資本力と工業力を背景に膨大な量の原爆を製造し、結果的に共産主義国家との間に核戦争を始めてしまうのは間違いないと指摘した。

核による各種の弊害が地球環境を極端に悪化させ、人類の居住範囲は著しく低下する。これは避けようのない事実だ。

最低限その核戦争を避けねばならない。これを指摘した春日部教授に対し崔麗華も強く納得賛同し、日本が戦争に負けてオーバーテクノロジーをアメリカに与えるのを避ける。その信念のもとに国際救援隊は今日まで戦いを続けてきた。

しかし、この図式が完全に崩れる事態が発生していた。

ドイツが核爆弾をすでに保有していると江原医師が報告してきたのである。

この事実、実は国際救援隊ブレーンたちの協議で崔麗華にまだ報告されず自衛隊幹部にすら漏らされていない。

通信係は当然、江原のスパイ小説まがいの報告を読んでいるわけだ。これに関して野木が通信室に赴き、こう言ったことで事実上の口止めとなった。

「いやあ、わざわざドイツから江原先生が同人誌用の原稿を送ってくれたんで助かったよ。あはは。年末に国技館を借りて同人誌即売会を有志が企画していたので間に合ってよかったよかった」

とんでもない馬鹿な言い訳であったが、令和の人間である自衛隊員の通信係は実にあっさりと騙された。年末に同人誌を売るのが当たり前と思っている節があったが、とにかく野木のグッジョブとなった。

　試験艦を見つめていた春日部の隣に大慌てで野木が駆け寄ってきた。

「教授見つけました、やはり伊東市民の中にいましたよ」

　息を切らせながら野木が一枚の書類を春日部に突き付けた。

　それを受け取った春日部は、じっと内容を読みニヤッと笑った。

「やはりな。あの地震騒ぎの後にごちゃごちゃと密にされた避難行動の際に、ちらっとではあるが見かけたのだ」

　そう言うと春日部は書類を野木に返しながら言った。

「すまないが、彼女を説得して連れてきてくれ。これから先の実験に不可欠となるじゃろう。何しろまともな助手があの三馬鹿しかおらん」

「教授そりゃかわいそうだ。あの研究所の三人はかなり優秀なんじゃないですか」

　野木が言うと教授が鼻で笑った。

「物理学に関してはめちゃくちゃ優秀だよ。しかしあいつら、世間の常識というものを知らなすぎる。学生時代から研究一筋、それもあの秘密をばらしたら速攻で社会的に抹殺され、いやいや儂はあの親会社を知っておるから本当に海外に連れ出されて命を絶たれても不思議がないという環境で長年仕事をしておったからな。普通の人間のやることが真似できなかったりするのだ。完全に専門馬鹿の世間知らずになっておる」

「そうだったんだ……」

伊東の研究施設の生き残りで例の宇宙人テクノロジーの研究に一番近かった木藤をはじめとする三人は、この波動による転移騒動の最初から国際救援隊の保護下、という名の軟禁状態に置かれているが野木との接点はほぼなかった。それだけに彼らのパーソナリティーに関して野木は知らないも同然だったのだ。

「とにかくだ、この女を連れてきてくれ。日本でも有数の宇宙工学者なのだからな。偏屈で田舎に引っ込んだと聞いていたが、この伊東で見かけて変だとは思っておった。どうしていたのかなんて関係ない、間違いなく本人であった以上は、何が何でも協力してもらうぞ」

こうして野木は横須賀の難民キャンプに赴き一人の女性を捕まえる作業に入ったのだが、これが一筋縄でいかなかった。

「お願いしますよ溝呂木先生、春日部教授も貴女がいないと研究が進まないと頭を下げているんですから」

見つけ出したその女性、溝呂木清子はぶすっとした顔で下手（したて）に出る野木を見据えていた。

「あの色物先生に頭を下げられても奇妙すぎて笑えてくるわよ。それになんで私が協力をしなくちゃいけないの。まあこの世界で生き残るために協力しあおうってラジオではしつこく言ってるけど、そもそもこんなプリミティブな世界で私に何をしろっていうのよ」

野木が剣幕に押されながらも溝呂木に近づき小声で説明を始めた。

「……ロケットが……で、先生の技術で……ごにょごにょ」

野木に耳打ちされていくうちに溝呂木の表情が変化していった。

「面白……そうね」

ついに片眉を上げて彼女はそう漏らした。

「そしてですね、この作戦には世界の存亡が、違った、地球の運命がかかっているんです」

溝呂木の顔が別人並みに大きく変わった。完全に最初の嫌悪感は消え好奇心に彩られた明るい顔がそこにはあった。

「面白そうね、それいったいどんな話なの」

軽い口調で溝呂木が言うと野木は真顔でこう言った。

「一片の冗談もなく言わせてもらいます。これは人類が滅亡するかもしれないかなり深刻なもので、しかもそう遠くないうちにそれが起こる可能性を教授が見つけてしまったんです。何とかこれを回避したいという話で溝呂木先生にその手助けをしてほしいのですよ」

「穏やかじゃないわね、人類滅亡が近い？　それは例によって春日部教授の好きなオカルト話ではないのですね」

念押しといった感じで溝呂木が言った。

「ええ、今から説明します。この話は、教授の計画に携わる数人以外誰も知らない話です」

そう前置きすると野木は姿勢を正して説明を始めた。

事はあの波動が発生した瞬間まで遡る。

「事故が起こった当初を振り返り教授はある推論を立ててみました。大きな次元超越作用を持つ波動が暴走した結果、私たちはこの世界に入り込んだ。つまり自分たちは次元の大きな振動の副作用によって過去にあたる時間線の別の平行世界に移動させられてしまった。ここまでは誰でも自分に起きた事実ですから容易に理解し納得できる話でしょう。

　ここからは、波動により奇妙な飛ばされ方をした私たち自身が、この世界に対しどのような作用因子になるかを教授は思案してみました。そして結成当初の国際救援隊に対し提示したのが、オーバーテクノロジー問題でした。

　これは、私たちの持つこの別次元世界との文化的成長時間の差異に基づく技術進歩の大きな格差に根差した、過去世界時間線であると仮定できるこの昭和世界への各種技術成長への加速という悪影響。

　特に本来の技術進歩によって構築されるはずだった歴史という名の精神と知識の蓄積という過程の消失という本来ならたまるはずのエントロピーを阻害する、これによって理論探求なしに結果を得てしまう現象を教授は真っ先に懸念しました。

　聡明な先生なら既にお気付きでしょうが、この最初の仮説は我々が持ち込んだ未来技術が過去世界へのオーバーテクノロジーであり、本来の技術成長をショートカットさせてしまい、そこに蓄積されるはずだった開発過程の時間が消失したことにより先進的技術は研究を経ずに実用化されてしまいます。

　当然これは文化に大きく影響を与えます。現にこの日本の特に東日本ではインフラの大幅な成長が起きています、まあ私たちがそれをやらせているのですが、それを除いてもこの世界ではすでに令和の技術を会得した者が各種開発製造に従事し始めているのです。それがどうして動くのか理解せずに。我々は類人猿に工具を与え機械を作る方法を教えてしまったわけです。この例えは昭和の人間には怒られるでしょうが」

「でもまあ妥当な例えだわ、この世界は本当に遅れている。技術だけではなく精神的にも大きく遅れていますものね」

溝呂木がそう言って軽く首を振った。

「話を続けますが、この我々が持つ先進的技術をアメリカが握った場合の世界への影響を教授がシミュレートしたところ悲惨な末路を示唆しました。それがつまり核戦争による世界滅亡です」

溝呂木が、小さく声を漏らしてから言った。

「それ、私も懸念したわ。自衛隊の装備を取り上げられたら、あの技術を解析し開発した国は間違いなく世界の覇権を握れるってね。でもその先には思い至らなかったわ。どういった関係で核戦争になるのか、この世界の現状を知らない私にはあずかり知れないけど、春日部教授はその未来が不可避と考えた。そう推理するけどあっているかしら」

「ご明察です。ですがそれは今となっては無意味になりました。教授の予測のかなり上でこの世界はねじ曲がっていたんです」

　そこで野木が一度考え込んだ。この先の話を全部正直に言うべきなのか？

溝呂木が万一この誘いを蹴ってきた場合、話した内容がどこかに漏れでもしたらえらいことになる。しかし、話さなければ溝呂木を説得できないそう判断し大きく息を吐いてから話を続けた。

「実は日本の政府はすでに原爆を製造しました。これは春日部教授のあずかり知らないところで密かに進行していた計画でしたが、教授はこれを知ることになりました。この時点では、まだ大きく図式が崩れるとは感じていなかったそうですが、実はすでにドイツも原爆を保有しているという話が伝わってきて事情は変わりました。もう核による世界の均衡を保つという選択はできなくなったのです。

　日本政府はアメリカに対して核を使用しようとしています。しかし、ドイツがイギリスやソ連に対しこれを使用したら世界は二極体制を生んでしまいます。これでは、いずれ核の拡散を生み戦争が起こらなくても世界における政治主導権を持とうとする国がせめぎ合う令和の過去の再来になると予想されます。教授によれば昭和後期から令和の頭にかけて核戦争が起きなかったのが不思議なくらい世界は緊張していたが、国家の状況がより不安定な状態であの令和の過去と同様になったら、自分たちが懸念した世界の滅亡が現実のものになってしまうだろうと教授は強く示唆したのです」

話を終えた野木に背の低い溝呂木は眼鏡越しの視線をじっと見上げ、太く息を鼻から抜くと人差し指を突き付けて言った。

「この状況はむしろ最初に恐れていた事態が勝手に解消し、安直な形で世界が滅亡するのを防いでくれたと言えるんじゃないかしら?」

野木は黙ったままだった。そこで溝呂木が続けた。

「核の二極体制が生まれて、大昔の米ソ対立、あらいけないこの世界の昔じゃないわね、でもあたしたちは令和から来たんだから別にいいわね、その大昔の鉄のカーテンとかで仕切られていた政治分断が仮に今の昭和世界の未来に訪れたとしても、その切り札を握っているうちの一方が日本であるならある程度の平和は維持できるんではないの。もう一方の核がドイツに握られているのは不気味ですけどね。いるんでしょ、この世界にもヒスターみたいな狂人総統が。それが暴走してもおかしくはないけど、少なくともアメリカが一国で核を握るよりは平和でいられる期間は伸びると思うわ。それなのに何を焦っているの、まだ別の要素があるんじゃないの?」

野木が、まずいなという顔をしてしばらく考え込む。

だが大きく首を振ると溝呂木に言った。

「これを話したら、溝呂木先生はもう我々の仲間に入ってもらわないと、あなたの身の安全を保障できなくなりますが、それでも話を聞きたいですか？」

今度は溝呂木が沈黙し、右手の拳を額に当て瞑目し忙しく右の足先をタップし始めた。

二〇秒ほどだろうか、そうしていた溝呂木が小さく深呼吸し目を開けた。

「この隔離収容所同然の息詰まった場所から出て世界を救いに行くのも悪くないか。あんた達が自ら国際救援隊と名乗っている意味の真意に触れられたので、そのさらに奥にある危機とやらが知りたくなったわ。教えて頂戴」

野木が唇を引き締めて首をこくりと頷かせた。

「我々は一人の人物によって、この世界でこうして戦うことを運命づけられていました。神じゃありません。たった一人の映画監督にです」

「え？」

さすがに溝呂木の目が真ん丸になった。

「いや、同姓同名の別人かもしれませんが、我々の世界でもちょっと名の知れたドイツ人の監督らしき人物が、この世界を動かしていた模様なんです。

そのヴェンダースと名乗った男は我々より三年早く別次元からこの世界に来ていたのですが、彼が転移したのも令和三年、いやまあヴェンダースから見たら二〇二一年の九月だったのです。しかし、彼は一九四〇年の世界に転移し、その世界でどういう手段を使ったのかわかりませんが、ナチスドイツを陰で操る立場になりました。現在ヨーロッパの戦争が異様にナチス有利に進んでいるのも彼のせいでしょう。

そのヴェンダースは日本も思った通りに動かしているようなのです。彼の意識の中では我々がナチスを頼るのも見透かされ、そして我々が核を作ったのも承知しているようなのです。信じ難いのですが、彼は我々が転移してくるのを知っていた様子なんです。

それがいかにして成し遂げられているのかわかりません。過去に来たといっても、その世界線に我々が未来から転移したという事実があったとは思えません。ですが、彼は的確に我々の動きを予知し、これまで秘密裏に行っていたことを感知していました。我々にとってヴィンダースは化け物です」

溝呂木の顔に何か面白いおもちゃを見つけた子供のような喜色（きしょく）が浮かんだ。

「これ以上ない展開ね。これは下手な海外ＳＦドラマよりエキサイティングな展開だわ」

そう言うと両手で眼鏡をずり上げ、野木の顔を見上げて言った。

「その話を聞いたら完全に心に火がついたわ。つまりそいつとの何かしらの戦いをするつもりなんでしょ。まあ言ってみれば、ラスボスを倒しに行くような」

野木がかなり呆れた感じで溝呂木に言った。

「面白いのですか？」

溝呂木が頷いた。

「これが面白くないと言ったら、マッドサイエンティストになる資格ないわよ」

「え？」

野木の顔が瞬間冷凍された。

「私にそのラスボスを倒しに行く手伝いをさせたいんでしょ？　やるわよ、そんな奴けちょんけちょんにする武器を作ってやるわ、やらせて頂戴。マッドサイエンティストの親玉の春日部教授に会いに行くわよ」

フリーズした顔のまま野木が言った。

「アリガトウゴザイマス」

どうも何か歯車を掛け違った節はあるが、野木は自分たちにとっての切り札となりえる人物を手に入れたようであった。

しかし実は真に立ち向かうべきボスが別なものであることを、野木も溝呂木もまだ知らされてはいないのであった。

5

一一月の末ということもあり、富士の裾野にはもう震えるような寒風が吹いていた。

御殿場の演習場に再び実験のために三船たちがやって来ていた。

今日は崔麗華の姿はない。

どうも前回の実験で懲りたらしい。東京に戻るヘリの中でずっと全身にかかった砂埃を神経質に払っていたという楢本の証言があった。

その楢本も前回懲りたのか、今日は全身日本陸軍仕様の作業服で来ていた。

「すべての準備は整っています」

三船が岩崎に告げると、岩崎はとにかく広い演習場を見ながら言った。

「今回はすごくシンプルなのね、見物台も指令所の造りも」

「ええ、別に衛星軌道まで打ち上げるんじゃなくて、必要なローンチ出力とその後の進路を修正するブラスターにだけ燃料を入れての実験ですから。失敗しても前回のような大爆発は起きませんし」

岩崎が怪訝そうに聞く。

「本当なの？」

その顔を見て三船が不機嫌そうに言った。

「信じてないんですか？　そもそもそう爆発しませんから」

岩崎は腕組みをすると顔に指で付けたと思われる整備油の筋が三本残った女子大生を見つめ大きく鼻息を抜いた。

「信じていいのやら……」

そう呟くと指令所の木製椅子の一つに腰を下ろした。

「もうすぐかな？」

すでに椅子に座って作業を見つめていた楢本が岩崎に聞いた。

「最終チェックしているから終わったらすぐね」

岩崎はしっかりした造りの椅子の布製の座面に腰を落ち着けながら答えた。

キャンバスを張ったいわゆるディレクターチェアがずらっと並んでいるが、これを作っているのは横須賀の難民避難所の中の工房だった。

何もしていないとごたごたが絶えないので、現在難民収容所に中には一〇を超える工房が出来上がり、そこで仕事をして給料をもらう者が増えていた。

政府からは食料や物資は支給されるが、現金は出ない。だから嗜好品や自分好みの衣服などは購入したくても無理なので、九月の頭までは物々交換方式や古物商に伊東から持ち出した品々を売ってそれらを手に入れていた。

すでに市民たちは横須賀市内と逗子や久里浜といった限定された地域への外出が認められているので、そこで買い物がしたいという欲求は高まっていた。

そこで政府がこの工房を設け給料を支払うようにした。

その背景には一部の市民は、伊東市内で政府に買い上げという形で接収された車や黒物電化製品などの代金を郵便貯金の形で受け取っており、これを使わせろという圧力も高まっていた。また公平性を維持するために就労による賃金支払いのほか地震発生時に持ち出した令和の現金や貴金属も政府で交換と買取を開始した。

ディレクターチェアはその工房で作ったものであったし、政府ではなく国際救援隊からバイト代（国家機密を扱ってはいても三船たち五人の学生はバイト扱いなのだ）を支給されている三船の着ている何となく古めかしい色合いとデザインの服も、その工房でできたものだった。

この三船の衣装は、浦賀のセレクトショップ、というか収容所で作ったものから好きなものを選んで取り扱っている店で買ったのだが、どうも昭和の人間のセレクトしたデザインは古めかしいものになってしまうようである。令和の感覚で作った服は結局収容所内の店で出回るのだが、三船たち秋葉原大の学生は現在東京の皇居の隣にある近衛部隊宿舎に間借りしているので、収容所内のオシャンティーな店には通えないのであった。

そのほかの学生男子諸君の評価ではダサダサの服を着た三船は、制御装置の前に座った糸川英夫にあれこれ指示を出してから少し前方のシールドの外に立っていた潮田に言った。

「ちょっと発射台の様子を確認させて」

潮田は頷きトランシーバーに告げた。

「おーい、ローンチ五分前だぞ、最終確認できているのか？」

すぐにクリアな声で返事が来た。鈴木の声であった。

「大丈夫です。ほぼ問題なしです」

すぐに潮田が言った。

「ほぼって何だよ、完全じゃねえってことか？」

「あー、はい。先輩すみません、完璧でした」

トランシーバーを切ってから潮田が言った。

「大丈夫なのかよホントに」

まもなく指揮所の制御盤のランプが全部グリーンになった。LEDではなく電球のランプなのでどこか熱く感じる輝きだ。

そして発射台の方からすごいスピードでジムニーが走って来る。いや正確には白ナンバーのジムニーシエラだが、中には鈴木や小林たち秋葉原大の学生と日本軍の軍属である技術研究所の職員が乗っていた。五人乗りの車内はぎゅうぎゅうといった感じだが原因は太った小林が後部座席の中央に収まっているせいであろう。

運転する技研の研究員はまだオートマチックに慣れていないのか、時折左手でギアに触れている。

「あいつらが戻る前にコンプレッサーだけ回させていいよ」

三船が三回生の潮田に言うと、操作盤がガチャガチャといじられた。

発射台の少し離れたところにある機器類かバタバタと回転音を響かせ始めたが、さすがに一キロ離れた指揮所には聞こえてこない。

「動いたか？」

シールドの前から戻ってきた潮田が表示板をのぞき込む。やはり操作盤をのぞき込んだ三船が満足そうに頷いた。

「順調よ。今度はうまくいくんじゃない？」

すると糸川が振り返って言った。

「油断は禁物です」

「あなたが言ったら冗談にならないから、そこは自信見せてよ」

令和の過去で日本の宇宙工学の祖と言われた彼を知らない世代の三船は、遠慮会釈なく糸川の背中を叩く。

それを見ていた岩崎が肩をすくめる。

「ジェネレーションギャップってあるけど、これはディメンションギャップなのかしら、タイムスリップギャップなのかしら？」

「どっちでもいいでしょ」

楢本が突っ込みを入れ、二人は椅子の背もたれに背を預けた。

車が戻り全部の安全が確認されると、直ちに打ち上げ作業が始まった。

カウントは三分前から始まり、各種の制御機器と打ち上げ後の弾道を制御する機器の最終確認が忙しく進む。

問題なしの判定でカウントが進み、ついに三〇秒前になった。

前回懲りているので、岩崎も楢本もゴーグルだけでなくヘルメットもかぶっていた。

「ローンチ二〇秒前、モーター点火」

はるか向こうのロケットを映し出すカメラ映像が五七インチの大きなテレビ画面に映し出されている。ロケットの主モーターにつながる補助モーターが煙を吹き出し始める。すでに発射台には周囲から放水が始まり、噴き出した炎が水蒸気に代わり濛々と白い湯気が周囲を覆う。

今回のロケットは、垂直ではなく斜めのローンチ台に寝かされている。

これは失敗した場合でも発射方向のどこかに落下するだけ、その方向には広大な演習地しか存在しないし、その先は山の森林地帯だ。令和の世界と違ってこんな場所に民家は存在しないので、きわめて安全かつ賢明な判断であった。

まあ作っている糸川以下のスタッフも前回の爆風で砂まみれになっているので、この措置はすんなり決まった模様である。

今回は原爆開発を終えた彼ら大学生チームがフル参加してくれたし、ロケット本体の工作も実にスムーズに進んだようだ、そしてその外観も前回よりかなりスマートなものになっていた。

実はある決定が密かに下され、このロケット計画はなんと岩崎の携わっていたZ機計画とクロスオーバーというかジョイントすることになったのである。

弾道ミサイルと核搭載大型機とでは相容れないように思えるが、今二つの計画はどうしてもコラボしなければならない事態を迎えているのだった。

そしてこの決定のせいで、糸川のチームは失敗を許されぬ土壇場まで追い込まれているのである。

そんな事情を背負っての実験なので、どこか気の抜けた楢本以外は実は結構緊張しているのであった。

発射一〇秒前になると関係者は全員シールドの陰で身を小さく縮めていた。五秒前、多くのものが耳を両手で覆った。そして三、二、一、〇とカウントが進み糸川が発射ボタンに手をかけた。

「ローンチ！」

掛け声とともに発射ボタンが押され、発射台のロケットの噴射が最大になった。

水蒸気によって少し歪んだ視界の向こうで真っ赤な炎を吹き出して直径一・二メートルのロケットは勢いよく空中に躍り出た。

燃料の大半を抜いたのでバラストとして積んだ水をわずかに放出しながら、ロケットは斜めに空を突き進んでいく。

「高度一〇〇〇、一二〇〇、一四〇〇、一六〇〇……」

係員がロケットの現在高度を読み上げるが、それを聞くまでもなく白いロケットは順調に大空を駆け上っていた。

「これは、成功だよな」

楢本が半信半疑といった顔で言った。

「まだわからない、問題はここからよ」

岩崎の言ったとおり操作盤の前では皆が慌ただしく動き回っていた。

「回頭三秒前、二、一、ブラスト！」

もう点になっているロケットが突然向きを変えた。

姿勢制御用のブースターロケットが一瞬だけ噴射され向きを変えたのだ。

「成功です！」

操作盤を視いていた技研の技師が叫び、一同が飛び上がった。

「やった！」

「飛んだ！」

「曲がった！」

皆は口々に叫びながら手を取り合い、肩を抱いて喜び合った。

この様子を見ていた岩崎が口元に笑みを浮かべながら言った。

「二回目で成功とか、天才過ぎよ貴方たち」

そう言い終わると岩崎は立ち上がり皆に向け拍手を贈り始めた。

すると、周囲の整備士たちも一斉に拍手を開発陣に向け贈りだした。

この様子に、楢本も小さく肩をすくめて拍手を始める。

水平に向きを変えたロケットはどこまでもどこまでも飛んでいく。

そこで始めて岩崎が言った。

「あれ、どの辺に落ちるの？」

これを受けて糸川が言った。

「目標は伊豆七島の大島の三原山噴火口です」

岩崎がポンと額を打った。

「またよりにもよって！」

糸川英夫は、そこが令和の過去に旅客機が墜落して大騒ぎになったことなど知るはずもない。さらに、あの昭和の……、大怪獣に縁があるなどなおさらである。

こうしてロケットは飛行に成功した。

だがこの実験を見ていた一部の者たちは、なんで水平にいつまでも飛行するロケットを見て皆が喜ぶのかが不思議に思えてならなかったのであった。

ロケットは予定時間に見事、三原山の山頂近くの斜面に激突した。

この報告にロケット開発チームは発射の時以上に大騒ぎをするのだが、こうした反応は当のロケットを開発している者たちと一部の総理周辺者にしかわからないものであった。

しかし、この報告を密かに受けたある人物は、内心で大きく笑い自分の計画の成功を確信したのだが、そのことはこの日、ロケットの発射を見守った面々は知らないのであった。

第三章　最終戦争作戦発動す

1

荒波を蹴立てて進む戦艦大和の艦橋から、夜の闇の中で南洋の白波に揉まれては消える夜光虫の光を見つめながら、山本五十六は叫んだ。

「もはや無線封鎖は不要だ。全部隊は相互に連携し敵部隊との決戦に突入せよ。これが天王山だ。文字通り身命を賭けて決戦に挑め」

沈着冷静で名を売った提督とは思えぬ激昂（げっこう）、山本の顔は紅潮し目が異様なまでに輝き燃えていた。

「夜間爆撃隊、敵を確認。禿鷹部隊各機は突撃に入ります」

連絡士官が叫ぶ。

「先行した警戒艦のレーダーが敵艦隊を補足。距離およそ八〇キロ、島の陰から出てきたところです。主力艦隊との距離は一四〇キロです」

別の司令部スタッフが叫んだ。

「おそらく上陸部隊の直掩艦隊でしょう。大型戦闘艦は少ないはずです。一気に行きましょう」

黒島作戦参謀が息巻きながら言った。

「うむ、言われんでも命令する。これより打撃艦隊の指揮は、この山本が直接取る。全艦敵護衛艦隊の撃破に向かう、大和に続け」

艦隊は異常な陣形いや、それはもう完全に日本艦隊のこれまでの常識を覆す状態で突き進んでいた。

なにしろ連合艦隊司令長官の座上した旗艦大和が文字通り艦隊の先頭を進んでいるのだ。

そしてそのあとに戦艦部隊が二列で続き、その外側に戦艦部隊を軸にして山形に左右に巡洋艦と駆逐艦が大きく広がり続いている。

全く理解に苦しむ陣形であったが、これは連合艦隊司令部が考案したもので意外にも国際救援隊は嚙んでいなかった。

そしてもう一つ、これまでと違っているのは、この艦隊には一隻の海上自衛隊護衛艦も帯同していないということだ。

今艦隊は純粋に日本海軍の艦艇だけで驀進している。

一方同じ時間、国際救援隊の護衛艦隊はまさにフィリピン近海まで戻ってきているドイツ派遣艦隊の隷下艦艇を除きほぼ全艦が集団となり、もう一つの日本艦隊を包み込んでいた。

「敵潜水艦全く兆候なし、夜明けまで三時間切りました。各空母攻撃隊は発進準備を完了。発見した敵空母部隊へ向け出撃準備完了です」

作戦幹部スタッフに報告を受けた村田司令官は、小さく頷き横にいる艦長に聞いた。

「この艦の状況はどうなっている？」

村田は隣の木下一佐に聞いた。

「この艦の攻撃隊も発進準備終えてますよ。さっき連合艦隊の夜間爆撃隊が敵の上陸準備部隊へ攻撃を開始しましたね」

木下がてきぱきとメモを繰りながら言った。

「さて、では山口閣下、命令をお願いします」

村田は隣でモニターをにらんでいた山口多聞（やまぐちたもん）に言った。

　山口は大きく頷くと、慣れた様子でマイクを摑んみ叫んだ。これは周辺の艦につながっており、米軍には探知不能の超マイクロ回線を使用したデジタル通信網の連絡専用無線である。

「行くぞ、回天作戦第二弾を発動。全攻撃機発進せよ、敵は袋の鼠だ！」

　彼らは空母護衛艦「いずも」のＣＩＣに陣取っていた。

　つい五日前にドックを出たばかりの「いずも」は今、パラオ諸島の北西二〇〇キロの地点を南に向け驀進していた。

　周囲には日本の空母部隊、再建された第一機動部隊が同行する。

　すべての始まりは六日前、ヘレン環礁近くで偵察中だった伊号潜水艦第一七七潜水艦がアメリカ機動部隊とそれに護衛された巨大輸送船部隊を発見したことから始まった。

　昭和一八年一二月九日、アメリカ海軍はついに満を持してパラオ諸島の攻略に、それも国際救援隊司令部ブレーンの名取老人が予想した通りペリリュー島に向けて進撃を開始したのであった。

　奇しくもこの日は、ドイツから帰還してきた日本艦隊がインド洋を突破しマラッカ海峡に突入した日でもあった。

狙いすました攻略作戦開始といえる。日本の艦隊が分離したまま合流できないギリギリのタイミングでアメリカは動き出した。

おそらく準備が万全になったのではなく、英海軍から齎されるインド洋の日本艦隊の動きに逐一注意を払いながら作戦を動かしたと思われた。というのもあえて危険を承知で日本の遣独艦隊がマラッカ海峡に入るのを見越して、ペリリュー島へ駒を急ぎ進めたとみるのが正しいだろう。

もし日本艦隊が紅海に向かった時と同様にセレベス海へ進路を向けた場合、ヘレン環礁を出るアメリカ艦隊は背中を取られる危険があったからだ。

しかしマレー半島に沿って日本が占領を続けるシンガポールを目指した場合は、艦隊は西にあって速度の上げられない多島海を抜けなければペリリュー島にはたどり着けない。もし合流を図ったとしても、その間に攻略作戦は開始され少なくとも決戦は上陸が終了した後になると計算できる。

上陸作戦が終わった後で行われることになる艦隊決戦についてアメリカは大きな自信を持っていた。

過去二回目となるマリアナ海戦。この時に日本軍はサイパン上陸作戦を阻止できぬまま壊滅的打撃を受け正規空母四隻が壊滅し、先の海戦と合わせてついに大型空母はゼロになった。

残った日本海軍の空母は隼鷹とボロボロの飛鷹だけ。もはや連合艦隊機動部隊の運命は風前の灯火となった。

のはずであったのが、三回目となる日本の逆襲ソロモン海戦で有り得ないことにアメリカ機動部隊は日本の大型陸上機である一式陸攻と空母搭載機の波状攻撃で文字通り壊滅した。

太平洋戦争開始以来、アメリカ軍が被った最初の記録的大敗北であった。

その後、フィリピンのルソン島への上陸作戦をめぐる戦いでもアメリカ機動部隊は打撃を被った。

だがその直後の上陸作戦は満点に近い成功をおさめた。

上陸後の激しい抵抗も限定的なもので、戦死傷者も想定数のギリギリ上限にとどまり、アメリカ戦争省の面目は保たれた。

だがサイパンに続き何とか占領を維持していたテニアン島は失陥した。しかしここは、最初から守るのが難しい島と考えられていたので、仕方がないという受け止められ方が強かった。

それよりサイパンへの奇襲をかけた空母部隊が予定戦果を挙げながら、分散した機動部隊の一方だけが攻撃機部隊に壊滅的な打撃を受けるという、はらわたが煮えくり返るような事態が起きた。

しかもこの作戦直後に補給基地であるヘレン環礁が襲われ、異次元から到来し戦力として期待された戦艦モンタナが砲撃戦に負け沈没した。

瀕死であったはずの日本海軍に、ここまでコケにされて良いはずがなかった。

アメリカ海軍は予定されていたペリリュー攻略を、その実施日をずらしてまで戦力の増強を行った。

イギリス海軍にまで依存していた空母も竣工したばかりのレキシントンⅡとヨークタウンⅡの二隻と同じく新品ピカピカのカサブランカ級護衛空母四隻が太平洋艦隊に送られた。

これでスプルーアンスはフィリピンで打撃を受ける前の機動部隊戦力を完全に取り戻した。

この機動部隊で日本艦隊が出てきても絶対に勝てる自信をもってアメリカ軍はペリリュー攻略に着手した。

日本海軍がドイツに戦艦武蔵を売却し、譲渡した話は既にイギリスの情報部から入手していた。その護衛艦隊が航海を抜けインド洋に戻った段階でアメリカ海軍はペリリュー攻略を決定、フィリピン近海から日本の本土に戻ったと思われる日本機動部隊が出てこられるタイミングとこのインド洋の艦隊が合流できないギリギリまで航空部隊の錬成を続け米機動部隊は出撃した。

というのも、空母の数が増えてもそこに乗せていく航空部隊が技術的に劣っていたら戦闘で日本に勝つことはおぼつかない。正直数日間訓練をしてもこれをひっくり返せるほどの上達は見込めないのだが、そこは数で押し切るという論理、つまり陸上戦闘でドイツ軍に劣る戦車でも数で勝利を得ようというものと同じ考え方に基づく兵士を使い捨てるという図式を採用したわけである。

この非情の戦法は、令和の過去でも採用されていた。これが問題とされないのは、あくまでアメリカを中心とする連合軍が勝利したことで帳消しに、いやなかったことに近い扱いをされているからだ。つまりそれらは、勝つための戦法であるという説明だけが残り、切り捨てられて死んでいった兵士のことには一切触れない不文律がずっと続くことになったため、それが非人道行為だなどとだれも思わなくなったのである。

しかし、これが人を兵器の一部としてしか捉えないやり方なのは変わらない。今回も用意した六〇〇〇機を超える航空機の搭乗員はその航空機の一部と捉え最初から損耗率という呼び方で戦死傷者の数を見込んだ戦術が採られていたのであった。

その戦術の根幹は上陸に際し出てくるであろう日本の機動部隊を正面から叩くというシンプルなものだった。

スプルーアンスは腹を括っていた。

どんな奇をてらう作戦を取っても、日本軍は的確な反撃を行ってくる。分散した艦隊は一方が徹底した攻撃で大ダメージを受け壊滅してきた。これはマクロ的な戦術でアメリカが勝っても、受けたダメージでその先の戦略に対し大きく躓くという戦争を早期に終わらせるという政府の指針にそぐわない結果を生む、いや生んできた。

だったら残る日本の艦隊を正面から四つに組んで叩けば、絶対戦力に勝るアメリカが勝つ。その一点にすべてを賭けたのである。

参加する将兵たちは知らぬ。自分たちの死が最初から計算され決定されたものであるなど。特に航空兵は、高確率で死を強要されている。その事実を知らぬまま、日本艦隊を滅殺すべく出撃を命じられたのであった。

攻略艦隊は自分たちが発見されたとも知らず、パラオ諸島に接近し上陸予定二日前から攻撃機による爆撃を開始した。

だがペリリュー島の飛行場はもぬけの殻であった。日本軍は艦隊の襲来を前に全航空機をパラオ本島に移動させていたのである。

こうしてアメリカ軍の攻撃は空振りに終わったが、スプルーアンスはこれを想定していた。

「やはり逃げた後だったか、奴らの逃げ足は信じられんほど早い。これも織り込み済みだ。問題はこの攻撃で間違いなく日本海軍をあぶりだせたであろうということだ」

スプルーアンスには、突然息を吹き返したかのようにアメリカ海軍を小ばかにし続け勝っている日本海軍の生き残りが、蠅叩きから逃れ続ける小蠅のように見えて仕方なかった。

小さな蠅叩きで追い回しても駄目なら、蠅のための大きな口を持った罠を作り甘い蜜に吸い付いたら蓋をして殺せばいいのだ。

スプルーアンスは空母部隊を束ね、そこから扇状の索敵線を作り日本機動部隊を絶対に逃さない戦術を取ったのであった。

太平洋の陸軍を預かるのはマッカーサーであるが、今回の攻略作戦に彼はノータッチであった。ペリリュー島に上陸する部隊は、すべて海軍の指揮下にある海兵隊で組み上げられていた。

海兵第三師団と第五師団、この二個師団がペリリュー攻略部隊の主幹だ。

ペリリュー守備の日本軍は多く見積もっても二個連隊と目された。この観測は正しく、実際にペリリュー守備の日本軍は陸軍一個連隊と海兵一個連隊相当にあたる一個海兵団のみであった。兵力差は二万五〇〇〇人対八〇〇〇人となる。

これは攻撃側のそれと守備側の兵力差が三倍になると兵力の多い攻め手の損耗が守備側より大きく下がるという理論に則った戦法であった。

海兵隊が母艦から上陸準備に入っていたが、今回は多くの上陸用母艦が参加していた。

これは海兵隊の上陸をサポートできる上陸用舟艇をデリックで数隻同時に海面に下せるうえに、自衛用の対空砲座を多数有したれっきとした軍艦であった。

輸送船からのちんたらした移動しかできない上陸と違い、兵士は最初から舟艇に乗り込める。上陸に要する時間は三分の一まで縮まった。

この母艦を多く持ってきたのは、明らかにサイパンで硫黄島攻略部隊の輸送船が壊滅し数万の兵士が無残に海に没した悲劇からの教訓だった。

この海兵を乗せた船団がペリリュー近海に到着したのが上陸二日前のことで、サンゴ礁の多いこの島の上陸を容易にするため、事前の爆破開削を待って上陸は行われる手筈となっていた。この爆破は上陸部隊が出撃したタイミングで行われ、その爆薬設置は事前に海兵隊特殊部隊の潜水工作員、つまりフロッグマンの手で行われる。

だが、フロッグマンたちによるその爆破用爆薬の取り付け作業が始まるや、珊瑚礁に向けて日本軍の激しい攻撃が始まった。

日本軍はアメリカ軍が事前にこの作業を行うことを知っていた。そこでこの作業の妨害のために激しい大口径機関砲による銃撃が続けられた。

小口径ならともかく射程の長い対空砲の水平射撃だ。もしフロッグマンに当たれば一撃で体が粉砕されかねない。それどころか爆裂弾頭であるから至近弾でも破片や飛び散ったサンゴで負傷する。

米軍は昼間の作業をあきらめ夜間に爆薬設置を再開することにした。

しかし、今そのフロッグマン部隊が攻撃に晒されようとしていた。

米軍が全く予想しなかったこの夜間攻撃は、日本の夜間攻撃機隊によるものであった。

時間を巻き戻して、この奇襲の経緯を見てみよう。

日本海軍は米軍の予想通り機動部隊と戦艦部隊のすべてが日本本土に戻っていた。

それだけでなく国際救援隊の護衛艦部隊も帰還していた。

現在台湾からフィリピンへの輸送は、水雷戦隊の駆逐艦一六隻の戦力で援護が行われ二個の輸送船団が交互に往復するローテーションが確立。これらすべての駆逐艦には令和の技術を導入した最新の潜水艦探知能力が備わっており、もはや自衛隊の協力なしで敵潜水艦から船団を守ることが可能となった。

こうしてフィリピンを離れた日本軍がやっていたのは、無論ペリリュー島に来襲するであろう米軍の迎撃のための準備だ。

敵の動きを見越していた国際救援隊は、言ってみれば満を持してこの作戦に臨んだのである。

東京の司令部と連合艦隊司令部が合同で建てた計画は、まったくもって戦争のセオリーをぶち破った代物だった。

次元転移が起こる前の日本海軍連合艦隊、そしてその長官の山本五十六であったら採用しなかったであろう作戦だ。

しかしどっぷりと令和世界の常識に浸かってしまった山本は「面白い」の一言でこの作戦を認可してしまったのであった。

作戦の概要は後で語るとして、日本軍は先に言ったように伊号一七七潜の報告でアメリカ軍の動きを掴んでいた。

編成の関係で真っ先に飛び出したのが戦艦部隊。それも護衛艦の随伴なしで最大速度で向かった。

編成は保有の戦艦全部と重巡洋艦中心の旧第二戦隊と出撃可能な重巡五隻と水雷戦隊に所属していない軽巡洋艦四隻、そして対潜水艦警戒の駆逐艦八隻という大打撃重視の艦隊であった。

ところがこの艦隊には秘密があった。

重巡のうち利根と筑摩、そして軽巡の大淀さらに戦艦のほぼ全艦がある特殊な水上機を搭載していた。

水上爆撃機瑞雲。

夏頃、試作機に国際救援隊の手が入り採用された画期的な水上爆撃機である。なんと水上機なのに急降下爆撃が可能なのだ。

いろいろ令和の過去で問題のあった機体なのだが、国際救援隊はその構造からギミックまで徹底的に手を入れ令和の過去では難のあった各種機能を完全に使用可能に直し量産を開始した。

すぐにこの瑞雲の部隊が編成されたのだが、国際救援隊はさらにこの部隊に夜間攻撃の訓練を徹底的に行わせた。このため、全機に夜間暗視装置を標準装備させた。

この訓練と瑞雲の製造完成までの速度の関係で実戦部隊が組みあがったのは、一一月も中旬になってからだったが、国際救援隊はこの瑞雲の航空隊である第七六六航空隊、通称禿鷹部隊を丸ごと連合艦隊の艦艇に載せた。その数三六機。

この攻撃隊は言ってみれば第二の航空艦隊所属部隊であり、連合艦隊主力部隊は空母なしに敵部隊への攻撃能力を得たのである。

そして航空艦隊に先行して敵に接近した主力部隊は、敵機動部隊の存在を全く無視してペリリュー島への接近を図り、夕刻にこの攻撃隊を全機発進させた。

目的は珊瑚礁開削をしている敵海兵隊特殊部隊の壊滅。

瑞雲各機は徹甲爆弾の代わりに対人用に空中で分解し子爆弾を大量にばらまくクラスター弾を抱いて出撃した。

カタパルトから打ち出される爆撃機は、操縦士の前に赤外線映像を映し出すスクリーンが置かれ夜間でも何の問題もなく飛行ができた。

さらに複座のこの瑞雲、一部の機体には対空と対水上どちらかのレーダーが搭載され、敵への備えも完璧となっていた。

夜九時過ぎ、この攻撃隊は敵を発見し突撃を開始。これが日本軍のペリリュー死守のための一大作戦、回天作戦の最初の一撃となった。

この炸裂でアメリカ海兵隊のフロッグマン部隊は文字通り痛撃を受ける。

瑞雲の全機が夜でも敵が見える、しかも赤外線映像であるから人間の姿はくっきり浮かび上がる。

「一人も逃がさん」

瑞雲にはある程度の空戦能力を待たせるために二〇ミリ機関砲が二門搭載されている。この機銃掃射がフロッグマンを襲う。爆弾を投下し終わった機がこの攻撃を繰り返しているのだ。

瑞雲の搭載機関銃は海軍が採用する九九式二号、零戦の主銃と同じで水平有効射程は短いが敵は地上である。数百メートルの高度からでも有効弾、確実に狙ったところに弾丸を集中できた。

まさかの攻撃で海兵隊特殊部隊はパニックになった。

隊員を運んできた小型の舟艇は、まだ水中にいる仲間を見捨てて逃走を図るが悉く瑞雲の攻撃の餌食になった。

こうして暗夜の海で惨劇が繰り広げられ、米海兵隊特殊部隊は一夜にして壊滅したのであった。

翌朝、米軍は血の海になった珊瑚礁と開削の全く進んでいないリーフの外縁部に愕然とすることになる。

二〇八名の隊員のうち生存者は一七名しかいなかった。これは公式報告書にペリリューリーフの虐殺と記されることになるのだった。

2

一二月になってアメリカ軍が動くのは間違いないとわかっていた。

だから国際救援隊では猛スピードでその迎撃準備に関する指令作成が進められていたのだが、その最中にも岩崎と野木が姿を消すことが多くなっていた。

実は春日部もほぼ司令部にいなかったのだが、彼の場合最初から員数外的に見られていたから、気にする者はほとんどいなかった。

岩崎に関しても、崔に気に入られたという話はとっくに広まっており、まあまた首相のお供をしているのだろうで済まされた。だが野木に関しては事情が違った。

ついに艦隊が出撃し、その夜にも激突必至という朝だった。

「先生また捕まらないっす」

讃岐が両手を広げながら司令部に入ってきた。

「一昨日一日消えていたばかりじゃない。もう戦闘が始まろうっていうのにどこほっつき歩いてるの、あのペーパーバックライターは」

大量の書類を捌きながら有川が言った。どうやら早朝のうちからここに詰めていたらしい。

「そうなんすよ。今日も俺が七時に私室に行ったら、もぬけの殻だったんす。今日は司令部にいないとまずいって言いに行ったんすけどね」

讃岐が言うと有川は顔を露骨にしかめて言った。

「さぼり癖が看過できないレベルにまで行ったってこと？　それとも私たちに言えない何かをやってるの？」

すると讃岐はしらっという感じで言った。

「後者っすね」

有川が思わず「え？」と言って書類をめくる手を止めた。

「なにそれ、何か知ってるの？」

すると讃岐が言った。

「だてに長年野木先生の担当はやってなかったっす。隠し事のある時の先生の顔と癖は見抜いてます。もう最低でも二か月くらい、何かやってるっすよあれ」

有川が腕組みをして、しかめ顔のまま言った。

「じゃあ、岩崎副担任だけでなく、文士先生まで秘密兵器を作っているとでもいうわけ」

今度は讃岐が「えっ？」と言って動きを止めた。

「ちょ、ちょっと待ってください、秘密兵器ってなんすか？」

讃岐が聞くと有川がそれこそ立て板に水で言った。

「副担任はもう夏くらいからその仕事をやってたわね。首相にくっついて行くことが多かったでしょ。その首相と一緒の時の行き先の多くが工場、それも軍需工場と最先端技術を研究している箇所だったわけよ。そんな場所に用もなく副担任を連れていくほど崔麗華は酔狂とは思えない。絶対に何かをやらせていて、その一端として視察を行っていた。そうなると、その行先から推理できるのは兵器開発、それも黙って行っている以上は、私たちに言えないような何かを作っているという結論になるわ」

讃岐が「あああ」と言ってから天井を仰ぎ、口を開いた。

「なるほどです。筋が通っている上に副担任らしいやり方っす。あの人かなり陰険そうな眼をしてるっすから、年取るとみんなあんな目になるのかと思ってたっすけど、本当に隠し事とかしちゃう人だったんすね」

有川が少し目の端を吊り上げながら讃岐に言った。

「それ女性偏見と年配者への侮辱が入ってるわよ」

讃岐が慌てて両手を振った。

「い、いいえ、そんなつもりないっすよ。たんに岩崎さんが、そんな感じだって言ったんす。年長者は敬ってます。有川マネージャーにも低調に出てると思うっすけど」

有川がかなり凄い目で讃岐を睨み据えた。

「おめえ、あたいを年上認定したな、いつかぶっ殺す」

今までこんな有川を見たことがない。おそらく国際救援隊のメンバーで、有川の素を見たのは彼が最初だったろう。

「ひいい、違うんすか、俺まだ三四ですよ！」

いきなり有川が拳で机を叩いた。

「畜生！　何も言えないじゃないの！」

有川晃子、当年とって三八歳なのであった。

それはともかく、もう敵艦隊が攻撃を開始したという報告を受けた司令部はこの日の朝から特別対策会議を開き、連合艦隊司令部とともに午後からは直接艦隊とリンクして状況を確認すると決まっていた。

両者の事前の作戦会議で決まっていたのが、戦艦部隊の単独攻撃案だったのである。準備万端で勢いよく飛び出した艦隊はもうパラオまですぐという位置であり、敵を索敵するために全力を挙げ、足の速い駆逐艦島風(しまかぜ)を単独でレーダー偵察に送り出していた。

敵もまさか機動部隊より先に戦艦が出てくると思わないはずだ。そこで敵部隊はペリリュー近海にいる上陸船団の護衛部隊を差し向けるだろうが、相手が主力戦艦部隊全部とわかれば絶対的に戦力差があると判定するだろう。

となれば、機動部隊は急いでこれに対処しなければならなくなる。そこで動きが鈍るか、逆に空母が遠くにいたらペリリュー近海に急ぐはずである。

日本側は全力でその前に敵機動部隊の位置を調べ上げ、敵が戦艦部隊迎撃に動く直前にこれを再整備した機動部隊航空隊で叩くという作戦を決定した。

これが回天作戦の全貌なのである。

こうしてヘレン環礁を出た先行する上陸船団と、上陸部隊の阻止に向け日本艦隊が出てくるのを待ち構え、捕らえるために後発したスプルーアンスの機動部隊の動きを国際救援隊は数日前から付け回し、これの動きに合わせ日本側も次々と錨を上げて日本本土を出発していたわけである。

そして無論その中に海上自衛隊の姿もあった。

ただし輸送艦「くにさき」と試験艦「あすか」を除きなおかつ武蔵を運んで行った遺独艦隊に同行した第一護衛隊のイージス護衛艦「まや」そして残る護衛艦二隻を除いた陣容となる。

つまりイージス護衛艦「きりしま」と護衛艦六隻のたった七隻の艦隊だ。

さらに、彼らと別に護衛艦隊から長らく離れていた第一護衛隊旗艦であり改造のためにドッグに入っていた「いずも」が満を持して戦列復帰していた。

この「いずも」は改造作業を終えると瀬戸内海で繰り返し実験と訓練を行い、山口多聞の機動部隊へと組み込まれたのである。

つまり「いずも」を空母機動部隊の一員として加え山口の艦隊は出撃したわけである。そう、長い間の改造作業こそ「いずも」をこの時代に使用可能な正規空母に仕立てるものだったのだ。現在南下中の「いずも」には固定翼機つまりほかの空母と同様のプロペラを持つ戦闘機と攻撃機が搭載されている。

加えて山口の艦隊には修理を終えた準正規空母といえる客船改造空母の飛鷹が戦線復帰となり、フィリピンで陸上から出撃して活躍した飛鷹の航空隊も母艦に戻りこの作戦に参加する。

こうしてまさに万全の陣容で出撃した日本艦隊の動きは、当然総理も見守っていた。

国際救援隊司令部とは棟繋がりの総理官邸の中に司令部メンバーが知らないうちに、戦況を事細かに図示し無線も傍受できるコンパクトな作戦室が出来上がっていた。

むろんこちらからの指示が出せるようにも作られていたが、これまで一度もここから指示が出たことはなかった。

戦争には門外漢の崔麗華は、ただこの部屋で戦争の行方をリアルタイムで知りたいという理由で、ここが作られた。

司令部メンバーが早朝からずっと艦隊の行方を見守っているのと歩調を合わせ崔麗華もその行方を見守っていた。既に昼を回っているが崔麗華は部屋から微動だにしていなかった。

この部屋には戦闘以外に政局への対応が可能なように、全省庁との直通回線が引かれ国会の委員会室や政党執務室とも直結していた。

つまり大きな作戦が動き出した場合、崔麗華はここで日本のすべてを見極め指揮することが可能になっていたのだ。

朝から回天作戦の会敵フェーズが始動すると、崔麗華だけでなく岩崎恭子もここに詰め戦況について逐一崔首相に説明を行っていた。

この部屋には国際救援隊司令部と違い、仮眠用に簡単な折り畳みベッドも置かれており、ゆったり座れるソファーと合わせれば長時間の作戦行動の観戦指揮ができる作りになっており、首相官邸の厨房から随時食事も運ばれてくるので、ここに籠りっきりでもなにも困らないようになっていた。

「これは夜間攻撃隊の動きによって間違いなく敵は釣れます。潜水艦隊から敵機動部隊の位置が入ってきましたが、かなり遠いのです。夜間攻撃が実施されれば護衛部隊は動かざるを得ません。そして、戦艦部隊の規模を見て機動部隊への救援という動きになるのは必定です」

ここまでの報告を読みながら崔がわかるように、岩崎がかみ砕いて説明をする。

国際救援隊司令部の総合指揮室、今は海自の主だった指揮官が全員出て行ってしまったため、陸自の大島一佐が主となって戦況を見つめる。それと同期した表示画面を見ながら、岩崎が収集した情報による解析を行った。

今これと同じ画面は作戦室のブレーンたちも大型テレビで見ているはずだが、崔麗華の見る画面は一〇〇インチのでかいものだった。

このモニター、伊東市街のランボルギーニが見つかり政府に買い上げられた挙句バラバラにされ、エンジンが偵察機に移植されたあの家、半分は崩れたその家から持ち出したものである。

何しろテレビ放送がない世界である。モニターとしてしか機能しないこのテレビに政府は令和の価格でだいたい一〇〇〇円に相当する二円という値段をつけ持ち主に払ったが、もうあれもこれも失って厭世気分になっていた元資産家は特に文句も言わずこれを受け取った。

まあほかの買取品と合わせれば、難民の中では多くの現金を得た部類に入るのだが、この世界では買うべきものも見つからず、主人は今、木工工房の片隅でカービングをして心を癒しているという。

ところがどうしたものだか、この精巧にできた鳥の姿にこの世界の人は飛びついて、店に出せば即売れる人気商品になっていた。

ただそうしてもらえる売上金も本人には、はした金にしか見えないのだろう。売り上げは全部工房に寄付され新しい機械を買うための資金に充当されていた。

まあ、それはともかく一〇〇インチスクリーンに映った状況を見ながら岩崎の説明を聞いていた崔がぼそりと言った。

「この戦いに勝ったとして、アメリカは膝を屈するわけはないわよね」

このつぶやきに岩崎は「えっ」と言って一瞬言葉に詰まった。

「これまでも私たちは勝ってきたはずだけど、アメリカは全く臆していない。そうとしか見えない。外交チャンネルが事実上ない現状では、どうやっても向こうの様子はうかがえない。スパイが送ってくる話もタイムラグの生じたものばかりで、政治利用はできないし、何とももどかしいわ」

崔麗華の言ってることはもっともで、岩崎はその点についてどうこう言っても仕方ないと思っている。以前からドイツに行った艦隊が戦利品を持ち帰って、そこから反撃の糸口をと言っていたのだから、現状でこれ以上敵を押し返せない歯がゆさを味わうのは道理であるし、岩崎だけでなく国際救援隊ブレーンの面々も一種手詰まりの焦りは覚えているはずだ。

そのドイツ派遣艦隊はすでにシンガポールを発ち、もうすぐ南シナ海に入る。敵がペリリューに全力を向けているのはチャンスだ。艦隊は一気にフィリピンの西を北上できる。三日後にはルソン島付近に到達できる。

実は岩崎は遣独艦隊にある指示を首相命令で出していた。

このままペリリュー近海で決戦が起きれば、この指示は実行に移されるはずだった。これは間違いなくアメリカにとって痛撃となるはずの作戦だ。

「もう少しの辛抱です。フィリピンの戦況が好転すれば、アメリカは話を聞く耳を持ちます。そこで、チャンネルを作った上で例の作戦を発動すれば、戦争は私たちの勝利で終わります」

すると崔麗華は渋い顔でこう言った。

「私たちの戦争が終わって、その先をどうするか、真剣に考えないと人類滅亡は本当に避けれたとは言えない。そうなってしまったんでしょ？」

彼女の言っているのはドイツのことだと岩崎は気づき目を極限まで見開き絶句した。

その表情を見て崔麗華は椅子のひじ掛けについた腕で頭を支えながら言った。

「私が何も知らないとでも思った？　馬鹿にしないで。政治家をそれも総理大臣を務めている人間が、情報を操れなくてどうするの。あなたたちのやってることなんて全部筒抜けなのよ。秘密は作れない、だからあたしに知らせなくても、あなたたちが共有している情報は全部あたしの耳にも入る。

ドイツは原爆を作っていた。そして私たちもそれを持っている。条件は互角って言えるかもしれない、でも、それでは私たちがアメリカに勝った後、ドイツがイギリスとソ連に勝ったら、今度はどちらが世界の覇権で上位になるのか、その争いが始まるわ。同じ陣営なんて甘い考えはなしよ。かつてのアメリカとソ連のように勝者の陣営は真っ二つに割れた。この面白くもない寸劇が私たちとドイツの上に起きるのは目に見えているわ」

そこで崔は頭を起こし、画面を指さしながら言った。

「海上自衛隊は、この戦いが終わったら打撃戦力としてもう使い物にならない。あなたたちブレーンの間でそう結論が出ているそうね。その状況は、私たちが戦争に勝った後の彼らは張子の虎、私たち政府は虚勢を張って世界を相手にする、とんだ道化を演じなければならないわ。そもそも、原爆を使った脅迫作戦が成功しても、アメリカが白旗を上げなかったらどうするのよ。三船さんの報告じゃ、原爆はあと三発作ったら原料がなくなるそうね。新たにウランを手に入れるあてや、それを核爆弾に仕立てるまでの工場はまだ影も形もないわ。ドイツとの核競争になったらどうするの？　屈しないアメリカにどこまで核を使えばいいの？　私は無垢の市民の頭上に核爆弾を落とさなければいけないの？　私は大量殺戮者として歴史に名前を残す、その道しか残らないとしたらこの職を投げ出してしまうかもしれない。そのとき誰がこの国を導いていくのかしら。岩崎さんあなた？　それとの野木祐一さん？　それとも自衛隊のだれか？　みんなこの世界を滅亡させない自信があるのかしら？　はっきり言うわ、今の状況では私にその自信はなくなったわ」

えらいことになってしまった。

崔麗華はこの戦争を続けるためのモチベーションをなくしかけている。

岩崎はこの局面で、どう言葉を吐き、どう崔麗華を誘導すればいいか心底迷い、そのせいで選ぶべき言葉を見失ってしまったのだ。

しかし彼女にはわかっていた。

ここで選択を間違えれば、春日部教授の指摘を持ち出すまでもなく、世界は滅亡へ一直線に進む。

日本とドイツ、どちらかが覇者として君臨しない限り世界は滅ぶ。

それはおそらく、日本の国際救援隊とドイツのヴィム・ヴェンダース率いる影のナチスとの知能合戦に勝ったほうが世界を牛耳るという図式なのだろうが、崔麗華が降りたいと言っているように、その争いはとんでもなくエグくゴアなそれになるだろう。互いの知識を駆使した世界を舞台にした陣地取り。これに翻弄される市民たちがあまりにも可哀想だ。

令和の平和ボケした世界に生きた崔麗華に、この戦いを勝ち抜く自信がないのも頷ける。

だが岩崎にしたら、ここで崔に抜けられては困るのだ。

「日本をこの世界で世界一にする道を模索しましょう麗華さん」

崔が「えっ」と言って不思議そうな顔で岩崎を見た。

「難しい道です。でもね、私たちは開発が不可能と思った長距離戦略爆撃機を作り上げ『空中発射式弾道ミサイル』すらも実験を成功させました。だから、きっとこの先もうまくいくと思いませんか麗華さん」

もう一度岩崎は崔を下の名前で呼んだ。

暗かった崔麗華の表情が少しだけ崩れた。

「私のことを名前で呼んでくれた人を見るのは、何年ぶりかしら。あなた変わった人ね」

すると岩崎が手を後ろに組んだ格好で崔に近づき、腰を曲げて彼女の顔を覗き込んだ。

「知ってました。私と麗華さんは誕生日が同じなんですよ。二人とも夢見るうお座。だったら、いい夢を素敵な夢を一緒に見たらいいじゃないですか。放っておいたら破滅の世界、なら最後までそれと戦う。ＲＰＧの主人公をやってるみたいなものじゃないですか」

崔が小さく笑いながら背もたれに背中を預けて岩崎を見つめ返した。

「ねえ恭子さん、これバッドエンドしかないゲームかもしれなくてよ」

岩崎が笑った。満面に笑みをたたえ彼女は言った。

「それこそ遣り甲斐がありますよ。バッドエンドの中の良いバッドエンド、それを見つける作業はゲーマーには最高のごちそうですから」

崔が片手で額を押さえた。

「忘れていたわ、あなたはオタクでしたわね」

「ああ、勘違いしないでくださいね。あたしはミリタリーオタクで、歴史オタクで、メカオタク。ファンタジーとゲームは守備範囲外。これはミリタリー・リアルライフ・シミュレーションゲームだと思ってやってるんです」

「なにそれ？　リアルライフ・シミュレーションゲームって聞いたことない」

崔がきょとんとした顔で言った。

「ええ、そうでしょうね、あたしが今作ったんですから」

二人は、うふふと笑いあった。

彼女たちが、ペリリュー決戦が終わった後の自分たちのやるべきことを相談し始めたのは、それから五分後のことであった。

そして、この夜ついにその決戦の火ぶたが切られたというわけである。

むろんその経過は彼女たちの籠った部屋で見つめることができた。

3

瑞雲部隊が暗夜の空に消えたあと、サンゴ礁の海にはうめき声だけが残り、それも時間とともに数を減じた。

アメリカ軍が急いで彼らの救助に向かっているのだが、そもそもフロッグマンたちは広い範囲で爆薬を仕掛けて回っていたので、どこに生存者がいるのか探しあぐねたし、救援に向かった艇が何隻も暗礁に乗り上げ座礁してしまった。運の悪いことに攻撃が終わったのは引き潮の始まる時間だったのだ。上陸作戦が満潮になる朝に決行されることもあり爆破が急がれたのだが、急いだことで犠牲者が増えてしまったのであった。

駆逐艦島風はこの間にアメリカ側の動きを、自衛隊から分けてもらった各種レーダーでつぶさに観察し、すでに護衛艦隊の大型艦おそらくは旧式戦艦と巡洋艦、それに少数の護衛空母が近海に迫ったと思われる日本軍の迎撃に動き出したのを摑んでいた。

山本五十六の指示で日本艦隊はオープンチャンネルで連絡を飛ばしあっていた。無論、全文暗号だが敵にこっちの位置は知れる。

だがそれこそが山本の狙いである。戦艦部隊は目立たなければならない。早い話が囮（おとり）でもあるからだ。

だが彼らは逆立ちしても捨て駒ではなかった。

「島風からの敵の位置情報です。島風は全速で逃げてますので、まず敵には捕まりませんね」

黒島からの報告を受け山本はさもありなんと頷いた。島風は日本海軍最速の駆逐艦である。

「航海長、会敵までの時間は？」

山本の問いに航海長は海図を見ながら言った。

「おそらく四時間、深夜になりますね」

「結構、夜戦こそわが海軍のお家芸、伝統芸だ」

山本が満足そうに頷いた。

この予想はほぼ的中した。

日本の戦艦部隊は全速で直進したこともあり、敵が予想する会敵位置より相当早く、それも反撃不可能な大和の主砲の射程内にとらえた。

アメリカ側も三〇分前から日本の位置がレーダーに映り半ばパニックに陥っていた。

まさかこんなに早く自分からこちらに進んでいるとは思いもよらなかったのだ。

これはフロッグマン部隊を襲ったのが水上機であるというのを確認できていなかったアメリカ側の痛恨の読み違えであった。

瑞雲の数も多かった。まあこれは試作機が改良されゴーサインが出た機体は、金星エンジンが優先量産対象になっていたことと、三菱の名古屋工場での零戦の生産に待ったがかかっていたためだ。量産ラインに空きのある三菱は、開発会社の愛知飛行機から社員を呼び込み、その生産ラインで組み立てを行ったところ月産八〇機という、特殊な機体にあっては驚くほどの速度で製造が進んだ。だから、この空母を持たない艦隊からあんな数の瑞雲を射出することができたのだ。

そうその数こそがアメリカに誤解を生ませた。

そもそも水上機が急降下による精密爆撃をするなどアメリカ軍は聞いたことも見たこともなかった。フロートを持つ機体での急降下など自殺行為にしか思えない。重すぎて速度が超過して危険というか、引き起こしができず地面や海面に激突するに決まっている。

そう普通の日本の水上機でも、急降下爆撃をしたら生きては帰れない。

だが瑞雲は急降下爆撃機に必須のダイブブレーキを持っていた。それもかなりの面積のそれを。

ダイブブレーキは普通、翼の下面や上面に設ける。しかし翼を折りたたんで収納し、なおかつフロートの支柱が邪魔をする水上機にどうやって大面積のそれを設けたのか？

答えは単純で支柱を縦長の横から見ると大きな面積を持った板状に作って、その両面にダイブブレーキを設けたのだ。これを開けば大きな帆のようなものになる。

こうして瑞雲は急降下爆撃が可能な世界で唯一の機体となった。むろんアメリカはその存在を知らない。

この結果、アメリカ海軍海兵特殊部隊は、自分たちを襲ったのが単に急降下爆撃機であるとしか報告できなかったので、これが艦上爆撃機だとアメリカの司令部は勘違いしてくれたのだ。

いや勘違いさせたのだ。

国際救援隊は最初から瑞雲の数をそろえることに躍起になっていた。この数が飛行隊を形成できるまでに育った時点で、野木と高野はこの勘違い作戦を思いつき、夜間爆撃にこだわり結果としてこの戦艦部隊の突出という図式が生まれたのである。

だが、戦艦部隊に託された役目は囮とその勘違い作戦だけではなかった。

敵護衛艦隊への砲撃、これが戦艦部隊に与えられた夜戦における最後の任務であり、実際にはこれこそが主任務であると言えた。

「現在距離四万二〇〇〇、敵の個艦位置をすべて把握しています。判定員は艦種をほぼ特定できました」

砲術長の声に山本は「ほう」と声を上げた。

「凄いものだな、この短期間でレーダーを読みこなし、マラソンのゴールと同じ場所にいる敵の軍艦の種類を見切れるようになったのか」

砲術長がニヤッと笑った。

「そもそも目がいいのです。国際救援隊に支給されたレーダーの表示板、あれに映るのは実寸を小さくした影ですから、しっかりその大きさを見れば相手はわかります。特に砲戦距離で捕まえた敵は数メートルの誤差で長さがわかると言っております。このおかげで、やはり国際救援隊から支給されているアメリカ軍艦の詳しい大きさと写真のある機密文書でどの艦であるかを調べられるようになりました。おそらく判定員の読みはドンピシャです。護衛空母は四隻、これは間違いありません。すべて射程内を進んでおります」

これを聞いて山本五十六は会心の笑みを浮かべた。

「開発が済んだきり出番のなかった砲弾、思い切り使わせてもらおうではないか。砲戦の準備に入る！」

号令一下、艦橋にいたスタッフは主砲砲戦を行うための戦闘態勢に一気に移行した。

「大和、転舵だ。面舵九〇」

戦艦部隊を先導していた大和はググっと右にかじを切り敵艦隊に対し真横を向いた。

すぐに砲術長がマイクに叫んだ。

「主砲左砲戦、照準急げ。各主砲に三式弾装塡」

大和の三基の主砲塔がグーンとかなりの速度で真横を向く。その間に砲塔の下部にある弾薬庫から砲弾がリフトで上がってくる。

砲術科の水兵たちはこれを三門の主砲に装塡し、砲尾の装塡口が閉じられると敵を砲撃するため砲身が一気に上を向き最大仰角を取った。

主砲はその射程距離いっぱいに近い四二キロ先の敵を睨むのだが、武蔵の砲撃戦の様子でもわかるようにこの距離では初弾命中はほぼ望めない。

しかし大和は、最初の照準を終えると簡単にその砲撃を開始した。

「撃ち方はじめ、連続砲撃用意」

大和の砲撃長は主砲発射と同時に次弾の装塡を命じた。

九門の主砲が真っ赤な炎を空中に残し主砲弾を虚空に撃ち出す。この初弾の命中結果を待たずに大和は二発目の装塡を急ぎ、なんとまだ初弾が空中にあるうちに次の照準を完了させ、さっさと次弾を発射してしまった。

なるほど確かに弾幕を形成するために主砲を急いで連続発射することはある。しかし、この作戦では敵の戦闘力を削ぐことが第一で戦艦部隊は突き進んできた。

今も射程の短いほかの戦艦は、大和を追い越し自分たちの射程に敵を捉えようと驀進している。

では彼らが戦列につくまでの時間稼ぎのために、大和はつるべ打ちをしているのだろうか？

答えはノーである。なぜなら初弾から大和は戦果をあげ始めたのである。

大和が放った砲弾はすべて敵を直撃しなかった。いやある意味全弾直撃を果たしたともいえる。

大和が撃ったのは三式弾という、本来は対航空機用に開発された、言ってみれば散弾銃のような砲弾だった。撃ち出した弾は空中で弾け、無数の焼夷弾が放射状に飛び散る。この弾幕が航空機を捕らえ高熱の焼夷弾がその機体にダメージを与えるのであるが、その対空弾を大和は最大射程で撃ち出した。

この砲弾は敵艦隊の上空で炸裂し、焼夷弾がその甲板に降りかかった。

こんな攻撃では戦艦や巡洋艦の甲板装甲を破れるはずはない。だが、焼夷弾を食らって炎上を始めた艦が現れた。

護衛空母である。

この小型の護衛空母たちはすべて木製甲板を有している。そこに高温の、戦闘機の薄いジュラルミンなら溶かしてしまうほどの高温、ほぼ一〇〇〇度を発する子弾が降り注いだのだ。たちまちその広い甲板は燃え盛る。

いやそれだけではない。小型の護衛空母部隊は早朝夜明け前の日本艦隊への逆襲を行うために、準備を終えた攻撃機を甲板の隅に置いていた。この機体に燃え盛る炎が襲ったからたまらない。

甲板の上で攻撃機が次々と引火していった。

大和がかなり的確にアメリカの空母に狙いを絞って砲撃したことで二発の砲弾が一隻の空母の直上付近で炸裂した。この高密度の焼夷弾を浴びたのが運の尽きで、炎上した甲板だけでなく引火した航空機によって甲板の上はまさに地獄絵図と化した。

水兵たちがパニックになっているその頭上で大和の二斉射目の三式弾が炸裂した。この攻撃でさらに一隻の空母が火だるまになった。

アメリカの艦隊はこの空から襲う火の雨に大恐慌に陥った。

大和は合計で一〇連射の三式弾をアメリカ艦隊に見舞うと進路を変え追い越して先行している艦隊を追った。

艦隊の主力は三八センチ砲を持つ条約型戦艦たち。三六センチ砲を持つ二隻の高速戦艦、マリアナでの沈没を免れた榛名と金剛も付き従うが、山本はこの二隻には艦隊砲撃戦に加わらなくてよいと指示を出していた。

「さあ本番はこれからだ」

山本は腕組みしてそう呟くと、司令官席にゆっくり腰を落とした。

戦艦部隊がアメリカのペリリュー上陸部隊護衛艦隊に接近しているころ、日本の機動部隊はその北およそ二〇〇キロの位置にいた。

「アメリカは慌てたろうな」

状況を示す指揮盤を睨んで村田海将補が言うと山口多聞が頷いた。

「こんな戦い方をアメリカは想定しておらん。そもそも常識を無視した戦法だ」

言ってる内容と裏腹に山口の顔はにやにやしている。そしてこう付け加えた。

「親父は絶対に楽しんでおるわ」

山口の言う親父とは山本五十六のことである。

「さて、我々も動きましょう。午前二時を過ぎました」

村田の声で山口は「おっ」と呟き、すぐにＣＩＣ室のマイクに顔を寄せた。

「攻撃隊の発進準備は終わっているか？」

すぐに「いずも」の艦橋に陣取った航空参謀の源田実（げんだみのる）が答えた。

「もちろん完璧です」

間髪入れずに山口が言った。

「第一次攻撃隊発進開始」

空母五隻の上にはすでに発進のために暖機を終えた攻撃機隊が整列を終え発艦の順番を待っていた。

まず急降下爆撃隊がスルスルと「いずも」の甲板を滑り出し、前後して飛鷹と隼鷹からも急降下爆撃機が発進を始める。

そして小型空母二隻から戦闘機それも零戦が飛び上がるのだが、この機体はどこか今までの零戦とシルエットが違っていた、
それも道理で、この機体はエンジンを金星に換装した零戦四四型という機体だった。

これは令和の過去では終戦間際にようやく正式化された零戦五四型あるいは六四型と呼ばれるタイプの零戦。一五〇〇馬力近い大型エンジンを搭載しているのでカウリングが大型化しており、当然シルエットは全く変わってしまっていた。

その大馬力の零戦は国際救援隊の指示で北海道に移転した三菱の工場で生産されていた。

本格稼働したのが一〇月になってからなので、まだ生産数が多くないためまず空母部隊に優先的に配備された。その能力は米軍のＦ６Ｆヘルキャットと互角と目されており、これまでの空中戦での劣勢な立場は一気に解消されるとみられていた。

当然この四四型は主力空母三隻にも配備されたのだが、通常身軽な戦闘機から発進するはずなのに各空母は爆撃機から発艦を始めた。

これは現在の時間と大きく関係していた。

攻撃隊の発進は午前二時過ぎ、周囲は暗夜。そして敵までの距離を計算すると攻撃は夜明けまでまだ間のある午前五時前後になる計算だった。

攻撃隊は深夜の空を駆けるが、その攻撃隊の爆撃機各機には瑞雲の搭載していたのと同じ赤外線暗視装置が、それ以外の機体ではパイロットが赤外線ゴーグルをつけて暗闇を熱源探知した姿で見据えていた。

これらの装置は先月ようやく国内量産化が始まり、航空隊だけでなく陸軍の諸部隊への配備も順調に進んでいた。

この攻撃隊が向かうアメリカ機動部隊ではまだ自分たちに危機が迫っているとも知らず、翌朝までに日本機動部隊の位置を摑まなければ危険だという参謀の意見を聞かず、スプルーアンスは全艦での日本戦艦部隊攻撃へ向けて移動を続けている最中だった。

艦隊の分散が危険だという意識をあまりに強く持ちすぎたスプルーアンスの誤算である。

夜間の航空攻撃はないであろうという慢心、それが日本の攻撃隊の接近を外周警戒艦のレーダーがキャッチするまでまったく警戒していなかったという失態を演じた。

むろんアメリカ海軍航空隊に夜間の戦闘機は配備されていない。

真っ暗闇で戦闘機を発進させても、これを統率などできっこない。優秀なパイロットならわずかな明かりと敵機の排気炎などで単独の攻撃は可能だろうが、暗夜での同士討ちや目測を間違えての接触など明らかにリスクのほうが大きいし戦果はまず期待できない。

つまり迎撃は対空砲火に頼らざるを得ない。

日本側はこれがわかっていたから、戦闘機をほとんど連れていなかったのだ。迎撃機がいなければ空中戦は生起しない。

二〇〇機を超える攻撃機に対し戦闘機はたったの一二機、この戦闘機の役目は対空戦闘ではなく別のものだった。

「かかれ」

隊長の号令で零戦隊が向かうのは、外周を固める駆逐艦。その中でも高性能レーダーを搭載するいわゆる警戒艦という種類の船だ。

零戦隊の隊長機には、レーダー誘導装置が備わっていた。これは敵味方問わず最も強いレーダー波を感知できる。

攻撃に際しては邪魔になる敵の目を見極め、帰還するときは味方艦隊の位置を間違えないために役立つ。

今攻撃に向かう零戦四四型の翼にはレールに装塡された一二発のロケット弾が搭載されていた。

このロケット弾は弾頭が成形炸薬弾でできている。厚さ二〇〇ミリまでの装甲を突き破れるその弾頭を零戦隊は警戒駆逐艦めがけて一斉に放った。

駆逐艦の装甲は薄い、このロケット弾攻撃は警戒艦であったラディアン号の艦橋側壁や上屋の無線室や航海科の地図室などの壁を破り内部に高温の熱流を噴射し丸焼きにした。

この攻撃でラディアン号の指揮系統は一瞬で壊滅、レーダーによる警戒網の一角が完全に崩れた。

零戦隊はさらに他のレーダーを装備する外周艦、駆逐艦や巡洋艦も襲い、ロケット弾でその電子装備および操作系統を壊滅させていった。

激しい対空砲火は続いているが、この世界ではまだ令和の過去に猛威を振るったVT信管は実用化されていない。夜間の攻撃は相手の姿の視認が難しく、見越し射撃が上手くいかない。照準はほぼ勘に頼るしかないなく、戦果はほとんど上がらなかった。

そして先行して突っ込んでいた戦闘機隊に続き急降下爆撃隊が、輪形陣を飛び越え中央部に密集していた空母部隊に襲い掛かった。

スプルーアンスの痛恨の失策だった。すべての空母を集めていたことが、彼の敗北を決定的にした。

一機の迎撃機も上げられず、当てにならない対空砲火だけで身を守らなければならない状態で空母は文字通り裸にされ叩かれることになった。

初撃は旗艦のエセックスに集中した。

隼鷹攻撃隊の艦爆六機による集中攻撃でエセックスはその甲板に四発の五〇〇キロ爆弾を叩きこまれた。

艦橋にいたスプルーアンスは衝撃で倒れ、爆風と衝撃で砕け割れ襲ってくるガラスや機器の破片で頭部に裂傷を負い顔を半分赤く染めた。

ようやく立ち上がった彼が見たのは、三か所に巨大な穴を開けられ大きくめくれ上がり炎を噴き上げる飛行甲板の姿だった。

瞬間的に彼はこの船の命運が尽きたのを悟った。

これは艦の幹部たちも同じ判断で、艦長は真っ先にスプルーアンス以下の機動部隊幹部に退艦を促した。

これがマリアナで戦死したハルゼーのような性格なら首を横に振ったかもしれない。だが沈着冷静なスプルーアンスは、このエセックスがもう空母としての人生を終えようとしているのを見切り、すぐに艦を去る決意をした。

この判断が五分遅れたらスプルーアンスの生命までもが終わりを告げていたかもしれない。

機動部隊司令部の主なスタッフが艦橋を去り救難用カッターのあるデッキまで降りた直後に艦の前部エレベーターがあった付近で大爆発が起きた。出撃に向け格納庫内で爆弾や魚雷の搭載を済ませていた艦載機が連続して誘爆を起こしたのだ。

爆風の大方は格納庫の側面の開放された部分から吹き出し、艦の底部への被害を軽減させた。しかし偶然の悪夢としか言いようがないのだが、日本機の放った爆弾の破孔、その大きな穴によってめくれ上がった飛行甲板が斜めに艦橋部分に向け直線的な斜路を作ってしまっていた。

爆風がこの斜面の上を駆け抜け、エセックスの艦橋上部を吹き飛ばしてしまったのだ。

この倒壊によってまだ艦橋に残って指揮を執っていた艦長以下の操艦スタッフは全員が戦死した。

この直後、今度は至近まで接近し捨て身ともいえる雷撃を繰り返す天山艦攻の編隊がエセックスに迫り、三発の魚雷を立て続けに左舷に命中させた。

大きな船体は激しく揺れ、そして大傾斜を始めた。

スプルーアンスたち艦隊司令部スタッフはすでにカッターに乗り移っていたが、エセックスの側壁がぐんと持ち上がり海が遠ざかるのを目の当たりにした。

このままではまずいと思った次の瞬間、甲板に残っていた水兵の一人がカッターを吊るすワイヤーを巻き上げるウィンチのストッパーを外し、ドラムの回転をフリーにした。

ワイヤーロープはガラガラと回るウィンチドラムによってすさまじいスピードで伸びていき、スプルーアンスたちの乗ったカッターはエセックスの右側壁の上を斜めに滑り海面に達した。

　とても立っていられる状況ではなかったが、スタッフの一人がワイヤーの留め具を必死の思いで外したおかげでカッターは何度も海面で横に揺らぎながらも転覆することなく浮かび続けることができた。

　こうしてスプルーアンスたちは難を逃れたが、空母エセックスはパラオ諸島沖の海に急速にその姿を没していき、ついに完没した。

　スプルーアンスは血に染まった顔で周囲を見回し、五隻いたはずの空母が二隻に減じ、その空母もまた炎上している現実を目の当たりにしたのであった。

　スプルーアンスは自分の頭を両手で抱え、満天の星が光る空を見上げただ一言叫んだ。

「なぜだ！」

　それが何を指しての言葉であるかは彼にしかわからなかったが、スタッフの多くはこの暗夜（あんや）に正確な攻撃ができる日本海軍の異常さに対する疑問と受け取った。

　海戦はしかし、これが初撃ではなかった。アメリカ海軍は、そして海兵隊はさらなる恐怖を味わうことになった。

「うじゃうじゃいるな」

イージス艦『きりしま』のCICでレーダーを覗いたCIC長が呟いた。

「いいか、大型艦を中心に照準を割り振れ。他の艦の攻撃半径をしっかり把握してこっちの領域を設定しろ」

CIC長がミサイルの照準を決めていく発射担当に言った。

そこに艦橋の艦長から指令が出た。

「攻撃一分前、VLS扉解放」

係員が忙しく指を動かし、それに合わせて『きりしま』の前後のミサイル発射用のVLSの上部扉が開いていく。

その数一二セル。

『きりしま』にだけ搭載されていたミサイルが、他の護衛艦の艦対艦ミサイルであるハープーンミサイルと共に発射体制に入る。無論『きりしま』に設置されているハープーンSSM4も発射態勢にある。

「さあ、実験なしのぶっつけ本番だがやるぞ」

CIC長はそう言うと時計を睨み、さっと手を振り叫んだ。

「全ミサイル発射、目標アメリカ上陸艦隊」

アメリカの上陸艦隊の護衛部隊が大和をはじめとする戦艦部隊の迎撃に向かって

いる隙に、護衛艦隊はパラオ本島西側から一気にペリリュー島に迫り、島の反対側からアメリカの上陸艦隊をその射程内に完全にとらえていた。

距離四〇キロまで接近した艦隊は、一斉にミサイルを発射したのだが艦対艦ミサイルに交じって発射された『きりしま』のVLSに収まっていたのは、元は弾道ミサイル迎撃用のSM3ミサイルだった。

この使い道が限定されたミサイル、B29迎撃に使用された物と同じだが、もう航空機に使用するには対費用効果が悪いと国際救援隊司令部から指摘され、『まや』と『きりしま』に予備として保管されていた四八発を陸に上げ密かに改良を加えていた。

その新しい用途は、対艦弾道ミサイル榴弾。聞きなれない名前だが、要するに戦艦の主砲に装塡する三式弾。この模倣だ。

ただし対空としてではなくあくまで対艦に限定しての兵器にするためある工夫が凝らされていた。それは分離した榴弾の子弾の内容であった。

通常なら炸裂弾をばら撒く。しかしこのミサイルはその音速の三倍という速度を生かし分離した弾頭の弾芯にタングステン鋼の鏃(やじり)をつけた徹甲弾頭を持つ榴弾を仕込んだのだ。

対空用に撃ち出すミサイルであっても誘導システムをリプログラミングすれば海上の目標を簡単に狙える。

こうしてできた新型ミサイルは、B29迎撃でできた『きりしま』の空きVLSに装填された。

完成したのが『まや』がドイツに出港した後であったので、この『きりしま』にだけ搭載されたわけである。

だがそのミサイルを実験するだけの時間的余裕が全く取れなかった。その結果、このペリリュー戦でのぶっつけ本番の使用となった訳である。

ローンチに問題がないのはわかっていた。問題は敵艦隊の上空できちんと弾体が分離してくれるかであった。

全艦一斉に発射されたミサイルは、その速度の関係でSM3改造ミサイルが先に敵船団上空に到達する。

ハラハラした思いでレーダーを覗いていたCICの隊員たちであったが、そこには次々に分離していくミサイルの様子がしっかり映し出されていた。

一二発のミサイルはそれぞれ一〇個の子弾を弾頭に収めていた。それが一斉にばらけ、目標として固定されていた艦の周囲を覆う。

中には目標に隣接していた中型や小型艦の上に掛かったものもある。

分離した弾頭は次々に敵の船団の輸送船や上陸母艦へと吸い込まれていく。

「初弾着弾、以下連続しています……」

第一段階はうまくいった。問題はこの先であった。

「え……」

「あ！」

レーダーを覗いていた者たちがみな自分の目を疑った。

ミサイルが炸裂した僅か一五秒後の出来事だった。

まず一隻の大型艦がそのスクリーンから消えた。続いてまた一隻、さらに一隻といった具合にレーダースクリーンから敵の船が次々消失していったのである。

「こ、これは……」

CIC長も最初は信じられなかった。だが、機械が嘘をついたわけではない。本当に四〇キロ先の海上では敵の船が次々に海面から没していったのである。すべてはSM3改造弾道ミサイル榴弾の戦果である。

そして、このすさまじい威力が示された直後にアメリカ艦隊にさらにミサイルの群れが襲ってきた。

ハープーンミサイルの波状攻撃だ。

自衛隊の位置からはアメリカ軍の状況は目で見ることができなかった。それはある意味、幸運であったかもしれない。

珊瑚礁からおよそ二キロの地点で集結を終えていたアメリカ海兵隊の上陸船団およそ八〇隻の陣容は、もはや海に浮かんだただの鉄の棺桶の集まりになろうとしていた。

ＳＭ３改造ミサイルの一二〇個の徹甲榴弾は、命中したほとんどの船の上部甲板どころか中の床を次々にぶち抜き、艦底において炸裂した。

軍艦と違い、命中弾を食らった輸送艦たちには甲板装甲が施されていない。この薄い甲板はマッハ３で飛来したミサイルの分離子弾の前には紙切れにも等しかった。するっと抜けてしまった弾頭はその徹甲弾頭の固さで数層はある艦内の床を全部ぶち抜き、ようやく厚い船底で本来の役目である炸裂をすることができたのであった。

この結果、直撃を受けた艦のほとんどが竜骨を折られ、あるいは船体を真っ二つにされ海底に姿を没した。ほとんどの船が一分も持たずにその姿を没してしまったのだった。

これはサイパンの悲劇の再来どころの騒ぎではなかった。というのも、この後飛来したミサイル群も的確に残った船に命中し、あちこちで大爆発を起こした。

実は先に落ちた榴弾のうち船殻を打ち抜くタイミングではなく弾頭が炸裂した不良弾が二〇発以上もあり、火災がそここで発生し船団はパニックを起こしていた。そこに後続のミサイルが撃ち込まれ、まさに船団の息の根が止められた。

指揮系統は完全に乱れ、どの艦が無事かなど誰にもわからなかった。多くの兵士が海に投げ出され、あるいは飛び込み逃れている状態なのに、彼らの救助もせず海面にまで広がった火災の輪から逃れようと多くの船が勝手に脱出を始めたのだ。

アメリカの上陸船団のうち三分の一ほどは民間船を海軍が徴用したもので、船員は水兵ではなく民間の乗組員だった。高い給料に目をつぶって戦場に出てきた彼らであったが、目の前で沈んでいく仲間の船を見たら恐怖から逃げ出すのは仕方のないことだった。

こうして散り散りに脱出した船は生き残った船のおよそ半数を超える二〇隻に達し、救助を求め沈んでいく船を見捨てた彼らは海面に浮く漂流者すら助けることなく、ヘレン環礁をめざし勝手に脱出行を始めてしまった。

つまりこの段階でアメリカ海兵隊のペリリュー上陸作戦は頓挫してしまったのだ。

いや完全に失敗が確定してしまったのだ。

そして、日が昇るころにはすべての勝敗がはっきりしていた。

空母のほとんどを失ったスプルーアンスの機動部隊には第二波の攻撃隊が襲いかかり、生き残っていた護衛空母まで壊滅。護衛に入っていた戦艦二隻も沈没し、この瞬間をもってアメリカの太平洋艦隊は完全に壊滅したのだった。

日本軍は完全勝利をおさめたが、一部上陸船団の護衛部隊からの反撃で被害も出た。

しかしそれは、アメリカ軍の目を覆うばかりの惨状から見たら軽微なもので、国際救援隊政府はこの海戦を文字通りのワンサイドゲームの完勝であると、世界中に喧伝をすることになるのであった。

しかし同時に、岩崎と崔麗華が語っていたように自衛隊の護衛艦隊は、もうほとんどのミサイルを撃ち尽くしてしまい、艦隊決戦能力を喪失してしまった。

アメリカの艦隊が壊滅し太平洋は一時的に日本の有利に変じたが、アメリカ海軍が壊滅したわけではない。まだいわゆる本国艦隊、大西洋にある部隊は健在である。

どうアメリカが動くかはわからないが、この状況をただ手放しで喜んでいいとも思えない。

何よりまだフィリピンの陸上では、日本軍が圧倒的な米軍の前で日々苦戦をしているのであった。

一個の海戦の勝利で戦争が終わるはずがない。これは崔麗華の言った通りであり、この先彼女が原爆の使い方を誤れば戦争の行方は決まらない。さらにドイツとの争いが起きるのか予断を許さない状況だ。

勝利は得た。しかし戦争の状況は、より緊迫感を増したともいえるのだった。

4

日本中が勝利で大騒ぎになっていた。

サイパンを奪還した時もそうであったが、政府は意図的に勝利を大きく誇らずに報道してきた。

しかし戦況を包み隠さず報道する姿勢が、ある意味裏目に出た。

米艦隊が本当に壊滅してしまった今、日本はついに起死回生で窮地を脱してしまったと馬鹿でもわかる状態になってしまった。

誰が率先するでもなく人々は提灯（ちょうちん）行列でペリリュー死守を祝い、アメリカ艦隊の壊滅を嘲るような風刺画が街にあふれた。

　こういった雰囲気になることを国際救援隊司令部は必死になって抑えてきていたのに、それが全く抑えられなくなっていた。

「まずい、これは間違いなくまずい」

　ニュースラジオでこう言った行動を厳に慎むように崔麗華の談話が流され続けているのに、浮かれた話が次から次にブレーンたちの耳に入ってくる。

　野木は一同を前に、この状況を引き締める方策について話をしようとした。

「いいんじゃないですか」

　いきなり讃岐が反旗を翻した。

「おい、国民を浮かれさせるのは確実にまずいぞ」

　野木は言うが、讃岐は引き下がらない。

「今祝わなくてどうするんすか。本気で日本は強くなったと国民が心に刻んだら、いろいろ政策が動かしやすくなるっすよ」

　野木がぐっと讃岐を睨んで言った。

「ついに川崎でクラスターが発生した。南の方でも鎌倉で小規模だがクラスターが出た。もうコロナを止めるのは難しい。多摩川が東京を守る最後の堤防になっているが、小規模でも人流は止められないし、物流に至っては……」

野木が講釈をたれようとするのを、讃岐は手を挙げて押しとどめた。

「大丈夫っす、俺がコロナに関してはとっくに手は打ったんす」

「え！」

声を上げたのは野木だけでなく、その場にいた全員だった。

讃岐は表情一つ変えず話を始めた。

「俺がまず陽性患者を数名ですが半島にある陸軍の防疫給水部の伝染病研究施設に送り込んだんすよ。ついでに残っていたワクチンも少量預けて、ここでワクチン製造が可能か検証してもらっていたんす。その結果、月産で一万株でしたらなんとかできるって返事が先週あったんすよ」

これを聞いた途端、野木の顔が真っ赤になった。

「馬鹿野郎！　そんな大事なことをなんで報告しなかった！　それに独断でそんな危険な真似をしやがって！　もしその陸軍がコロナの扱いを間違えたら、どうなってたと思うんだ！」

大声で吠え叫ぶ野木であったが、讃岐はこう言った野木の態度の急変に慣れ切った様子であり、じっと悪態を聞いた後にこう切り出した。

「意図的にコロナをばら撒いても、問題ないように自分は動いてたんす。だから、最初から話してたら皆に止められると思ったんすよ。それに、その意図的にばら撒く方も研究をしてもらってるっすよ。こういった話を戦争をマジでやってる隣で話し始めたら、作戦どころか大騒ぎになるっしょ。だからこっそりやってたんすよ。でもワクチンが開発できてよかったっすよ。模倣できるサンプルがあったのが良かったんすね」

次の瞬間、野木が讃岐に飛び掛かりその胸ぐらを掴み揺さぶった。

「お前今なんて言った！　意図的にばら撒くって！　そりゃあどういうことだ」

グラグラと頭を揺さぶられながら讃岐が答えた。

「あ、わ、わ、七三一部隊っす、あ、あそこに陽性反応のまま逃げ回ってた有川さんの部下だった二人と、何人かの重症患者を引き渡して、ワクチンを打った人間のブレークスルーウイルスと一般のコロナの比較から意図的に変異株を作れるか調べてもらって、それを細菌兵器化できないかって……」

「国際法違反よ！」

有川が叫び、野木の隣に行って一緒になって讃岐の肩をゆすり始めた。

「あの二人はまだクローバーホテルの立派な私の部下よ！　勝手に何をするの！

それにウイルス兵器なんて作ったら、日本の立場はどうなると思ってるのよ！」

讃岐は目を白黒させながらも口を開き続ける。

「か、勝てば官軍っすよ！　世界を牛耳れば誰も文句は言えないっすよ。それに警察が捕まえたあの二人、賭博をやりまくっていて、とても堅気には見えない状態だったっすよ！」

収容所の閉塞（へいそく）した環境の中で、松田と西尾という二人の有川の部下は、ギャンブル依存症に陥ったと思われる。そこからまさに生活を持ち崩し、コロナをクラスター化させる原因となり隔離されたのにもかかわらず逃げ回り、その逃げた先でも患者を増やした。

おそらく現在の神奈川県下のコロナ爆発は彼ら二人が原因だ。

すでに神奈川県下の患者数は一万人を超えている。これは、横須賀海軍病院にいる令和の医師たちの見立てでは、東京に飛び火すれば一か月以内に人口の一〇％が罹患（りかん）してしまう勢いという話であった。

二人の捕まった状況を聞いて有川は何も言えなくなったし、今のコロナ爆発の状況を考えると自分にも責任があると感じてしまった。

もし国際救援隊の作業に没頭せずに、部下たちの面倒を見続けていたらこんな騒ぎは起きなかった。そこに思い至り大きく自分を責めてしまったのだ。

しかし冷静な声で岩崎が言った。

「ワクチンの件は褒めてやってもいいわ。でも非人道兵器に着手したことはいただけないわ。すぐに七三一部隊に連絡して、現状の開発状況の報告と研究の即時中止を命じて頂戴」

するとここで思いもよらぬ人物から爆弾発言が飛び出した。

「何をいまさら言っておるやら。すでに原爆だのミサイルだのを開発しておいて、ここに来てウイルス兵器の一つくらい増えても大したことなかろうて」

口を開いたのは名取老人だった。

全員がぽかんとした顔で名取を見た。

普段はお飾りのように黙って座っているだけの老人が、泰然(たいぜん)とした顔で皆を見据えさらに言った。

「ドイツが原爆を作っていると言っても、ありゃ半分ははったりじゃしな。ヴィムの若造は、儂が止めてもドイツを勝たせると息巻いて飛んでいきおったからな、かかか」

岩崎が目を丸くしたまま名取に近づき言った。

「ご老公、いったい何の話をしているんです？」

名取はぎろっと岩崎を見てから椅子の背もたれに身を任せ言った。

「お前さんの原爆もドイツの原爆も所詮は夢みたいなものだ」

そう言うと腕を組み、ゆっくり目を閉じ沈黙した。

この時、春日部教授の表情が変化し、名取老人に近づいて聞いた。

「名取さん、あんたどこから来たのかな？」

目を閉じたままの名取が小さな声で一言だけ言った。

「あんたなら想像できるだろ」

そこで名取は再び沈黙したのだが、どうも様子が変だった。

岩崎がちょっと首をかしげてから名取の顔に近づいて叫んだ。

「息をしていないわ！」

一応、医者の免許を持っている野木が慌てて名取に駆け寄り、その服の胸を開け耳を直接そこに当て叫んだ。

「鼓動してない。脈が切れている！」

野木はすぐに名取をテーブルの上に寝かせ、心臓マッサージを始めた。しかし一五分以上それを続けても名取は息を吹き返さなかった。

「畜生、駄目だ。完全に死んじまった」

　名取の体に野木が思い切り拳を叩きこんだ。しかし、老人の体はその反動で動く以外は全く反応をしなかった。

「い、いったいどうしたんすか」

　讃岐が真っ青な顔で言った。

「死んだんですよ、わかんないんですか」

　高野がおろおろという感じで言った。

「心臓麻痺、それとも他の何かなの？」

　岩崎が言うと野木が渋い顔で言った。

「心臓麻痺なんて病気はない。あれは理由のわからない心停止に冠した便宜上の名前だ。そんなの死亡診断書に書いたら医者の名折れだ。これは……原因不明の心不全による急死。だが、こんな突然に起こる発作、しかも全く苦しまずに心停止するなんて病理的にほとんど起こらん」

　野木はそう言うと頭を抱えてうずくまってしまった。

　その横で名取の遺体を春日部教授が調べ始めた。

　数分後、彼はこう呟いた。

「人間、なんだな……」

皆にはどういう意味かわからなかった。だが翌日思いもかけない事態がみなの上に降りかかった。

名取老人の遺体をどうするか、そして葬儀はどうするのかといった話になって、横須賀の収容所にいる伊東市の職員に名取老人の家族を呼んでもらおうと思ったのだ。

ところが帰ってきた答えに一同は愕然とした。

「当市に在住する名取幸之助という人間は現在、存在しません。同姓同名の方は一年前に亡くなっており、ご家族もこれは間違いないと言っております」

名取老人は既に死んでいた。一年前に。

そんな馬鹿な話があるはずない。現に老人は自分たちと昨日まで一緒に元気に働いていた。

老人が語っていたパーソナリティー、住所も過去の経歴も一年前に死んだという名取幸之助と一致していた。

そこでブレーンたちは、一年前に死んだ名取幸之助の家族を東京に呼んだ。

「間違いないです、うちのおじいさんです」

名取老人の孫という女性は、遺体を見るとそう言って次の瞬間貧血を起こして気絶した。

ほかの親族も口をそろえて本人だというが、一年前に死んで荼毘に付されてもう墓に入ったはずだという。

もうブレーンたちも家族も大混乱である。

とにかく老人の遺体は家族が引き取り、二度目の葬儀をするという話になった。

軍用トラックに載せられ横須賀に向かっていく名取老人の棺を見送り野木が呟いた。

「いったいどうなってるんだ……」

すると、その野木の袖を引いて春日部が言った。

「なんとなくこの世界の構図が見えてきた気がするが、そんなことより私の計画に何人か協力者がおらんと成功せんのだがね。まあうちの生徒たちは簡単に脅迫できるだろうが、他に誰かおらんかな」

野木がふむと考えて、ポンと両手を叩いた。

「いるじゃないですか、三人ほど」

「ん？　もしや、あの三人か」

どうやら二人は同じ人物たちを思い浮かべたようである。現在春日部教授が管理し研究をしているあの謎の波動発生装置、あんな危険なものの研究にそうそう簡単に見知らぬ人間を携わらせるわけにいかない。そうなると残るのはあの研究所で最初に身柄を拘束された木藤、北谷、矢萩の三人だ。

「すっかり忘れてたな。なるほどあいつらなら使い物になる」

野木が頷く春日部に聞いた。

「どう工作しますか？」

すると春日部は言った。

「面倒くさいことはせんよ、拉致して無理やりやらせる。船に閉じ込めてしまえば、それでよかろう」

野木が目を丸くした。

「そんなことしたら、すぐに崔首相にばれるんでは？」

だが春日部は首を振った。

「大丈夫だ。今日の午後にはまた戦局が動いて、政府はアメリカに向けての工作の糸口を探すために大騒ぎになる」

「ああ、なるほど」

野木が大きく頷いた。

そうなのだ。名取老人の騒ぎですっかり振り回されてしまったが、国際救援隊司令部はこの日の朝から新たな作戦の推移を見守らなければならなくなっていて、政府もまたどたばたと大騒ぎをしているところなのであった。

急いで戦争を終わらせようと、オープンなアメリカとのチャンネルを作るため各国の大使館に伺いを立てて回っている。

というのも、今日から動き始めた作戦が成功してしまうと、日本はもう太平洋で自ら動いて戦争を有利にする必要がなくなってしまうからだ。

それは、作戦自体の状況を見たら明らかであった。

この日の朝、フィリピンのルソン島のスビック湾にドイツから戻った護衛艦と戦艦陸奥を中心とした日本海軍の艦隊が入港したのである。

もうアメリカ軍はマニラの市街地のすぐ外側まで来ており日本軍はこれを押しとどめるためにもう一〇日以上も激しい戦闘を繰り広げていた。

その目と鼻の先に堂々と艦隊はやって来たのだ。これにはアメリカも驚いた。なにより、マッカーサーの激怒ぶりは半端ではなかった。

海軍の太平洋艦隊が壊滅してしまったから、このような事態を招いたのだとワシントンに向けガンガンと抗議の電文を送り付けた。

しかし、ワシントンは正直それどころではなかった。

太平洋艦隊壊滅などという事態は起きてはならないことであり、その事実を大統領も戦争省の人間も受け入れきれていなかったのである。

ルーズベルトのもとに来る報告はどれも信じがたいものばかりで、自分は悪い夢に取り込まれ目覚めることができないのではないかと疑りたい気分になっていた。

「海軍長官はショックが酷すぎて病院に担ぎ込まれていましたが、先刻、息を引き取りました」

秘書官の報告に自分自身が病によって歩くこともままならなくなってきたルーズベルトは漏らした。

「私もそっち側に行けたらどんなに楽なことか」

そんなルーズベルトのもとにまたしても信じがたい報告がやって来た。

「フィリピン戦線のマニラ包囲網の一角が、日本軍の機甲部隊に破られました」

報告を聞いたルーズベルトは眉を寄せ、顔をしかめながら聞いた。

「日本軍の戦車はわが軍のＭ４戦車に劣る、スティムソンはそう言って豪語していたが、なぜ簡単に包囲を破られたのかね」

報告を持ってきた秘書は言い難そうに漏らした。

「虎だそうです」

ルーズベルトが聞き返した。

「虎とはどういう意味かね？」

「日本軍はかなりの数のタイガー戦車で戦線を押し破った。マッカーサーはそう伝えてきております」

「タイガー？　あのドイツ軍のタイガー戦車のことかね？」

秘書は小さく頷き答えた。

「そのタイガーだと言ってきてます」

ルーズベルトは頭を押さえ、小さく呟いた。

「悪夢はやはり冷めてはくれない」

アメリカ合衆国大統領はその格好のまま手を振って秘書を下がらせると、電話機を取り交換手にこう言った。

「医師に、主治医にすぐ伝えてくれ。意識が少し……」

この直後ルーズベルトは受話器を落とし、車椅子から転げ落ちた。

フランク・デラノワ・ルーズベルトは、この日から数日間高熱を発し意識不明となった。

その間の臨時大統領政務を引き継いだのは、ルーズベルトと相性が悪く全く政務での面会をしていなかった副大統領のハリー・トルーマンという男であった。

そのトルーマンは、ルソン島でのタイガー出現に対してこう対処の命令を下した。

「敵が戦車で押してきたのなら、戦車で押し返せばいいではないか。そこにあるだけの戦車を使いたまえ」

こうして戦争を知らない副大統領は、まったく現実にそぐわない命令を前線に課したのであった。

この命令はまだ深夜のルソン島に届けられた。

マッカーサーがミンダナオの司令部にいるため最前線で指揮を執っていたリッジウェイは、この信じがたい命令に心底激怒した。

「こんな命令が受け入れられるか、相手は正真正銘のタイガー戦車なのだ。真正面から戦えるはずがなかろう」

リッジウェイはすぐに副官のサウザー中佐を呼びこう伝えた。

「マッカーサー司令官に連絡し、この馬鹿げた命令をすぐ取り下げるようホワイトハウスに掛け合ってくれと伝えるんだ。寝ていても構わん即刻だ」

実際にマッカーサーは就寝していた。無理やり起こされこの報告を聞いた彼も、その内容に激怒し本国に連絡を取らせた。

連絡が取れるまで三〇分以上かかったが、何とかホワイトハウスにはつながった。

だがそこで、トルーマンという聞いたこともない名前の男に、ただ一言「ノー」とだけ言われ通信は終わった。

マッカーサーは深夜の通信室で呆然と立ち尽くし言った。

「本国でいったい何が起きているというんだ？」

こうしてアメリカ軍は、強大なタイガー戦車に非力なシャーマン戦車で立ち向かうことになった。

この突如ルソン島に現れたタイガー戦車の群れは、無論戦艦武蔵の売却代金の一部として日本がドイツから受け取った代物である。

このタイガー部隊は、スビック湾に入港した遣独艦隊の輸送艦『おおすみ』と『しもきた』に搭載されていた物だ。

『おおすみ』と『しもきた』には合計三六輌のタイガーが搭載された。これだけで甲板のほとんどと格納庫の半分が埋まった。代金として受け取ったタイガーは五〇輌だったが両輸送艦には他にも対戦車砲や分解された航空機など載せねばならない荷物が山ほどあった。

困り切った日本艦隊になんとドイツは貨物船を一隻、それも艦隊に随伴が可能な高速のそれをプレゼントしてくれた。しかも乗員もつけてである。

ドイツの水兵たちは、この後日本まで連絡航海を予定しているインド洋のUボート部隊の潜水艦で帰国させれば良いという話になった。

というわけでタイガー戦車の残り一四輛と八八ミリ高射砲や三七ミリ高射機関砲といった荷物はこちらに搭載されることになった。

そして輸送艦に搭載されたタイガーでは、日本から乗り込んでいた陸軍兵士たちと自衛隊の隊員たちがその操縦法を船内で訓練し上達に励んだ。

その乗員がいるタイガー戦車をフィリピン戦線に投入してくれという指示は、ペリリューでの勝利が確定した直後に国際救援隊司令部からイージス護衛艦『まや』に飛んでいた。

スビック湾への強行入港も、このタイガーを陸揚げするためのものであった。

しかし港湾設備は、かねての米軍空襲でほとんど破壊されていた。だが自衛隊にはＬＣＡＣがあった。

四隻のホバークラフト揚陸艇はピストン輸送で三六輛のタイガーすべてを隊員ごと上陸させ、マニラ防衛軍と合流させた。

この上陸したタイガーはすべて日本陸軍兵士で運用され、操縦を習熟した自衛隊員は日本に帰ってその訓練法を日本兵に教えることになっていた。

今回のドイツ行きでは完成品のタイガー戦車だけでなく、日本でのノックダウン生産用にマイバッハーーエンジン一〇〇基と同じ数の八八ミリ戦車砲ＫｗＫ36も貨物船に搭載されていた。

タイガー戦車の上陸を終えた日本艦隊は最大速度で狭い湾を脱出し日本への航路を取った。

この日本艦隊の存在を感知した米軍は入港前から執拗に航空攻撃をしてきたが、護衛艦のＣＩＷＳ対空機関砲の攻撃で壊滅させられていた。

高度三〇〇〇メートルまでの標的を自動追尾し最大一分間四五〇〇発の発射速度で攻撃する必殺兵器で、本来は艦隊の近接防御として接近するミサイルなどを迎撃するシステムだ。

このＣＩＷＳは発射速度が調整可能なため、国際救援隊の各護衛艦では一分間三〇〇〇発まで速度を下げて対空火器として使用している。

この濃密な密度の攻撃で、これまで自衛隊は相手をレーダーで捉え自動攻撃が作動すると、平均一秒の射撃で攻撃機を粉砕していた。

このスビック湾での戦闘で撃墜された米軍機二二機も平均一秒に満たない射撃でその機体を吹き飛ばされていた。

この近接防御システムのおかげで艦隊は無傷でフィリピンを離れ日本への帰路につくことができたのであった。

艦隊と別れを告げたタイガー部隊は、南方総軍司令部の判断で清水中将指揮の南方打撃軍麾下(きか)の三式砲戦車と一式中戦車を半々に備えた部隊である戦車第九連隊とタッグを組むことになった。

これは賢明な判断と言えた。いかにタイガーが強力な戦車でもわずか三六輌の戦力、これは分散させたら撃破される危険が高くなる。そこで集中運用が望ましいが、小回りの利かないタイガーの補助をするという意味で機動性のある一式中戦車はうってつけの相棒であり、さらに二個中隊ある七五ミリ速射砲を備えた三式砲戦車は正面からM４戦車を撃破できるという意味でタイガーに次ぐ威力を持った装備と言えた。

この強力な戦車部隊をもって打撃軍は、一二月一四日を期して戦線の突破を試みたわけである。

これがつまり名取幸之助老人の命日の翌朝ということになる。

タイガー戦車を中央に据えた形での戦線中央突破は見事に成功し、アメリカ軍は潰走(かいそう)した。すかさず戦車部隊に後続していた歩兵連隊が敵陣地を改めて掃討しこれを完全占領した。

戦車部隊はさらに転進しマニラ包囲網を端から順に崩して行った。

密林をかき分け現れる重戦車に米兵は驚き慌て、その場にあるどんな火器も通じない分厚い装甲に悲鳴を上げた。

逃げる米兵を今度は速度の勝る一式中戦車が追いすがりなぎ倒す。

かろうじてタイガーの装甲に対処できると思われる九〇ミリ高射砲は、最初からその設置位置が日本軍に露見しており、タイガー戦車はこれを回避。歩兵師団付属の砲兵大隊に配備された三式自走砲の砲撃によって破壊された。

かくして分厚い包囲によって防御に苦しんでいた日本軍は、たった三六輌の重戦車の助けによってその重囲を打ち破り、一気に反撃に出ることができたのであった。

この状況に対応する米軍は、戦車を持って対応せよという先の政府命令によってタイガーと正面からの決戦に挑まねばならなかった。

大急ぎでかき集められた混成部隊、そこに集ったM4シャーマンは全部で七七輌に達したが、悲しいことにそのすべてが初期型の威力の弱い七五ミリ砲しか装備していなかった。

　より高性能の七六ミリ砲装備の新型シャーマンは苦戦の続くアフリカ戦線に優先して送られており太平洋戦線には一輌も配備されていなかったのである。

　サンホセデルモンティ付近から東、そしてそのまま南に米軍を撃破していった急造の合同戦車連隊は、ケソン市街をそのまま突き抜けマニラ東の最前線であるマリキナ川の防衛線を再突破、米軍が最も食い込んでいる地区を蹂躙（じゅうりん）し敵を一気にバイ湖の西沿岸地域に追い込んだ。

　湖の東側は山岳地域で戦車は投入できない。そこで長距離になるが湖の西側のもっとも分厚い米軍の陣地を駆逐し、モンテンルパからサンタローザまで歩兵二個連隊を両翼に置き、押し切ろうと動き出した。

　そこで米軍は緩い丘陵が連なるモンテンルパの南で戦車戦を挑んだ。

　数で囲めば対処できる。アフリカ戦線ではすでにその戦術を実践しているのでフィリピナス師団の戦車隊も同じ戦法を試みた。

　しかしこれは大失敗に終わった。そもそもこの戦法は、一個中隊程度の少数のタイガーを、Ⅲ号戦車などを中心とした戦車部隊に組み込んだドイツの国防軍戦車部隊を相手にした場合のマニュアルだった。

日本軍はありったけのタイガーを集団運用して決戦に臨んでいたのである。数輛のシャーマンで一輛のタイガーに挑もうとしても必ず別のタイガーが戦闘に絡んできて、結局シャーマンの部隊は全滅する。

このどうしようもない殺戮が際限なく繰り返され、ついにアメリカ軍は六〇輛以上のシャーマンを失い敗北、マニラ包囲網の最後の一角も崩れ去り、アメリカ軍は狭い回廊へ押し込まれ、困難な戦線の維持をしなければならなくなった。

幸いにもタイガー戦車の部隊はメンテナンスの必要からここで進撃を止めたが、彼らが再度動いたとき、アメリカ軍は戦略的に守備が困難な位置からはあっという間に排除されてしまうだろう。

それはつまりアメリカ軍のルソン島奪還の道が大きく遠退いてしまうことを意味していた。

この状況は、ずっと以前まで戦況を紐解いてみるとわかるのだが、日本軍によってまんまと最初の上陸地点を誤らされたということがはっきりする。

最初からマニラ湾などに突入していれば、激戦は必至でもこのように敗走に次ぐ敗走で、薪を燃やすかの如く戦力を消費する事態は避けられただろう。

しかしすべては後の祭りであり、マッカーサーは全責任はトルーマンにあると非難し、逆にワシントンはマッカーサーに敗走の責任を取れと迫る事態を招いた。

いずれにしろ、このアメリカ内部のごたごたにより、フィリピン戦線の主導権は完全に日本が握ることになった。

これは崔麗華と岩崎が、もうここしかないと見積もっていたアメリカへの停戦申し入れの機会であり、同時に日本が勝者であることをアメリカに思い知らせる機会が到来したことを意味していた。

崔麗華が用意した最後の駒、これを使用する時が来たのは間違いなかった。

だがこれが世界を破滅に導きかねないと考える者もいた。

今その相反する二つの考えが、日本で激突しようと動き出したのであった。

5

中島飛行機の大泉飛行場は国際救援隊の援助で全長四〇〇〇メートルに拡張されていた。

これは超巨大戦略爆撃機の侍龍を離着陸させるために大急ぎで拡幅されたものだ。

侍龍は初飛行後に各種のテスト飛行をそれこそ休む間もなく繰り返し、その正確な諸元性能が明らかになっていた。

与圧キャビンを設けた機体は本来のＢ29より長さが増えた。日本製の与圧カプセルがどうしても縮小できずＢ29のコックピット用キャビンより大きくなってしまったからだ。

このため機体は横から見ると機首が膨らんでいる形状になった、最初から後部キャビンの与圧は切り捨てているため、こちらの内寸はＢ29と同じままだが、搭載するものの大きさを考え元の機体より後部も二メートル長さが増やされていた。

翼長は先述の通りだが上下に一〇個のエンジンを搭載した関係で、その主桁は大幅に強度が上げられていた。基本となる桁はＢ29から頂戴したのだが、その強度を増すために補強材が各所に足されていた。

この機体の重さは、主翼部がほとんどを占めており、これはエンジンだけでなく翼本体もまた重くなっていたからである。

テストの結果、最高速度は六八七キロを記録、さらに最高高度一万二七〇〇まで上昇ができた。

ここまでは概ね計画通りの物だったのだが、最後のテスト結果が開発陣の頭を悩ませた。

一定の地点まで行って方向を変え、同じ距離を繰り返し飛ぶ三角飛行で測定した最高航続距離は一万三九〇〇キロ、これは予定の計画距離より三〇〇〇キロ以上短いものだった。

この航続距離ではメリカ本土まで飛行したら帰還できなくなる。原爆を落とすべき目標には、届いても帰還する術がなくなる。なんとか往復できるのはアラスカしかない。

原爆の投下という秘密を知らない開発陣は、攻撃目標をアラスカに変更しなければならないのか、そんな僻地への直接爆撃に意味があるのか、そんな話が中島飛行機の開発陣上層部で実際に持ち上がっていた。

しかし、この機体の開発をさせた崔麗華をはじめとする首相周辺では、この性能で十分に満足していたのであった。

「これこそ天の配剤ですよ崔先生」

中島飛行機からの報告に満足そうに微笑んだ楢本が言ったが、崔麗華は無表情に頷くだけであった。

「距離は二つの兵器を組み合わせればぴったりです。最初の攻撃目標は完全に射程内で、発射クルーも無事に帰国できます」

崔はやはり無表情に彼の方を見つめ、いやどこを見ているのかわからない視線で楢本に話し始めた。

「ようやくこじ開けた扉よ、ここで閉じさせる訳にはいかない。まだルーズベルトはくたばっていないけど、当分大統領の代理として無能の塊のトルーマンが就くのは必至。だったら、ここまでの戦争が何であるかを理解していない馬鹿に、原爆の怖さを存分に味あわせるのが肝心。そう言う流れになるわ」

そういうと崔は椅子に背中を預け両足を組むと、肘掛に両肘を乗せ手を組み、どこか沈んだ色の瞳で楢本に命じた。

「それはもう柴田に直接対話といっても電話が通じるわけじゃないから、アメリカ軍が使用している暗号形式の直接通信で、外交親書を送ることをスウェーデンとスイス両方のチャンネルから知らせてある。だから、あなたは例のミサイルの搭載確認をして来てくれないかしら」

「また大泉ですか、定期券が欲しくなってきました」

楢本がやや厭味ったらしく言うと崔は姿勢一つ変えずに言った。

「ヘリを好きに使えばいいわ、許可は与えますから」

「そうですか、電車の旅も嫌いじゃなかったですけどね」

　楢本はそう言うと首相官邸内の狭い作戦室を出た。

　崔は手元の電話を引き寄せると内線電話をかけた。

「ああ私です。悪いけど岩崎さんをこっちに寄越してくれないかしら」

　電話先はブレーンたちが詰める国際救援隊司令部であった。

　高野は受けた電話の内容を岩崎に伝え、岩崎は黙って立ち上がり作戦室を出た。

　その背中を見て春日部が隣に座っている野木に言った。

「どうやら出番は近いな」

　野木が少し唇を曲げながら小声で言った。

「結局私たちが直接やるという線は消えないんですか？」

　春日部が顎を引いて頷いた。

「無論だ」

　野木が大きくため息をついた。

「まさかのミッション・インポッシブルとはな……」

　春日部が野木に言った。

「さあ一緒に飯を食いに行こう。新橋に良いうなぎ屋があるのだ」

「何ですか急に」

野木が怪訝がると春日部が言った。

「密談をしに行くに決まっておろうが」

というわけで岩崎に次いで作戦室を出た二人は、そのまま国際救援隊と首相官邸共有のエントランスに出て、救援隊専用車の一台である、狭い道でも走りやすいNボックスに乗って新橋に向かった。

「その先、右じゃ」

言われるまま車を曲げると野木はうなぎ屋の看板を発見し道の端に車を停めた。この時代、路地には駐車禁止なんてない。言ってみれば停め放題だ。

店に入ると春日部は特上うな重二人前を頼んだ。

これが国際救援隊が政権を握る前なら、こんなに自由に外食なんてできなかっただろう。配給制のせいで多くの店が扉を閉めてしまっていた。

しかし基本は配給制を残しながらも、食材や生活必需品や消耗品などを自由流通にし、政府の援助でこういった製造業に物資が滞らず入るように整備した。

その結果、数多くの商店や飲食店が商売を再開するようになった。

このうなぎ屋もそんな店の一つだったようだ。

「さて、どうやら崔麗華はアメリカとのチャンネルを手にしたようじゃな」

うな重が運ばれてくるまでお茶を飲みながら教授が言った。

この店は客が来たら生きた鰻を捌き、櫛を打つと素焼きと蒸しを繰り返し最後にたれで焼き上げるので提供されるまでえらく時間が掛かる。どうやらそれを見越して春日部教授はここに野木を誘ったようだ。密談で遅くなっても誰にも疑われない。

「最終局面だと政府は踏んでるんでしょう。だとしたら、崔麗華はあれの使用に踏み切りますね」

野木が言うと教授は頷いた。

「その通り」

「だったら我々の作戦も始動しなくちゃなりませんね」

野木が少し面倒くさそうに言った。

「最初の段階はもう仕込みを終わってる。あの三人組もうまく立ち回って、今中島飛行機の機密格納庫で既に運び込んだ私の爆弾のお守りをしている」

「なるほど、あとは操作をやらせる生徒たちに任せればいいという訳ですね」

野木が言うと、春日部がぐっと視線を厳しくした。

「馬鹿言うんじゃない、それで仕掛けが上手くいくわけなかろう。儂らが乗り込んで初めて作戦は始動するのじゃ」

野木は思わず「あ、やっぱり」と呟いた。

「今はタイミングを見て大泉に向かわなければならん」

野木が大きく肩をすくめて仕方ないといった意思表示をした。その後、彼が言った。

「前にも聞きましたが、やはりこんな大それたことやる理由に懸念があります。確かに無人のサンゴが堆積した島を消しても何のリアクションもありませんでした。あの波動によって別次元に飛んだものが人工物であると大きな反応が起きる。その教授の仮説は、まあ納得しました。しかし、こんな大規模な転移を人工的に起こしたら、どれだけの大異変が起こるのか想像もできないんですよ。今からでも遅くないですから戦争の帰趨は政府のやることに任せたらどうですか」

すると春日部が即答した。

「駄目に決まってる」

お茶を飲み干してから教授は話し始めた。

「いいか、お前さんは名取老人の正体が想像できるかね。あれは、間違いなく我々と違う次元から紛れ込んだ人間だ。たまたま認知が入っていたから、死んだ同一人物と入れ替わっても不思議がられなかったのだ。それは名取氏がいた次元世界と、我々の過ごした時間線との相違が極めて少なかったからに違いない」

「それはどうなんでしょう。本当にそんな近い歴史を持った時間線が多数存在しているんでしょうかね。どこの次元もここと同じように何かしらの違いを起点に大きく変容していくものじゃないでしょうか」

だが春日部は首をぐいっと横に振った。

「あると思うぞ、近しい時間線。それこそ令和世界でもオリンピックが行われなかったり、コロナの感染を抑えきれずに政府が責められたのに衆院の解散をギリギリまで行わない世界とかな。まあ、それでも基本的な歴史のどこかで相違が出ていてもおかしくはない。この世界のドイツ総統の名前が儂らの知っているものと違っていたようにな」

するとと野木が言った。

「いやいやいや、それこそこの世界が大きく次元が違っている証拠でしょう。こんなに大きく歴史が変化したのですから、ここはかなり遠い次元世界だって教授も以前言ったでしょう」

「すまんがそれは間違いだった。すべての答えは、あのヴィムなんちゃらというドイツ人のせいだ。あいつが三年前にこの世界に転移してきて大きく変化を起こしていた。それは表面的な動きで追うと、儂らの社会では昭和一六年一二月八日が起点になったかのように見えたが、改めてドイツを見ると一九四〇年を起点にいろいろなものが変化し、戦争の行方も大きく変わりおった。どうもその影響が太平洋にまで波及し、あの日本海軍の連続敗北フェーズが始まったと考えると大いに納得がいく。ちょうど同じ日にヨーロッパでも大きな歴史的変化があったのじゃよ。その影響が日本に降りかかったと思える」

野木が首を傾げた。

「何ですか、その大きな変化というのは」

「まだ調べていなかったのかね。あの真珠湾攻撃の前日にソビエトでニキータ・フルシチョフが公開処刑されていた」

野木がガタンと木製の椅子を鳴らしのけ反った。

「そ、それは本当ですか！」

「うむ、情報はアメリカとドイツそれぞれのスパイから報告が入っているが、フルシチョフはドイツと密通したという密告があり、即刻裁判で死刑が言いつけられ、その日のうちに、つまり一二月七日に銃殺されている」

野木が「ううむ」とうなりながら下を向く。

「儂の推測だが、これはヴィムの差し金じゃろ。この影響なのか赤軍の冬季攻勢が遅れて、ドイツ軍は自主撤退で戦線の要塞化に成功し、均衡状態を生むきっかけになったようだ。儂らが失敗したのは、そこだった。ヨーロッパの状況をもっと早く詳細に知っておくべきだったのだよ」

野木の表情がどんどん険しくなっていく。

「どうやら教授が言っていたことは正しかったようですな。我々は、ヴィム・ヴェンダースの掌の上で踊らされていた」

教授が勝手に野木のお茶に手を伸ばしながら頷いた。

「奴は本当に儂らが転移してくるのを知っていた可能性がある。確かにあの転移は大地震が原因であり、儂らが転移したのは偶然に思える。しかしな儂がある可能性に気付いてしまった」

「なんでしょう？」

春日部は野木から掠め取ったお茶を啜りながら言った。

「ヴィムは人間ではないかもしれない」

「…………」

最初、野木は反論を試みようとしたのだが、なぜかそれを押しとどめる感情が強く湧き上がっていた。

「私は名取老人も非人間の可能性を考えた。しかし、あれは次元の迷子であったのだろう。ああいう人間は他の次元でも稀にいるはずじゃ」

「そうなんでしょうか?」

野木が首を傾げながら言うと、春日部はかなり真剣な口調で言った。

「儂は元の令和世界でそういった人間を何人か調べてきたのだよ」

なるほど、この人ならそういったことをやっていても不思議はない。野木は当然のように受け取った。

「確実に異次元から来たと確認できた人はいたんですか?」

野木が聞くと春日部は首を振った。

「精神的病理に基づいていないという確証を得たことは何度もある。しかしな、この世界に来るまで異次元に触れることが叶わなかった。それが彼らを認められぬ障害だった。しかし、儂自身がこうやって次元を超えた。そのおかげで見えたものはいくつもある。名取老人のこともそういった流れから確信したのだ。しかし、ヴィムだけは違う。そこが問題なのだ」

春日部はついに野木の分のお茶も飲みほした。

空の湯呑を二つ並べると、春日部はその湯呑を両手で持った。

野木はてっきりお代わりを頼むのかと思ったが、教授はそれをぐっと目の前で入れ替える動作を見せた。その交差した腕の向こうから野木を見て教授は言った。

「あの男は儂らの存在を知っていた、さっきも言いかけたが、あいつが自分から次元転移を起こさないとそれはわからない。そう言いかけたのだが、それは結論ではない。この今こうやっていることが、つまり我々がアメリカを叩きのめしていることが必然の歴史として存在する世界がある。そう仮定してみたまえ、いろいろ納得できるぞ」

野木が忙しく頭を動かす。

「つまり、ヴィムはこうなることを予め知っていた。だから、我々の到着を待つことができた。そういうことですか？」

教授は二個の茶碗を丁寧に置いた。

「あれは未来から来たことは間違いない。きっと我々に何かしらの嘘をついている可能性があると思わんか？」

「あります、ね。そもそも同じ日に転移した。そこからして怪しくないですか」

教授は頷いた。

「まあそれだけじゃないのだが。ヴィムはすべての歴史の未来を知っていそうだ。私は、あれは一種の次元の管理者ではないかと思っている。我々を動かして、この次元がある方向に行くように仕向けている可能性に儂は気付いた。だからこの作戦を強行する気になった」

「どういうことでしょう?」

「それは……」

教授が話を始めかけたタイミングで店の親父がタイミング悪くうな重を運んできた。

結局この話はそこで時間切れとなってしまった。

しかしうな重を頬張りながらも教授は、作戦をやるぞとだけは強く念を押してきたのであった。

食事を終えて司令部に帰った二人に大きなニュースが待っていた。

「武蔵はジブラルタルの攻撃を開始しましたよ」

高野が興奮した様子で部屋に入って来た二人に言った。

野木は顔をしかめて呟いた。

「なんとなく嫌なタイミングで始めたな」

この声は高野には聞こえなかった。

しかし春日部は、この声を耳にしており、やはり小さな声で言った。

「ヴィムという男は本当に何もかも知っていそうだ」

二人は司令部に入ると無言でヨーロッパの戦況に関するニュースを見つめるのであった。

最終章　壊れゆく世界

岩崎は、アメリカが停戦の条件についての話し合いにになら臨むという連絡をよこしたのがクリスマスであったことに疑問を覚えた。

このタイミングに何らかの意図を感じたのだ。

アメリカはこの連絡こそがクリスマスプレゼントだ、そういうスタンスを取りたかったのではないだろうか。

確かに今太平洋は日本の海になった。だが、これを持続させることの困難を彼女は知っている。

何より今の日本にとってまずいのは、これまで威力を誇示し続けていた護衛艦隊のミサイルが全種類で枯渇状態にあるという点だ。

もはや護衛艦隊に電子の目と耳以外のアドバンテージはない。今日本が、この世界に転移してきたころのアメリカによる航空攻撃を受けた場合、ＣＩＷＳでさえ弾薬不足になり艦隊防衛どころか己の身を守るのもおぼつかなくなる。

戦争を止めるには今しかない。

しかし、今はどう話し合っても「停戦」以上の合意は取り付けられないだろう。しかも困ったことにアメリカは大統領がこん睡状態で国の指揮をど素人としか言えないトルーマンが執っている。これが難問だった。

今戦争に「勝つ」ために必要なのは、崔麗華の考えている通り恫喝しかないだろう。

原爆はそのための唯一の切り札だ。

それは今使うしか効果がないだろう。

ところが崔麗華は、この原爆攻撃にある注文を付けていたのである。

目標はアメリカ本土、ただし人的被害が最小限になる箇所に落とす。

結構な無理難題に思えた。だが、それは令和の考えであった。この世界この時代のアメリカの人口分布、そして人口密度を見てみれば、そんな個所はいくらも見つけられるのだ。

その結果ある目標を彼女たちは発見しそこに攻撃の目標を定めた。

それはアメリカが最初の原爆実験を行った場所、ニューメキシコ州のソコロであった。

他にももっと日本から近いネバダなど後の核実験場になるのだが、崔はあえてそこを指定した。

おそらく崔麗華なりのメッセージがそこにあるのだろうが、次元の違うこの世界の人間にこのアピールが通じるか、そもそも意味があるのか岩崎には疑問だった。

しかし、あの疲れ切って何もかも捨ててしまいたいと思い始めていた崔麗華の姿を見たら、自分はこの人を少しは支えてやらねばならぬだろうという意識が芽生え、その結果今は彼女に対し何の意見も言う気にはならなくなっていた。

しかし、この原爆は本当にアメリカへの効果的な恫喝になるのだろうか、そんな嫌な疑問が彼女の中に芽生え始めていた。

それは第六感に近いものだった。

彼女が抱いた疑問というのは、原爆は落とすべきものだろうか、という類のものではない。彼女が肌で感じたのは「我々が原爆を落として意味があるのだろうか」という根本的な事象に対する疑問なのだ。

恫喝を行うには、アメリカより自分たちが明確に優位だという証拠を示すしかない。原爆はその唯一の方法だ。だったらこれを外しての交渉などあり得ない。

しかし、岩崎は強く強くこの行動に疑問を抱き、作戦に「ゴー」と言うのを嫌う感じになっていた。

だが本日、今現在それはもう強行されようとしていた。

目の前には超大型爆撃機侍龍がエンジンを回し始めている。

その腹には先ほどから長い筒状の物体が押し込まれようとしていた。

それを監督しているのは、糸川英夫と春日部教授の生徒たちであった。

それはあの御殿場で発射実験を行っていたロケット。いや違うその素性は航空機の腹から発射されるように改良された、空中発射式の弾道ミサイル「真燕一号」であった。

アメリカまで行くと戻ってこれない侍龍の欠点を補うのは、その飛翔距離二二〇〇キロを誇る弾道ミサイルであったという訳である。

なるほど、こいつを放つならギリギリ帰還できる距離で目標のニューメキシコにミサイルを落下させられる。

偶然であったかもしれないが、この組み合わせが崔麗華の無茶な願いをかなえるための切り札となった。

たった一機しかない爆撃機とまだ一発しか完成品のない原爆、この状況でアメリ力に敗北を認めさせるというのは、ブラフもブラフとんでもないはったりだ。だが、崔麗華はこれをやり抜く腹を決めた。

岩崎は、これだけは叶えてやりたいと心のどこかで思っている。そうでなければ、ここまで付き合ったりはしないだろう。

思えば国際救援隊としてここまでやって来た戦いは、どれも不完全な作戦が偶然に助けられるような形で結実し、予想のはるか上をいく勝利を重ねてきた。だったら、この一世一代の大博打だって上手くいくかもしれない。

そう思いたい。

だが、どうしても不安が拭えない。

この作戦を今すぐ中止させるべきなのかもしれない。だが自分にその権限はない。岩崎は、額にしわを寄せ巨大な飛行機の発進準備が進むのをじっと見つめるのだった。

その爆撃機侍龍の機内では二人のパイロットが最終チェックを行っている。その背後にはミサイルを操作し調整するための技術者が三人、これも最終チェックを行っていたのだが、彼らの挙動はどこかおかしかった。

そして、機体下部でミサイルのセットを完了した係員が格納扉を閉めようとしている時、なぜかその扉の動きが一瞬止まった。

何かトラブルでもあったのかと思ったが、すぐに作業は再開し扉は完全に閉じられ弾道ミサイルは攻撃機の腹の中にしまい込まれた。

すべての準備が終わり、管制塔から発進の許可が下り爆撃機侍龍はゆっくりと滑走路の一番端へと向かって行った。

機内では搭乗員が着席し発進の時を待つ。

やがてエンジンの音を高くした巨大爆撃機は滑走を開始する。

その発進を見守る岩崎はただ唇をかみしめるだけであったが、他の者は興奮に耐えきれず帽子を振ったり手を振ったりしてその滑走を見守り、ついにその巨大な翼は宙へと舞い上がった。

飛行中の侍龍は完全無線封止、現在位置すらわからなくなる。

作戦の可否は、発射直後から発せられるミサイル真燕のビーコンに頼るしかなくなる。

ゆっくりと小さくなる翼を見送っていたその直後だった。

格納庫の方で何やら騒ぎが起きていた。

「爆撃機に乗るはずだった技術者が格納庫内で縛られている！」

見回りをしていた憲兵がたまたまこれを見つけて大声を上げた。

異常事態に、岩崎は隣にいた楢本と共に慌てて駆けつける。すると、格納庫の片隅に本来爆撃機に乗るはずだった操作技術者三人が縛られて転がっていた。

「大丈夫か！」

皆が慌てて縄を解きにかかったが、技術者の一人が大声で叫んだ。

「あいつら取り換えやがった！」

最初何を言ってるのか皆わからなかったが、縄を解かれ落ち着きを取り戻してきた技術者が、格納庫に隣接した倉庫の扉を指さして叫んだ。

「奴ら、搭載する予定のない代物を用意していてすり替えたんだ。本物はあの中だ！」

どうやら何かが取り換えられてしまい、それがあの中に隠されているらしい。

急いで一同が扉をこじ開けると、内部に直径一メートルほどの球状の何かが布をかけられ置かれていた。

一人がその布を取ろうと手を掛けた瞬間、縛られていた技術者の一人が絶叫した。

「気をつけろ！　それは、ロケットの弾頭に取り付けられる予定だった原子爆弾の本体だ！」

この言葉に全員が動きを止め、ゆっくりその場から離れ始めた。

「そ、そんな、じゃああの爆撃機はいったい何を積んで行ったと言うの？」

岩崎が目を真ん丸に叫んだ。

しかし騒動はこれだけで終わりはしなかった。

ものすごい勢いで中島飛行機の事務所棟から軍用車が飛んできた。

オープントップのその小さな四輪駆動車は格納庫の前で止まり、助手席に乗っていた男が大声で叫んだ。

「国際救援隊司令部のお二人はいますか！」

岩崎と楢本が顔を合わせてから、すぐに楢本が叫んだ。

「ここにいるぞ！」

すると軍用車に乗っていた男が駆け寄ってきて二人に告げた。

「東京より至急の伝言です」

「何だ言ってみろ」

男は一瞬だけ周囲を見たが、すぐに頷いて告げた。

「つい先ほど、ドイツが中東のベイルートに原子爆弾を投下しました！」

「な！」

岩崎はもう何が何だかわからないほどに混乱した。

しかし一つわかったことは、これこそ自分を言い知れぬ不安に導いていたものだということだった。

もっとも嫌なタイミングでの原爆の使用。日本にとって最もダメージの大きいタイミング、それは今を置いて他にない。

「やられた、もう何もかも遅いわ」

岩崎がその場に座り込んで頭を両手で抱えた。

「岩崎さん！」

楢本が声をかけても岩崎はただぶつぶつと何かを口の中で唱えるだけだ。

しかし、その岩崎の肩をゆすって楢本が言った。

「まだ起死回生はあるかもしれません。原爆はああして私たちの手元にまだあります」

楢本がそう言って倉庫を指さした。

半ば朦朧(もうろう)とした視線でそっちを見た岩崎は、およそ三秒後にはっとその目を見開いた。

「ちょっと待って、原爆が残っている。じゃあ、あの飛行機は何を積んで飛び立ったの？　入れ替わった乗組員っていったい誰なの？」

その答えが重爆撃機侍龍の中で明らかになろうとしていた。

「ああ、もう二度とあんな狭い場所で飛行機の離陸に付き合いませんよ」

そう毒づいているのは、野木であった。

「ううむ、儂もごめんだが、まあ潜り込みには成功した。あとはこの飛行機を乗っ取るだけだ」

野木に答えているのは春日部教授。

二人は、本来人が乗らない侍龍の後部胴体の中にある雑具箱の中から現れた。

どうやら彼らは侍龍に密航したらしい。

「さて、ではあのずっこけトリオに会いに行こうか」

春日部はそう言うと、Ｂ29時代からお馴染みの前部と後部をつなぐ細い連絡通路に潜り込んだ。

そのままごそごそと与圧が施され密閉されている前部胴体につながるドアの前まで這い進むと、持っていたレンチでドアをカンカンと激しく叩いた。

するとそのドアはコックピット内部からすぐに開けられた。

「うまくやっとるかね」

春日部がそのドアを開けた相手に聞いた。

「はい、もうハイジャックは完了です」

そう答えたのは、あの伊東の研究所の研究員矢萩だった。

春日部と野木がよっこらしょっとコックピットに降り立つと、Ｂ29よりかなり広いコックピットには、二人の操縦士の他に、その操縦士に南部式拳銃を突き付けている木藤と、コックピット後部にある機械で何やら作業をしている北谷の姿があった。

「ハイジャック完了ご苦労さん諸君」

すると拳銃を持った木藤が首を振りながら教授に言った。

「こういうの似合わないですから、もうやりたくないですね」

これを聞いて教授がかっかと笑った。

「二度はない、安心せい」

「それで教授、これからどうするんですか」

装置をいじりながら北谷が聞いた。

「あれ、言ってなかったかな」

「ええ、聞いてませんよ」

矢萩と木藤も頷いた。

春日部が木藤から拳銃を受け取りながら言った。

「北極へ行くんじゃよ」

「は？」

これはパイロットたちの声であった。彼らは単にアメリカに向かうものだと思っていた。

そもそも自分たちはただ拳銃を突き付けられ、黙って離陸しろとしか言われていなかったのである。

「計画が杜撰だ。何でこんなことでハイジャックが成功して積み荷が入れ替えられたんだ」

狭い場所に閉じ込められていたせいで、体のあちこちがきしむのを解しながら野木が言った。

「結果良ければすべてよしだ、さあ、進路を真北へ向けてくれ」

拳銃を怪しく扱いながら教授が言った。

「攻撃目標の変更はないんですよね」

再び北谷が聞いた。

「ああ無論だ。私の計画が向かうべき矛先は一つしかないからな」

そう言って教授が頷いた。

装置に向かった北谷が呟く。

「了解です。では、北緯五二度三〇分五九秒の東経一三度二二分三九秒でセットしてと……」

これを聞いていた野木が言った。

「えらく細かく設定するんだな。あのミサイルそんなに精度がいいのか」

すると矢萩が笑った。

「そんなに細かく当たるもんですか。あくまで設定値を入れないと飛んで行ってくれないんですよ。あの学生たちがその辺をガチガチに設計しちゃったからですね」

「ああ、なるほど。それであのミサイル、誤差はどれくらいなんだ」

これには木藤が答えた。

「搭載しているジャイロの精度を考えると、最大でも二〇〇メートル。おそらく五〇メートルといったところだな」

野木が驚いた。

「結構精密じゃないか」

すると春日部教授が言った。

「おそらくじゃが、令和の誘導ミサイルの精度は、大陸間弾道弾でも数十センチといったところじゃろう。誘導のためのジャイロコンパスのできが違うんじゃ。あいつに積んであるのは、自衛隊のミサイルのお下がりで、そもそも宇宙空間まで飛ばして戻るのには対応しておらん。もし最初の計画通りにやっておったら、かつてのV2号つまりドイツのA4ミサイルよりはましだろうといった程度に終わったんではないかな。ああ、崔麗華のやり方ならそれでも良かったのか、ふうむ」

そう崔麗華の案はあくまで無人地帯に落とすことであるから精密誘導は必要なかったのだ。

「このミサイルは一応高度三万メートルまでは上がるけど、そのあと成層圏を直進して落下弾道に入るので、大気圏突入みたいな荒っぽい使われ方はしないですからね」

北谷はそう言うとキーボードを操る手を止めた。

「さ、やるべきことは終わりました。あとは我々はこのでかい爆撃機のお客に徹しましょう」

そう言うと北谷は前部キャビンに取り付けられた三個の椅子を指さした。

「ちょっと待て、人数分に足りないじゃないか」

野木が言うと矢萩が肩をすくめた。

「だって密航者が二人いますからね」

そこで春日部教授が言った。

「仕方がないからじゃんけんをして、負けた者は二時間床に座って過ごすことにしたらどうかな、その後交代していけばよかろう」

矢萩がじっとジュラルミンむき出しの床を見た。

「冷たそう」

与圧キャビンの中は外気と遮断されており、ある程度の気温が保たれているが、それでも高度一万メートルをはるかに超えている外気温は氷点下一〇度を下回っている。外部の機体外板が冷やされ次第に中も冷えてくるはずだ。そもそもこの機体に暖房設備はない。

かくして一行は尻の温かさを賭けて極めて真剣にじゃんけんを始めたのでった。

一方そのころ、日本は大騒ぎになっていた。いや正確には国際救援隊周辺が、である。

「ミサイルの弾頭を積み替えた犯人が捕まった？」

電話を受けた有川が大きな声で叫んだ。

中島飛行機の滑走路から侍龍が飛び立って三時間が経過していた。

その間に国際救援隊司令部ではドイツが落とした原爆のニュースや、ジブラルタルの攻略を完遂させた武蔵のニュースやらの情報収集で天手古舞になっていた。

そして、そこに崔麗華が行おうとしていた原爆攻撃の話と、その攻撃機から原爆が下ろされて謎の荷物が積まれたうえに、どうやらハイジャックされた模様だという、どうしたらいいのか誰にもわからぬ話が舞い込んだ。

司令部に残っていたブレーンの三人は文字通り半狂乱になった。

そこに大泉に行っていた楢本と岩崎が戻ってきて、さらに総理秘書室から柴田も加わって情報収集作業が始まった。

そこに飛び込んできたのが、この電話であった。

「犯人は、春日部教授の生徒たちでした」

有川の報告に一同が顔を見合わせ、この場に春日部がいない事実と考え合わせ何となく状況が見えてきた。

「じゃあ、やはり犯人は教授ってことっすか」

讃岐が聞くと有川が言った。

「その件に関して、学生たちから報告があるって話で、今ここに向かっているわ」

それから一時間後、生徒たちは司令部に連れてこられたのだが、部屋に入るなり五人は床に土下座をして頭をこすりつけた。

「本当に申し訳ありません。うちらは教授に脅迫されてやったんです」

その態度から嘘はないように見えたのか、ブレーンたちは代表して三船に話を聞いた。

そこで、教授が最初から原爆を落としてアメリカを屈服させても戦争が終わるはずがないと言っていたことを一同は知った。

これに対して岩崎が、こう言った。

「実は崔麗華も同じ懸念というか恐怖に苛まれていたのよ。今このタイミングで核攻撃を強行したのも、戦況を睨みこの先に今以上に好機が訪れる可能性が極めて低いと判断したからよ。それでも、核を落とすことにはずっと悩みを抱えていた。それを思い切ってやろうとしたら、この騒ぎとは……」

絶望の色を隠そうともせずに言う岩崎に楢本が言葉をかぶせた。

「確かに、このタイミングしか機会はなかったんです。それが頓挫した。しかし、それで良かったのかもしれないというニュースが飛び込んできています。ドイツがこのタイミングで核攻撃を仕掛けてきたのは、我々にとっては不幸以外の何物でもありません。しかし、ここでアメリカに核を使っていたら我々はドイツと結託してこの攻撃を行ったのだろうと思われ、世界の覇権が二分極化に向かって流れが一気に加速したはずです。これは春日部教授の言っていた、破滅のシナリオの別パターンの出現といっていいかもしれない事態です」

楢本の鋭く的確な分析に一同は頷いた。するとここで、学生の三船が言った。

「実は教授から手紙を預かっています」

皆が興味深そうに三船を見つめ、代表して楢本がこれを受け取った。

彼は、その手紙を開き音読を始めた。

「この手紙を読んでいるころには、諸君らは状況の大まかな様子を理解しておると思う。そのうえで、儂と野木君の行うことの真意をしっかり理解して、今後の破壊されていく世界を生き残るための心積もりを決めてほしい」

ここまで聞いて皆がそれぞれに反応した。

「野木さんも共犯だったの?」

「それでここにいないんっすね」

「そ、そこに書いてある壊れていく世界って何ですか?」

この最後の高野の言葉に楢本が小さく頷いた。

「それがどうやら教授が我々に伝えたいことのようだ、先を続けるぞ」

一同がまた楢本に注目した。

『この世界は、儂の推測では一種の実験的な次元のフィールドで、我々はその実験の駒として選ばれて飛ばされてきたものと思われる。これまでその真相に気付かなかったために大いに遠回りをし、この次元を管理する者たちに良いように翻弄をされてしまったようである。諸君らも名取老人のケースを見たので、今から説明することの片鱗でも理解できると思う。

まずこの世界はそもそも多元的宇宙に存在している。これはよく本のページのように言われるが、実際は同じディメンションにごく薄い存在として同居しているようなもので、これが混交すると所謂(いわゆる)、次元転移、次元を飛び越えてしまう現象が起きる。これは我々自身が経験したので異論なく受け入れられるだろう。しかし、この次元を移動する際に時間的な差異が生じるのはどういうことなのか。私はここに単に大きく謎の波動によって位相が変じたので、言ってみれば次元転移における一種のエラーなのではと仮説を立てて、自分で納得してしまっていた。しかし、時間の経過と他の次元転移のケースを目の当たりにしたことで、その仮説が間違いだと気づいた。

それがつまり戦艦モンタナの出現だ。

あれの原因は儂が作ってしまったのも同然だ。教え子の命と引き換えに。

だがそのおかげで真実への糸口をつかんだ。

次元転移と時間転移に相関を持たせるには、そこに質量は介在する必要がないと気づかされた、坂口の半身と共に消えたタブレットこそ、あの戦艦転移の原因であると気付いたのだ。

技術というものにどれほどの次元的相関や逆に差異があるのか現状では仮説しか立てられない。そのわずかな情報から推理したのが、我々の次元転移には誰かの大きな意図が絡んでいたのではないかという懸念だった。それは、この次元転移そのものを起こした波動の発生源、これが人間の作り出したもの以外で起きたという事実だ。

今私が持ち運んでいるはずの装置の一部は、非人間のテクノロジーで作られている。これは間違いがない。そこでこの最終計画が生まれたのだが、それを説明するのは少し後に回そう。

次元転移は非人間のテクノロジーの介在がなくても起こる。これは実は私が長年研究してきた結果得た結論だ。その証拠といえるのが名取老人の存在だったのだ。

名取老人の生きていた次元世界は我々のそれと極めて近い存在だったのだろう。だから彼の記憶は悉く我々の知る歴史のそれと一致した。彼の世界の過去はこの世界のそれとも極めて近しかった。つまり次元の相違が極めて少なかったということだ。

これこそがこの世界が壮大な実験フィールドではないかと私が疑った理由なのだ。よく見れば細かい差はある。しかし極めて近世まで歴史がほぼ一致し、突然これが大きく変化した。それがこの世界だ。

無数の多次元世界の中にはこのような例もあるのだろう、最初はそう考えていた。しかし多元宇宙論における歴史において変化の度合いなどをもう一度冷静に考えた場合、こんな世界の存在はあってはならぬものだと気付いたのだ。

あまりに歴史が共通しすぎているこの世界は、おそらく本来は我々の世界の極めて近い未来にたどり着くものだったはずだ。それが強制的に変化させられた。そう考えると、我々が送り込まれた意味が見えてくる。

諸君らもドイツにヴィムという次元転移者がいるという話は聞いたはずだ。しかし、彼が転移して来たという日付はあまりにおかしい。

我々より過去に現れているのに、我々と同じ日に次元転移に見舞われた。これは私に言わせればナンセンスなのだ。同じエネルギー波動上で次元の位相が転移したなら、それは同じディメンションに着地しなければならない。それは時間軸も含めた同調であり、彼の主張は嘘であると仮定できる。

私の予想では彼は我々の世界のもっと未来まで知っているはずだ。彼は超未来から来た人間、もしくは非人間であると思われる。そして彼こそが、この狂ったゲームのマスターなのであろうと私は睨んだ。

理由はわからないが、彼は我々に核を使わせようと画策していたと思える。その手助けをする必要上から、ドイツにその姿を現した。しかし、私の予想では彼は一九四〇年などよりずっと昔にこの次元に現れていたはずだ。

この次元の歴史を第二次世界大戦という一つの軸の上で、我々の次元世界のそれと大きく違えるために彼はこの次元にいるのであろう。

申し訳ないが、儂はこのヴィムの作ったシナリオの上で踊ることが気に入らない。だからすまんが崔麗華に核は使わせない。

代わりに儂はヴィムに飛び切りの贈り物をしてやろうと思う。

彼はうかつにも大きな忘れ物をしていった。それが伊東の研究施設で回収し損ねた謎の装置だ。そう坂口の上半身を別次元に飛ばしたあの装置だ。装置に接続されていた本体が次元転移後に消えたのは、奴か奴の仲間が回収したからに違いない。しかし、その際に次元波動を発生するあの欠片を落としていった。もしかすると、これに彼は気付いていない可能性がある。ヴィムはモンタナに関して何一つ江原医師に話をしなかった。これは、彼がそれを感知していなかったからではないのだろうか。つまり坂口の死を知らない可能性が大きい。だとしたら、私がこれからやろうとしている計画は成功するはずだ。

私は今伊東にあったその謎の装置をドイツのベルリンに向け発射しようとしているはずだ』

ここまで読んで皆がガタッと音を立て立ち上がった。

「ベルリンですって！」

「今爆撃機はどこを飛んでいるの？」

大騒ぎになったが、楢本が言った。

「まだ先があるんだ」

一同は仕方ないといった感じで静まった。

『この計画によって世界は大混乱になる。この次元世界の根幹をなす部分に儂は衝撃を加えてくる。

　次元転移に人工的なものが関わった時、はじめて別の次元から大きな転移が引き起こされるということを儂は実験で証明した。つまり非人工物を転移させても何の反作用も起きないということだ。逆に言えば大規模な人工物を転移させると、その反作用でその次元には様々な次元から人工物が、場合によってはその世界の人間とともに転移してくるという仮説を立てた。これはほぼ間違いのない事実となるはずだ。

　これから発射するミサイルによって半径二〇〇キロの現在のドイツ国家が別次元に転移すると思われる。それに相当する反作用で、全世界におよそ一万を超える次元転移が発生すると予想している。この中には未来からのものも過去からのものも含まれるだろう。そして、その転移してくる先は予測不能だ。

　すまんが日本にも何らかの影響はあるだろう。この先世界は大混乱に陥り、現在のこの次元世界の秩序は崩壊する。これこそ、ヴィムに対する最大の嫌がらせとなるはずだ。儂らがゲームの駒などではないと理解させる最大の攻撃だ。見ていてくれたまえ、作戦は必ず成功する。戦争は終結する』

「ここで手紙は終わっているよ」

楢本の言葉を聞くなり全員がパニックに陥った。

「なんてことっす！　世界が崩壊するっす！」

「い、いったいどう対処しろっていうのよ！」

岩崎が突然、頭を掻きむしり天井を仰いで叫んだ。

「そりゃこれで戦争は終わるわよ！　世界中が戦争なんてしてる場合じゃなくなるもの！」

この状況の中で有川だけが冷静そうに見える顔で言った。

「つまり私たち全員、てか世界全体が春日部博士の心中（しんじゅう）に付き合わされるってことじゃん、ざっけんな、あのおやじ、帰ってきたらぎったんぎったんにしてやる」

そこでハッと我に帰った有川は楢本の胸ぐらを摑んで言った。

「今すぐに崔麗華のところに行って、国家非常事態宣言を出してもらって。それから、まだアメリカを困らせてやりたいと思っているなら核爆弾は大事にしまっておきなさいともね」

「それ、すぐじゃなきゃ駄目、ですよね？」

「駄目」

楢本は憔悴（しょうすい）しきった顔で頷いた。

有川は部屋の壁の地図を見つめて言った。

「どんな有象無象がやって来るのかしらね」

そのころ既に春日部たちを乗せた巨大爆撃機侍龍は、謎の物質による次元転移反応をまき散らす核爆弾の数万倍には厄介なミサイルを発射し終えていた。

「順調ですね。よほどのことがない限り当たります、というか進路的にもうヨーロッパ大陸の上ですから、どこで弾けても結果は変わらないと思いますけど」

装置を睨んだ北谷が言ったが、春日部は首を振った。

「あのヴィムとかいう男の頭上で弾けるから面白いのではないか」

じゃんけんの順番で床に座ったままの春日部が言った。

「そのヴィムって結局何者なんでしょうかね」

やはり順番で床に座っている野木が春日部に言った。

「さあなあ、きっとあそこにいる奴らなら正体を知っているかもな」

そう言って春日部は、先ほどから侍龍の上空を付いてきている巨大な銀色の円盤を指さした。それがエイリアンクラフトなのか異次元の未来人の乗り物なのかはうかがい知れないが、ずっと彼らの後を付けて来ていた。

「あれ日本までついてくる気でしょうか」

矢萩が言った。

「ついてくればいいだろう。儂らが帰るころには、間違いなく日本も大混乱じゃ」

嬉しそうに言う春日部に聞こえないように木藤が言った。

「この人はこの世界では、第二次世界大戦を終わらせた人として記録されるのか、それとも世界をぶっ壊した人として記録されるのか、どっちなのだろう」

巨大な爆撃機は北極上空を日本へ戻るため優雅に飛んでいた。円盤はそのすぐ上空を一緒に飛ぶ。

世界が大混乱に陥りだしたのは、その五分後であった。

ベルリン上空でミサイルがあの波動を放射すると、円盤は大きく体をゆすり挨拶したかのように見えると、信じられない速度でさらなる上空へと消えていった。

春日部たちは日本がどんな混乱になっているかも知らぬまま帰りの空路を飛び続けた。

昭和一八年一二月二五日。戦争は止まった。そう、それはそうとしか表現ができなかった。どの国家も戦争の継続が困難になるような、厄介な連中の出現に大騒ぎになったのだ。日本でもどこかの合戦に向かう騎馬武者が数千、東海道に現れた。

この大混乱によって戦争を止めた者の名を世界が知るのは一〇〇年ほど後の話で

あった。つまり混乱はそれほど長く続くことになったのであった。一方でヴィム・ヴェンダースという名は決して歴史に残ることはなかったのである。

少なくともこの世界では……。

（完）

コスミック文庫

超時空イージス戦隊 3
異次元戦艦出現す!

2021年12月25日　初版発行

【著者】
橋本(はしもと)　純(じゅん)

【発行者】
杉原葉子

【発行】
株式会社コスミック出版
〒154-0002 東京都世田谷区下馬6-15-4
代表　TEL.03(5432)7081
営業　TEL.03(5432)7084
　　　FAX.03(5432)7088
編集　TEL.03(5432)7086
　　　FAX.03(5432)7090

【ホームページ】
http://www.cosmicpub.com/

【振替口座】
00110-8-611382

【印刷／製本】
中央精版印刷株式会社

乱丁・落丁本は、小社へ直接お送り下さい。郵送料小社負担にてお取り替え致します。定価はカバーに表示してあります。

ISBN978-4-7747-6342-2 C0193